total poet

全身詩人

吉増剛造

GOZO YOSHIMASU

林 浩平
KOHEI HAYASHI

論創社

目次

はじめに

　吉増剛造を語らねばならない。わたしは、二〇〇七年の十二月に『裸形の言ノ葉――吉増剛造を読む』を書肆山田から刊行した。それからすでに十六年近くが過ぎた。この十六年の間、現在八十四歳になる吉増剛造は、詩人存在としてのありようを大きく変貌させた、と言ってよいだろう。前著でわたしは、もっぱら吉増が書いた詩の言葉を思考の対象として、それを分析し特性を記述した。前著の帯には「極限を叩く詩語」という表現があるが、そう、まさに吉増の「極限を叩く詩語」をわたしは読み解こうと努め、その経緯を綴ったのだ。

　しかし、繰り返すが、吉増剛造は変貌した。十六年前においても、吉増は無論、尖鋭的な詩の書き手であるにとどまらず、突出した自作詩の朗読者であり、多重露光映像作品の撮影者であり、さらには gozoCiné と名付ける、独自の制作形態をとる動画作品の制作者になったところであった。最初の gozoCiné である「まいまいず井戸」は、二〇〇六年の七月に生まれている。だがその後、二〇一一年三月十一日の東日本大震災の経験が、大きな影響を与えたことは間違いないが、二〇一六年六月に開催された東京国立近代美術館での吉増剛造展を経て、いわば現代アーティストとしての立ち位置が、大きくクローズアップされだした。

　わたしは、再び吉増剛造を論じたいと思う。当然近年に書かれた詩の言葉やテクストにも触れてゆくが、論じる対象はテクストだけではない。吉増剛造という存在そのものが、思考の対象である。よって本稿のタイトルをこう付けた。「全身詩人　吉増剛造」。これは、東京国立近代美術館での企画展のタイトル「声ノマ　全身詩人、吉増剛造展」で用いられた言葉を借りたものである。「全身詩人」、吉増剛造を表現するのに、これほどふさわしい言葉は他にないだろう、と考えるからである。「全身詩人」の全貌を本稿で読み解いてみたい。

I

全身詩人　吉増剛造

第一章　多重露光写真のポエジー

1　写真との出遭い――『provoke』のこと

吉増剛造という全身詩人の表現活動の営みを、まずは写真の世界との関連で追ってゆこう。

意外な話だが、大学を卒業した吉増が最初の職場としたのは、『ライフ』のような写真を中心にしたグラフ誌の編集部だった。『国際写真情報』という雑誌で、国際情報社が出していた。編集者として、カメラマンとタッグを組んで仕事をしたそうだ。しばらくして美術出版の三彩社に移ったため、そう長い期間ではなかったが、職場に暗室もあり、写真の現場がとてもおもしろかったな、と回想している。

ただ、写真装置自体への関心というのは、福生に暮らした少年時代にさかのぼる。白昼に福生の街の路上で、黒人の米兵がカメラから直接にフィルムを取り出す現場を目撃し、「ああ、あんなことをしたら撮ったフィルムが」と驚愕した、その体験である。写真機とフィルムをめぐる、一種のトラウマのような体験だったろう。これは、「アーティストたちの挑戦」というＮＨＫのテレビ番組で、二重露光映像を主題にした、吉増剛造のドキュメンタリーのなかでの証言である。演出はわたしが担当した。

そんな吉増が、写真表現の可能性について、強く意識したのは、一九六八年に中平卓馬・岡田隆彦・多木浩二・高梨豊によって創刊され、後に森山大道も加わった同人誌『provoke（プロヴォーク）』の存在によるだろう。ともに『三田詩人』の同人で、当時の吉増が一番親しい友人だったという岡田隆彦を媒介に、『provoke』は吉増には身近なものだったに違いない。そのころすでに親しくなっていたというアラーキーこと荒木経惟も『provoke』に強い関心を寄せたはずだ。しかし吉増もアラーキーもその同人に招かれることはなかった。

そのあたりの事情については、『我が詩的自伝——素手で焔をつかみとれ！』（講談社、二〇一六年）のなかでこう述べている。

僕はしょっちゅう言っていたんだけど、「おまえさんと俺とが『provoke』からのけられたよな」と（笑）。それには政治的なものが絡んでいたんですね。『provoke』の持っている政治性というのか、……革命を志向するのが中平と岡田と多木さんの志向だから。それはもうはっきりしてて。だからアラーキーや僕みたいなのは入れないよ（笑）。

とりわけ中平卓馬の存在が、自分には異質な人種と思えたという。

政治性、というか革命志向は、特に中平卓馬です。（略）本能的にちょっと人種が違うなというのがあるからさ（笑）。東京の一番過激なところにいる編集者で、ラジカルで、という、そういうタイプですからね。僕は全然違う、そういうんじゃないもの。

確かに、吉増と中平は、親しく友情を分かち合うということはなかったのだろう。しかし、中平卓馬の表現におけるラジカリズムは、その著書『なぜ、植物図鑑か』のなかで「眼の怠惰に対する戒め」を強く説いたところからもよくうかがえる。また二〇〇三年に横浜美術館で開催された本格的な写真展「原点回帰——横浜」で観た出品作からは、わたしなど、それこそ全身写真家としての中平の烈しいスピリットを受けとめたものである。吉増は、あるいは写真表現の可能性を、中平卓馬そのひとから最も強く感じ取っていたのかもしれない。吉増は、『provoke』2号に詩を寄せている。それが「写真のための挑発断章」である。こんなくだりが読める。

ペン、ペン、ペン、てやんでえ、韻は踏まねえぞ！オリンパス・ペン、アービング・ペン、アーベドン・ペン、剣菱ッ、なんぞまとめてドシャッと宇宙へ捨てる。……また航海だ。ああ、また後悔だ。なんでもかんでも残りやがって涙ぐんでやがる。馬鹿、馬鹿、馬鹿、馬鹿……

「オリンパス・ペン」は、一九六〇年代から七〇年代にかけてハーフサイズカメラの大ブームを惹き起こした写真機の商品名だが、「アービング・ペン」はアメリカの写真家のアーヴィング・ペン、「アーベドン・ペン」は同じく著名な写真家のリチャード・アヴェドンを指している。「ペン」と来たので「剣」で受けて、日本酒の銘柄の「剣菱」が出たわけである。六〇年代後半の、疾走するような初期の吉増の詩のスタイルの典型が認められよう。なんにせよ、写真表現の世界にのめり込もうとするこのころの吉増の姿がうかがえるだろう。

吉増は、すでにカメラを購入しており、このころはそれこそ『provoke』スタイルと称され森山大道に代表される「アレ・ブレ・ボケ」にも通じる写真作品を撮りだしている。だが、自分の影を撮ったり、空を飛ぶ飛行機の機影にレンズを向けたりしたそれらの作品は、個性的ではあったが、余技的なものの域を脱してはいなかった、といまなら言えよう。

一九九四年に夕張の炭鉱跡で偶然に経験した二重露光写真の誕生をきっかけに、偶然の力を発条《バネ》として作成する二重（多重）露光映像の世界に自らのスタイルを見出したとき、写真家吉増剛造は産声をあげたのである。

写真集として刊行された『表紙 omote—gami』（思潮社、二〇〇八年）や『盲いた黄金の庭』（岩波書店、二〇一〇年）に、その業績を確かめることができる。

2 多重露光写真について

吉増剛造による多重露光写真は、おそらくは他のどの写真家が試みる多重露光写真の映像と比べても、際立って冒険的であり、驚異的な画像内容を提示したものではないだろうか。

無論、写真家たちが多重露光写真を試みた歴史は古い。今回、本稿の執筆に当って、写真論・写真史が専門の倉石信乃氏に、多重露光写真についての教示を仰いだが、倉石氏が重要視するのは、シュルレアリスムにおけるデペイズマンの手法のひとつとしての多重露光である。マン・レイも試みたが、とりわけモーリス・タバールという一八九七年に生まれて一九八四年に亡くなったフランス人の写真家が、集中的にこの撮影方法を実践している。ニューヨーク近代美術館（MoMA）のホームページで公開されているタバール作品のコレクション画像を見る限りでは、抽象的な作も若干あるが、もっぱら人物が中心で、いわゆる美的な構図が意識されたものがほとんどだ。

またシュルレアリスム系の作家として、一九三四年生れのアメリカ人であるジェリー・ユルズマンがいる。ただしユルズマンの場合は、多重露光といっても、複数枚のネガをもとに、暗室での作業で摩訶不思議な世界を合成する、というものだ。やはり MoMA のホームページのコレクションで作品を鑑賞できるが、その映像作品は絵画性が強くて、ルネ・マグリットの作風をモノクロの写真画像に置き換えた、という印象である。タバールもユルズマンも、それなりに興味深い世界を形成していようが、アンドレ・ブルトンのいう「痙攣的な美」からは程遠いものである。

日本国内に目を向ければ、戦前のいわゆる新興写真の写真家である中山岩太なども、フォトモンタージュの実験として多重露光を試みた。集中的に多重露光の手法を用いた作家としては、石元泰博がいる。高知県立美術館は、高知にルーツを持つというところから石元泰博フォトセンターという部門を設けており、そのホームページを訪ねることができる。寄贈を受けた石元作品が多数公開されているが、「色とことば」というコレクション展のものが、多重露光で制作されたシリーズだ。これらを収める写真集が、『めぐりあう色とかたち』というタイトルであるのが示唆的だが、街で見かけた色彩と、木立の有機的なフォルムや建物の直線的なデザインを重ね合わせた多重映像である。全体がカラフルで、「色とかたちの出会いが生み出した偶然の美」が謳われるように、全くの抽象映像の世界である。

東京都立庭園美術館での回顧展で近年一躍注目されている作家に、石元と同郷の高知の出身の岡上淑子がいる。岡上は、瀧口修造に紹介されたマックス・エルンストのコラージュ作品『百頭女』などに刺激を受けてもっぱらフォトコラージュ作品を制作してきたが、多重露光撮影を試みたこともある。ただし岡上の美意識からすれば、多重露光の手法で狙うのは、エレガントな美の世界だろう。また川田喜久治も多重露光作品を発表している。東麻布の画廊PGIで二〇一九年に開かれた「影のなかの陰」展である。PGIのホームページでそれらの多重露光作品を見ることができるが、どれも川田らしい、重厚な、いわば崇高感を志向するものである。そんな具合に、写真家たちの多重露光作品は、造りこまれた映像なのである。吉増剛造が目指すのは、造形的で構築的な映像美ではない。もっともっと偶然性に賭けた、それこそ痙攣的なものに違いない。

3　「アーティストたちの挑戦」から

先にもちょっと触れたが、わたしは、吉増剛造による多重露光写真の撮影の現場に同行して、多重露光画像作品が生成する過程に立ち会ったことがある。二〇〇〇年の十月十七日に、当時は設けられていたNHKのハイビジョンチャンネルで放送されたドキュメンタリー番組「アーティストたちの挑戦」のディレクターを務めたのである。四十五分の番組で、タイトルは「詩人吉増剛造・二重露光　驚きの映像が生む詩」と付けた。ロケは八月、暑い盛りだったが、沖縄に飛んで、宮古島、西表島、最後に沖縄本島に戻り、嘉手納空軍基地と那覇市内でロケを行った。われわれロケ隊はそのままそこから東京に帰ったが、吉増はひとり旅を続け、沖永良部、徳之島、奄美大島に渡ってさらに写真撮影を重ねた。のべにして二〇日間近くにもなったこの旅で、吉増は三十六枚撮りフィルムを百本近く使ったという。いったん撮影したフィルムは、旅での移動の後に、もう一度カメラに収められ、そこに別の場所での風景が、新たに光の痕跡として刻まれるわけである。

ロケはさらに続いた。九月三日には北海道に飛び、夕張で、翌四日には石狩川の河口で撮影した。また六日と八日には、吉増が少年期を過ごした福生の市内やアメリカ軍の横田基地でもロケを行った。

番組では、冒頭のパートに、吉増が偶然に二重露光映像の出現を体験した夕張の廃坑前でのシーンを置いた。当時吉増は一種のスランプ状態で、思うように詩が書けなくなっていたので、気分を一新させようと、北海道の友人であるアイヌ文化研究家の中川潤氏たちと、石狩川の河口から夕張まで小さな旅をしたという。番組のロケでも中川氏に登場願った。吉増は廃坑の前に立って、二重露光映像の出現の体験を語った。廃坑の坑口が、なかに入れないようにと閉じられている、そのことが強い印象を与えたそうだ。そして看板の解説の、過去にあった炭塵爆発の大惨事を告げるくだりに「女坑夫」の文字を見つけ大きな感銘を受ける。

この時の旅で、吉増は、中期の代表詩篇となる長篇詩「石狩シーツ」を書き上げたが、そこにこんな詩行を読める。「第一坑道に立って〝女坑夫《おんな》もここに命をおとし、……〟という記述を読んだとき、／わたしは、とうとう、こゝに辿り着いたと思いました／／女坑夫《おんな》という言葉の響きが非常に美しい非常口の形象を表わしていた、／そして／（カフカにもつたえてやりたい、……「女坑夫さん」といういゝ方を……）／女坑夫さんの姿が出現していた」。

坑口の前で興奮状態となった吉増は、フィルム交換の手順を誤ったのだろう、使用したフィルムをまたカメラに装塡したのである。番組ではそのとき撮影した二重露光映像を紹介しながら、吉増による「石狩シーツ」の朗読音声を流した。手前味噌で恐縮だが、なかなか感動的なシーンとなっているだろう。ともあれ、こうして吉増は二重露光の手法を意識したのである。

番組のなかで、わたしのインタビューに答えて吉増が語った印象的な言葉がある。宮古島でのロケで、盛加井《ムイカガー》と名付けられた地下の井戸での撮影の時だ。井戸といっても、石段をかなり深く降りていくと自然の石室状の空間があって、そこに水が湧いている。近年までは近所のひとたちが生活水を汲みに来た場でもあり、なかには御嶽《ウタキ》が祀られていた。吉増は石室のなかの石の床にかがみこんで、水溜まりを撮影していたが、あたりはとても静かで、水滴の音とシャッター音が響くばかりだ。その時、「こうやって二重撮りを続けていると、だんだんと慣れてきたね。なんだか自覚的になってきた。こんなふうに心の静かな状態で写したフィルムに、さらに記憶を重ねて行って他の場所でまた撮る。偶然に頼っているんだけど、意識化できるようでもあるなあ。詩を書くのにも似ているかな（笑）」という趣旨のことを述べたのである。わたしはその後に、「偶然の力に委ねられる二重露光の世界ですが、撮る側の心の静もりが不思議な映像を生むこともあるようです」とナレーションコメントを続けている。もちろん、どの映像のうえに、違う場所でのどの映像が重なるかは、偶然が支配するわけだが、その偶然の支配ということに身を委ねる覚悟の深さ、というものを吉増は持つようになったのかな、と思ったものである。

番組のなかで吉増が強調したのは、自分が撮ったものが現像されたとき、画像を見て、どれだけ強く驚くことができるか、写真ではそれが一番大事だ、ということだった。写真のポエジーは驚きにある、というわけだ。「それは瞬間の火、ファイアーだ」とも言った。撮影の旅を終えて、現像に出していたフィルムが焼かれて届けられた。当時八王子にあった自宅の書斎で、ベタ焼が梱包された包みを解くシーンをテレビの制作クルーでロケをしたが、老眼鏡をかけて緊張した表情で吉増はベタ焼に眺め入った。「奄美の名瀬の飲食店街の夜景と、向こうはなんだろうなあ、……なに、この色、……あ、大神島だ、宮古島の。大神島の久貝商店だ、真昼間の大神島と、奄美の夜のかもめ食堂のもの悲しい赤い色が一緒になっている、おっそろしいな。……わあ、これも恐ろしい写真が出てきたよ、奄美の漲水《はりみず》御嶽と名瀬のシネマパニックが一緒に写っているぞ、すごいなー、すごいなー」。

二重露光画像に驚愕する吉増の声が続く。

ここで「シネマパニック」に触れておこう。これは奄美大島の名瀬市、現在の奄美市にある映画館の名称だ。別にパニック映画だけを上映するわけではない。現在も営業を続けている。黄色の地に赤い文字の縦書きで「シネマパニック」の文字が書かれた看板は、強い存在感を示すので、名瀬市の夜の街を撮影した吉増は、この看板をずいぶんとたくさん撮っている。ベタ焼のそこここに、この映像を確認することができた。

以上、立ち入ってテレビ番組の中身に論及した次第だが、吉増特有の多重露光映像の特性をうかがうことができるだろう。

4　偶然性の尊重

吉増剛造の多重露光写真のポエジーを思考する際に、肝心要となるのは、言うまでもなく偶然性の尊重である。吉増は、瀧口修造には深い敬愛の念を抱いているが、アンドレ・ブルトンを始めとするシュルレアリストたちに対しては特別な関心を示してはこなかった。しかし、ブルトンこそは、天啓としての偶然を重んじたのである。ブルトンは、「客観的偶然 le hasard objectif」という言葉を使っている。無意識の欲望に突き動かされて、あたかも必然のように立ち現れる偶然のこととされる。シュルレアリスムと偶然の問題については、念のためブルトンを専攻する朝吹亮二氏に確認をとったが、朝吹氏いわく、ブルトンは確かに偶然を無意識に結び付けようとするが、そこには神秘主義的なものも関わっていて、一筋縄ではゆかないものがありますよ、とのことだ。

シュルレアリスム以前の時代では、周知のようにステファヌ・マラルメに『賽の一振り』、原題は「賽の一振りは決して偶然を廃することはないだろう」と題した詩篇がある。『イジチュール』を書いたころのマラルメは、極力意識的構築的な書法を採ったが、晩年の『賽の一振り』では偶然性を重んじるようになった、というのが通説だろう。だがマラルメについても正確を期すべく、マラルメ研究を専門とする兼子正勝氏に尋ねてみた。兼子氏からは、後期のマラルメについては「偶然」尊重と言えないことはないが、あまりそれを振りかざすと実相と乖離するのではないか、という教示を頂戴した。マラルメの場合も、ブルトン同様に一筋縄でゆかないものがあるようだ。しかし、文学史上における前衛派が「偶然性」を尊重した、という流れは否定できまい。

だが、本稿では、多重露光写真において吉増が「偶然性」を尊重した、そのことの意味をさらに探らなくてはならない。ここで我々は、偶然性をめぐって集中的な考察をめぐらした人物として、哲学者の九鬼周造を召喚してみよう。「偶然」の力について、九鬼の業績から学びたいのである。

一九三五年の十二月に九鬼が岩波書店から『偶然性の問題』を刊行した時の感慨を、九鬼は自作の短歌にこう歌った。「偶然論ものしおはりて妻にいふいのち死ぬとも悔ひ心なし」。九鬼は、この『偶然性の問題』の哲学的成果によほど強い自負があったのだろうと推測される。しかしいま九鬼周造全集の第二巻に収められた『偶然性の問題』を紐解いてみると、アリストテレスを援用しながら、偶然性の問題が、定言的偶然、假説的偶然、離接的偶然の三項に分けて考察されるのだが、叙述が煩瑣なまでに特殊哲学領域の細部に及び、一般的常識的な理解力に訴えるものではないのがわかる。九鬼周造がこだわった「偶然性の問題」のポイントをどこに探ればいいのか。

それに対する回答は、坂部恵の『不在の歌——九鬼周造の世界』（TBSブリタニカ、一九九〇年）が与えてくれる。坂部は、九鬼が偶然性の問題を思考した論稿としてとても重要なのは、岩波書店からの死後出版となった『文芸論』に収められた「日本語の押韻」ではないか、と言うのである。坂部はまた、大野桂一郎の論稿「九鬼周造における詩と哲学——思想の形成をめぐって」（『思想』一九八〇年一月号）を挙げて、九鬼の「偶然性」問題の着想のそもそものはじめに、パリ留学時代に芽生えた「押韻」のテーマへの関心がある、とする大野の説を紹介し、「わたくしもおおいにありうることとおもう」と述べる。つまり大著『偶然性の問題』のベースには「日本語の押韻」及びその異稿で論じられる押韻論が存在するのではないか、と言うわけだ。坂部の案内に従って、九鬼の押韻論において「偶然性」の要素がいかに重要であるかを確認しよう。坂部の叙述は、また「偶然性」がもたらす効果を語ってもいる。

だがその前に、そもそも、韻を踏む、とか、押韻とかいったものは、実のところはどんな韻律技法であるのか、その具体相を改めて検証しておかねばなるまい。我々は押韻と聞くと、つい通念として、脚韻やら頭韻の例を思い浮かべながら、近い場所で同じ音が反復されることでそれが「響きあう」から音楽的な効果が現われる、とかいった理解で済ませてしまうようである。

しかし押韻のもたらす深い情動喚起の力というのは、同音の反復が交響効果を生むといった、そんな子供騙しのような理屈で説けるものではない。おそらくは我々のほとんどが共有するだろう押韻をめぐる惰性的認識というものこそが打破されてしかるべきである。それを適確に論じたのが、九鬼周造の押韻論なのである。九鬼はそこに偶然性の要素が強く関わることを強調するのだ。九鬼の論文「邦詩の押韻に就いて」から引いてみよう。九鬼は、ここで押韻が俗に「語呂合（ごろあはせ）」と呼ばれることを認めながらこう述べる。

「語呂合」とは何を意味してゐるか。韻の上での偶然の符合一致である。現代仏蘭西詩壇の第一人者とされてゐるポオル・ヴァレリイは詩は「言語の運（シヤンス）の純粋な体系」(Paul Varély, Variété, p.159) であると云ひ、また「押韻の有する哲学的の美」(ibid.,p.67) を説いてゐる。彼が「純粋」と云ひ、「哲学的」と云ふのは言語の音響上の偶然的関係に基づく遊戯を指してゐるのである。所謂偶然に対して一種の神秘的驚異を感じ得ない者は押韻の美を感得することは出来ない。

（九鬼全集、岩波書店、二五九頁）

「所謂偶然に対して一種の神秘的驚異を感じ」ることの重要性が指摘されているのに注意したい。また、異稿（「日本詩の押韻（B）」）では押韻の機能をこう定義する。

押韻の遊戯は詩を自由芸術の自由性にまで高めると共に、現存在の実存性を言語に付与し、邂逅の瞬間において離接肢の多義性に一義的決定を齎すものである。（略）さうして詩が芸術表現の効果を最大密度において濃厚に立体的にもたらさうとするときに、言葉のもつてゐる被投的素質を一つの新しい投企の機能として活かして、押韻の形式を成立せしめたとて何等の不可は無い筈である。詩にあつては言葉と言葉との交はす「ふた子の微笑（ほほゑみ）」も、ひそやかな色目も、それ自身において自己の存在を主張する意味自体である。

（同、二八〇〜二八一頁）

九鬼が言っているのは、要するにこんなことである。押韻とは、まとまった意味を構成するフレーズにおいて、そこで「偶然」同じ音同士が出遭った状態をいう。意味のうえの要請から、そっくり同じ音が偶々隣同士にいわば席を得てにっこりと互いに挨拶を交すこと。それがヴァレリーのいわゆる「ふた子の微笑」に他ならない。韻を踏むことは、この偶然がもたらす奇跡的な感動の美を表現するものだ、というわけである。

押韻という言語操作に対するこの犀利な認識は、一種のコペルニクス的転回ともいうべき決定的な革命性を持つと思う。元来はヴァレリーの創見に帰すべきものかもしれないが、九鬼によるいわば認識論的切断を経て、押韻が「偶然」の力の助けを得ながら、詩的言語の創造において果たす重要な働きはよく理解されよう。

さあこうなると、いかがだろうか、押韻のメカニズムを語る九鬼の叙述から、逆に「偶然」が孕む神秘的な力というものを我々は再認識できるのではなかろうか。坂部恵は、『不在の歌――九鬼周造の世界』のなかで押韻論の重要性をこう語った。

いずれにせよ、マラルメやヴァレリーに深く学んだ周造にあって、〈押韻〉の問題が、単なる詩や歌の問題、あるいは単に文学の問題ではなく、むしろ、よりひろく、文化の基底としての生の律動（はずみ）の問題、あるいは、共同の生の基底としての自己と他者のさらには宇宙のいのちとの共感や、共鳴の可能性の問題として、生きられ、捉えられ、あるいは捉え返されたことはたしかであるようにわたくしにはおもわれる。（二〇一頁）

このくだりの「押韻」効果の解説は、「偶然性」の哲学的意味を逆照射しているのではあるまいか。坂部が述べる「よりひろく、文化の基底としての生の律動（はずみ）の問題、あるいは、共同の生の基底としての自己と他者のさらには宇宙のいのちとの共感や、共鳴の可能性の問題として」捉えられる、というのは、他でもない「偶然」の神秘的な力の効果に重なるのである。

さて、本稿の主題である吉増剛造の多重露光写真の生成における偶然性の尊重に戻ろう。吉増が賭けるのは、偶然の持つ神秘的な力なのである。そう、吉増は、まさに坂部が説く「宇宙のいのちとの共感」や共鳴を志向して、多重露光に挑んだのではないか。後の章で考察することになるが、吉増のポエジーに向き合う姿勢には、いわゆる社会制度（ノモス）としての文学を超えて、生命活動の基礎をなす自然（ピュシス）に結びつこうというものがある。多重露光写真の試みにも、そのこころざしがうかがえるのではないだろうか。

第二章　gozoCiné の表現革命

1　gozoCiné の誕生

「gozoCiné（ゴーゾーシネ）」と名付ける、吉増剛造ならではの独自の制作方法で創造される動画作品が生まれたのは、二〇〇六年の七月だった。記念すべき第一作は、「まいまいず井戸」である。吉増が少年時代を過ごした福生に隣接する羽村市に残る、この古い井戸が主人公だ。詩篇「ユキ？　ユキ」（『オシリス、石ノ神』所収）にも登場した。

武蔵野の一隅、羽《は》の五《ご》の神《かみ》に、「まいまいずいど」があり、吸いこまれるようにして、（小型車なら二、三台は入るだろう）、その穴に、子供の時の貝独楽《べいごま》を想い出して下りて行った。歩行しつつ、不思議な響きを聞いていた。

大きくすり鉢状に掘られた井戸であり、利用するひとは、螺旋形の小径を降りていき、水を汲む。羽村駅前の五ノ神神社の境内にあるこれは、鎌倉時代に造られたものだという。「まいまいい」、カタツムリに形状が似ているから「まいまいず井戸」なのである。吉増は、エッセイ「羽《は》の舞舞《まいまい》」（『緑の都市、かがやく銀』所収）でも採りあげている。

柵に囲まれて、そう直径は十メートルか十五メートル位か。入口から入って歩き（下り）出すと、当然のことなのに、自分の身体が地下へ沈んで行くことに驚く。道は下へ巻いて行く、巻貝の回廊をしずかに下って行くように。そうして気がつくと（多分、立ち止まっている）世界は暗くなってきて、空が幾分か蒼くひかるように感じられる。中心の湧き水の処まで、時間にすれば一分もかからない。

動画は、まさにこう綴られた動作を行なう吉増によって、ヴィデオカメラで撮影されていく。吉増は、撮影を行ないながら、しゃべり続けるのである。動画を撮りながらしゃべり続ける、gozoCiné のポイントは、まずここにあるだろう。

この動画作品は、『キセキ——gozoCiné』（オシリス、二〇〇九年）と題されたＤＶＤブックに収められている。「キセキ」、これは、当時使用していたデジタル・ヴィデオカメラに搭載された機能の呼び名であり、この機能を用いると、撮影した画像はブレて重なり合い、尾を引いて残像が残るのである。キセキは「輝跡」だという。このＤＶＤブックは、初期の gozoCiné を十九本収録するが、どれもキセキを用いて撮影されている。重なり合った電子画像は、多重露光写真の映像を髣髴とさせる。

では吉増は、どうしてこういう動画を自ら撮ろうと発心したのだろうか。gozoCiné 誕生の経緯は、『我が詩的自伝』（二〇一六年）のなかで語っている。

そこから gozoCiné が出て来るんだけど、その経緯はかなりはっきりしてます。テレビ出演することの延長で、詩人にどこかへ行ってもらって番組をつくろうという話がテレコムスタッフで始まったのね。僕は何かというとすぐ奄美に行きたいから「奄美へ」となってね。（略）それで映画が出来ちゃったわけ。伊藤憲《いとうけん》監督の『島ノ唄』ね。そういうことがあった。ただそれは、やっぱりあちらのペースじゃない。しゃべることはしゃべるよ。で、でき上がったんだけども、何かつまんなくなってきちゃってさ。出てるやつがつまんねえなと思って、じゃあ自分で、……これも「届くこと」の原点に戻ったんだ、……。「書くように、……」獨りで撮ろうかって（笑）。それが始まり。

確かに、当時の吉増は、ここで触れられた制作会社テレコムスタッフがプロデュースするスカパーの番組「エッジ」のほか、NHKの教養番組などに頻繁に出演していた。知人との世間話でも、「最近吉増さん、よくテレビに出てるね」と話題になったものだ。そんななかで、「こないだの吉増さんも、あれ、あなたがディレクター?」と質問されたこともある。わたしは大学卒業後の七年間をNHKでディレクターを務めた関係で、NHKを退職した後も、文学や美術関連の番組の企画や演出を引き受けていた。一九九四年のことだ。その年の一月に、吉増は、サンパウロ大学の客員教授を二年間務めた後に帰国している。NHKで、現代詩人を主人公にした番組を作りたいので協力してほしい、と誘われた。そこで生まれたのが、BSで六本のシリーズで放送された「現代詩実験室」である。だれに出演依頼をするか。わたしが真っ先に名前を挙げたのが、吉増剛造だった。

とにかくそうして始まった吉増のテレビ出演だったが、テレビカメラの前で、吉増の身のこなしは自由自在である。次々とテレビ番組への出演依頼があったのもよくわかる。吉増も、テレビという不特定多数の視聴者大衆を相手にするメディアにすんなり馴染んだようでもあった。ちょうど二〇〇〇年、翌年からは二十一世紀でミレニアムイヤーと騒がれたころだが、「NHKスペシャル」で二十一世紀の到来を記念して、「世界詩人紀行」という大番組を企画し提案したことがある。吉田直哉の企画になる「シルクロード」のように、いわば文明批評となる大番組にしようという意気込みだった。世界の国々には、たとえばインドのタゴールしかり、中国の杜甫・李白しかり、アイルランドのイェイツしかり、アメリカのエドガー・ポーしかり、国の文明を代表する大詩人が存在する。その大詩人の足跡を吉増が旅人となって探訪する、というドキュメンタリーシリーズである。実はこのアイデアは吉増本人の発案だった。わたしは、これはミレニアムの転換年にふさわしい「NHKスペシャル」になるぞと信じたのだが、残念ながらNHK内部に力のある協力者を得ることができず、企画倒れとなってしまった。これが実現できていたら、といまでも惜しまれる企画だったが、わたしのなかでは、テレビメディアとは蜜月状態だと思っていた吉増の内部に、右のような叛逆心というか、テレビメディアには収まりきらない表現欲求が芽生えていたとは驚きである。

こんな発言もあった。二〇〇八年に札幌の北海道立文学館で開催された吉増剛造展の図録『吉増剛造　詩の黄金の庭――北への挨拶』に収録された柳瀬尚紀と工藤正廣との座談「言葉のざわめき、おとのねにおりてゆくとき」から引用する。

> 僕も、放送局みたいだよね。ほんと、放送局、戦ってぶっ潰しに行きたいけど、そんなことやってる暇ないから自分で放送局作ったり、あるいは映画を作るのもそうですよ。自分でやらなきゃ。あんなもの分業にして工場にしてどうして、そんなきれいなものできるかもしれないけど、ああいう「熊野」なんてね、いいかげんな破片が生きてくる世界を作らなきゃだめですよ。

放送局をぶっ潰したい、とは過激な発言である。「いいかげんな破片が生きてくる世界」、確かにそれは決してテレビ番組では実現できまい。動画を自分ひとりで撮ろう、という思いから、gozoCiné は誕生したのである。

2　gozoCinéとはなにか

『キセキ』に収められた十九本のgozoCinéを鑑賞しよう。吉増は、早い段階でgozoCinéのスタイルを作り上げている。鑑賞に際しては、『キセキ』の書籍パートに収められた、映像論が専門の八角聡仁による「キセキノート——Notes on gozoCiné」、十九本それぞれについての掘り下げた解説がよい手引きとなろう。

gozoCinéのスタイル、大きな特徴のひとつは、先述した「キセキ」というファンクションが用いられることである。『我が詩的自伝』のなかで吉増は、この「キセキ」との出会いが、実際に自分で動画を撮ろうとした際の、強力な後押しとなったことを語っている。「それは重ねる機能なの。重ね映像」と述べてから、こんな発言がある。

それで先ほどもいいましたように、本当の写真なんか撮れないから、全部写真はにせものだというんで重ねちゃうわけ。それと同じ機能がついている。時間がひずんでいく、重ねられていく、ゆがんでいく。その機能がぴたっと出てきた瞬間に出会ったわけ。それでgozoCinéが始まってるの。そういうことが重なっていって、しかもこれはウォークマンと同じぐらいの手軽さでできるようになった。そこへ突っ込んでいったんだね。

吉増の多重露光写真の映像が、観者に驚きを与えたように、「キセキ」の作用によって重ね映像となったヴィデオ画像、電子画像の出現に、やはり観者は「お！」となるはずだ。それは、お茶の間でふだん見るテレビ放送で馴染んだ電子画像ではないのである。

これはわたしのディレクター時代の体験だが、わたしが入局した一九七七年あたりから、NHKでは従来のフィルム番組に替わってヴィデオ編集を経たヴィデオ番組に転換しようという流れができていた。だからわたしが職員時代に手がけたドキュメンタリー番組ではフィルムは一本だけである。ただ当時のヴィデオ編集システムはまだまだ手作業だった。当時採用されていたβマックスで予備編集を行ったものの記録をシートに起こして、中継車のなかにテクニカルディレクターと映像担当者、音声担当者と乗り込む。編集ポイントを秒数で測りながら作業を進めるのである。ポンと手を叩いて、「はい、ここ」と編集ポイントを指示する。と、ヴィデオ画像が静止する。その静止した電子画像に感じとった一種の訴求力のある美をいまも忘れることができない。電子画像というのは、生放送でつねに流れていなければならないはずなのに、こうやって静止している、そのことの驚きも加勢したのだと思う。ちょうど当時、ナム・ジュン・パイクのヴィデオアートの存在を知って、強く惹かれたのだが、静止した電子画像の美しさはパイク作品からも感じたものだ。

「キセキ」というファンクションが、電子画像を重ねてゆく、その「驚き」誘発の働きも、この静止した電子画像の出現に通じるものがあるのではないだろうか。いずれにしても、ヴィデオカメラの機能に、吉増がこの「キセキ」を発見したことの意味には大きいものがあるだろう。

また、gozoCinéのきわめてユニークな点は、ヴィデオの撮影者である吉増が、ファインダーを覗きながら、その場で即興的なコメントをしゃべり続けるところにある、といえる。(『キセキ』の十九本のなかでは、フランスの詩人のクロード・ムシャールとマリリアがフランス語で交わす会話が中心に収められた「クロードの庭」と、ストラスブールなどで行なわれた吉増らが出演するライヴ・パフォーマンスをいわば内側から撮影した「Strasbourg、いけぶくろ」の二作には吉増の語りはほとんど入っていない。しかしこれらは、あくまでも例外である。)

二〇一五年に横浜美術館で開催された「石田尚志　渦まく光」展での上映イベントでのことだった。ドローイングアニメーションが専門の映像作家の石田尚志の作品上映に際して、交友のある吉増がゲストに招かれてトークを行なった際の石田の発言だった。話題がgozoCinéのことになって、石田は、「われわれ映像作家が、絶対に真似ができないのは、カメラで撮影しながら同時にナレーションするってところですね」という旨の発言をした。「まったくその通りだろう」とわたしも納得したのを覚えている。『我が詩的自伝』ではこう語っている。

これは二〇〇六年の夏からですから、もう十年ね。もう百本近く撮った。しかもさ、あれ、歩いてて同時に自分で朗読みたいにして、声出して、しゃべってるの。だからね、あれ、あれ、カメラを録音機として使ってる。あれはだから、ウォークマンと同じ。あれ、ウォークマンにレンズがついたようなものなんですよ（笑）。だから、朗読の延長でもあるし。そういうことをやって、自分で自分に突っ込みを入れられるじゃない。おもしろいじゃない（笑）。しかも、そうだとほとんどシナリオ要らないし、やり直しもする必要ないし、編集なんか全然する必要ないからね。

しゃべりながら撮るってところが大きいね。（略）で、その声を聞きながら自分の思考が変っていくからさ。それは、普通言う映画ではやれないやり方で相当突っ込んでいます（笑）。

「しゃべりながら撮る」、まさにそれである。しかし、そのアクションは誰にでもできるものではない。石田尚志がいうように映像作家もできないだろうが、詩人だってできないだろう、吉増剛造ひとりを例外として。

そもそも吉増には、かなり以前からカセットテープレコーダーに自分のしゃべりを録音する、という習慣があった。右に引いた語りのなかで「ウォークマン」というのは、録音機能を持ったソニーのウォークマンのことである。二〇一六年の「声ノマ　全身詩人、吉増剛造展」には、〈声ノート〉と名付けて吉増が録り貯めた大量のカセットテープが出展されていた。また展覧会場のひとつのブースでは、天井からいくつものスピーカーが吊るされて、その下に立つと、吉増がカセットに吹き込んだ音声が聞こえて来た。また展覧会図録にも、「〈声ノート〉等　Voice Notebooks, etc.」としてそれらのカセットテープの写真が掲載されている。図録にはさらに、「聲ノート」ＤＩＳＣ1とＤＩＳＣ2の二枚のＣＤが付いていて、そこには九種類の〈聲ノート〉が収録されている。

では吉増は、そこにどんな言葉を記録しているのか、ちょっと紹介しよう。

えー、一九八四年、五月、えー、三日、このテープレコーダーの小型、アイワオートリバースを買ってから、それから、朗読の中に、二重、、二重の声、が出てきて、かなり踏み込んできてから、声の日記に代わる、恐らくこれが最初のテープ、です。

「図録」に「〈声ノート〉（抜粋）」として、担当学芸員の保坂健二朗によって聴取され記録されたものからの引用である。

また、「[踏切の音。電車が通り過ぎる。クラクション。踏切の音。終わる。風の音。人の声。]」と注記があって、こんな言葉が読める。

五月、五月十二日か、十三日かな。日曜日。ええ、、猛烈な二日酔い、四時頃、「壱拾壱《じゅういち》の会」の後で二時頃帰って、日曜日の十一時頃起きて、十二時頃下北沢、代一元にラーメンを食べに来て、白樺書院に寄って、上の大踏切《だいふみきり》へ行って。それで、、今、歩き、、「聲の日記」第二篇、、あの大踏切、ちょっとまたわかってきたな。よし「ＳＴＯＰ」

下北沢の小田急線の「大踏切」については、長い間下北沢に下宿したことのある吉増はこだわるところがあったが、ここでも言及されている。現にいまその踏切を渡ったところなのだろう。〈声ノート〉、こんな具合にみずからのしゃべりを記録するのである。

出展されたカセットテープは、〈声ノート〉と表記のあるものが、一九七五年のものを最古に一九五本、〈声ノート〉という表記はないけれど、それと同じものと推測されるのが九十四本、合計すれば三百本近いカセットテープに吉増は自分のしゃべりを吹き込んできた。ヴィデオカメラを構えた吉増が、撮影を行ないながらしゃべるのには、なんら困難はなかったはずだ。

『キセキ』には、「鏡花フィルム」と題された四本の連作の他、「朔太郎フィルム日記」、「奄美フィルム」と題された島尾ミホ追悼の作が収められている。注目したいのが、タイトルのなかの「フィルム」という言葉だ。gozoCiné はヴィデオ作品なのだから、そこに「フィルム」とあるのはどうしてかな、と当初は戸惑った。この「フィルム」、実はOHpフィルムのことなのである。図像をオーヴァー・ヘッド・プロジェクター（OHp）でスクリーンに投影させるために作られた透明フィルムを吉増は、gozoCiné の撮影で用いている。鏡花や朔太郎、島尾ミホなど、作品の主人公となる人物の顔写真をOHpフィルムに焼きつけて、それをレンズの前にかざしながら撮影を行なうのだ。すると、ヴィデオ画像には、透明フィルムの主人公の顔を透かせて、その向こうの風景が浮かんで来るだろう。また透明フィルムは、薄っぺらいから、風に吹かれて動きをやめない。「朔太郎フィルム日記」では利根川の河原で撮影を行なうのだが、川風が強くて、吉増は、朔太郎の眼をアップにしようと試みるが、うまく撮れずに耳ばかりが映っている。そんな小道具がこの「フィルム」なのである。

『キセキ』の書籍パートでは、それぞれの作品を多彩な顔触れが論じているが、「鏡花フィルムI——プロローグ」の解説「透明フィルムのたゆたい」のなかでフランス思想が専門の郷原佳以が、この透明フィルムの効果について語っているくだりは説得的である。

ＯＨｐの透明フィルムという限りなく初歩的なメディウム（媒介＝媒体）に導かれ、それをまずは外光が燦々と射すアトリエの窓に原稿用紙と共に、そしてオレンジ色に染まる車のフロント・ガラスに重ねてみる詩人は、さらにヴィデオカメラを通して無数の透明フィルム＝メディウムを増殖させていく。それら無数の透明フィルムは自然の、あるいは人工の光に照らされて反射し合い、メディウムの「向こう側」の輪郭をぼやけさせる。ぼやけさせながら、近づける。どこへ？　詩人の共鳴体たちは、いったい何に共鳴、ないし交感するのか？

このＯＨｐフィルムは、もちろん画像を多重化するという狙いで導入されたのだろうが、郷原が指摘するような、多面的な表象効果を生んだといえよう。

それに加えて、ピンチハンガーである。吉増は、カメラのレンズと撮影対象との間に、たくさんの宝貝やサヌカイトの小片を糸で垂らしたピンチハンガーをかざすのである。洗濯した靴下やハンカチを乾かすのが本来の役目であるピンチハンガーをこのように用いる、というのは、青山真治監督の映画『エリエリ・レマ・サバクタニ』（二〇〇五年）を模倣したものらしい。このピンチハンガーの働きについては、やはり『キセキ』書物パートの解説「リアル・タイム、または生＝映画――gozoCiné 覚書」において、倉石信乃が見事な分析を行なっている。倉石はまず、先ほども参照した「言葉のざわめき、おとのねにおりてゆくとき」から、吉増の発言を引用する。

ピンチハンガーにいろいろぶら下げて、先に立てて、夢の物干しを先に立ててるんですね。別の次元に入っちゃって静かで、ちょっと怪しげでね。（略）折口さんの歩き方っていうのは印象的な文章があるけれども、「道おしえ」ていうね、ハンミョウっていう虫が目の前を飛ぶんですよね。この虫がピンチハンガーの化身かな？

そして、倉石はこう述べる。

ピンチハンガーはこうして、先触れをキャッチして伝える予言者、アンテナであるとともに、天井、ドーム、天蓋として宇宙のモデルでもある。しかし予言者とは誰か。予言者は魂の遊離した「私」の分身、マリオネットあるいはむしろ腹話術の人形、話者のアルター・エゴとして、「音」をたてている。それでは何のためにこのようなものを携えて、歩いていくのか。

倉石が結論とするのは、gozoCinéの旅はすべて聖地巡礼であり、ピンチハンガーは聖地に吉増を導くための先導者である、というものだ。なるほど、この考察には啓発された。倉石はさらに続ける。

聖地が先験的に存在するのではない。それは作られなければならないし、絶えず作り替えられなければならないと見なされていることだ。それは一つの強大な権能をもつ「神」の降臨する場、そして信者が「神」と受動的に立ち会う場ではない。ウタキは無数に作りうるし絶えず運ばれていかなければならず、他所で自発的に発見と遭遇を繰り返さなければならない。（略）gozoCinéの静かなアジテーションは、想像力上に無数のウタキを作り、それらを互いに結び合わせろ！、ということになる。そのためにこそ旅を常住としなければならないのだ。旅と想像力が同時にウタキを作るのである。

ピンチハンガーに吊るされた宝貝は、吉増が敬愛する民俗学者の柳田国男が、『海上の道』のなかのエッセイ「宝貝のこと」などで採りあげたものである。子安貝とも呼ばれる。「かつて金銀がいまだ治鋳せられず、山が照り輝く石をいまだ掘り出さしめなかった期間」（柳田）に通貨の代りとなった貝である。沖縄諸島で多く採取され、巫女や女性の聖職者はこの貝で作った首飾りを用いてきた。吉増はこの貝を上着のポケットに入れておき、朗読会の会場で、広げた銅板に言葉を打ち込むパフォーマンスを行なう折など、よく銅板に乗せている。

ピンチハンガーには他にサヌカイトも吊るされる。サヌカイトにこだわるのは、映画『怪談』の音楽などで武満徹がこれを打楽器として用いたからだという。武満には自分で作詞作曲をした「小さな空」という歌があるが、この演奏でもサヌカイトが使われている。「武満さん、僕の作にシンパシーを持ってくださってたらしいのは知ってますし、それはこちらもそうなのね。だから武満さんの葉書はまだとってますよ（笑）」（『我が詩的自伝』）というように、武満徹へのオマージュとして、ここにサヌカイトを吊るすわけだろう。gozoCiné では、吉増は時々これを吊るした糸を口にくわえて、サヌカイトを鳴らし、撮影現場で生の効果音を作ることもある。

いずれにしても、宝貝もサヌカイトも、吉増にとっては、いわば聖なるものである。それらを吊るしたピンチハンガーは、確かに倉石が述べるように、gozoCiné の作者とそれを見る観者を、生成しつつある「聖地」に導く先導装置だといえるだろう。

3 gozoCiné の「難解」さ?

「キセキ」のファンクションや、OHpフィルム、さらにはピンチハンガーの使用による映像の多重化という特性は検証できたと思う。それらに加えて、これはやはり倉石信乃が「gozoCinéという異種の映画は時として桁外れに「難解」だ」と指摘する、その問題について考えなくてはならない。吉増は、撮影の際の小道具として携帯用のDVDプレーヤーと複数の音源再生装置(CDやカセット用)を利用する。それらの映像と音声を再生させながら、ロケは進行する。ホテルや旅館の室内でのロケの場合は、ニュースや気象情報をオンエアするテレビ画面も遠慮なく写されるのである。吉増は、しゃべりを続けながらヴィデオカメラを動かして、撮影対象を変えるのだ。OHpフィルムからテレビ画面に、そしてDVDプレーヤーで再生されている映画作品の映像へと。音声に関しては、カセットからは詩の朗読の声が流れ、CDプレーヤーからはBGMとしての音楽が流れ、さらにテレビの音声も加わってくる。これらが映画のなかに一斉に参入してくると、そこには混乱状態が生まれるのはやむをえまい。

具体的な作品に即して見てゆこう。倉石が言及するのは、「鏡花フィルム」四部作である。ここでのDVD画像は、マルグリット・デュラス監督の『インディア・ソング』だが、その冒頭、ガンジス川を見てからラオスのサバナケットまで歩いてきた気の触れた乞食女の声とメコン川とおぼしい水辺の映像がモニターに再生される。OHpフィルムには比較的若いころの泉鏡花の肖像写真。テレビ画像は、「I」では花火大会の様子を伝えるニュースであり、「II」では滞在する金沢の旅館で見る北陸地方の気象予報、「IV」では日本列島に接近する台風九号のニュースである。DVD画像とテレビ画面は、時には一緒に撮られることもあり、ひとつからもうひとつへとカメラがパンをすることもある。

音声は、「I」では、吉増本人があのサヌカイトを打って鳴らす硬質の音に、後半、金沢に向かって高速道路を走る吉増運転の車の走行音がかぶる。「Ⅲ」では、鏡花が転地療養で四年間過ごした逗子を訪ねるのだが、『春昼』の舞台となった岩殿寺観音堂でのロケでは、蟬の声や鳥の声が聞こえてくる。そして gozoCiné では しばしば用いられる、ジョン・ケージの現代音楽作品「ニアリー・ステイショナリー」が通奏低音として鳴り響き、それに加えて、少女時代の美空ひばりが歌う「角兵衛獅子の唄」が流れてくる。そこに、鏡花について語る吉増本人の声が加わるのである。こうして展開される「鏡花フィルム」に対しては、倉石は「桁外れに「難解」だ」と断じている。

その難解さは語り口のそれでも思想哲学のそれでもなく、ただただ観者の身体へかかる物理的な負荷に拠っている。（略）映像と音のレイヤーがいっそう厚みを増しており、そこから簡潔な意味を抽出することはおろか、通常の意味で見続け、聴き続けることも困難な事態にしばしば陥る。（略）これらすべての分厚い、とりわけ音声のレイヤーは一つのシーンで構成されているものだが、それらをすべて一挙に咀嚼せよというのは無理な注文だ。巻き戻しても困難なことだ。耳をそばだてればそうするほど、渾沌は増していく。

わたしの心証は、倉石とは違う。「難解？　そうかな」、である。「吉増さんのなかですべては解決されているのだから、これらはこれらでみんな生きているはずだ」とはなはだ楽観視している。実際、八角聡仁による解説を読んで作品の生成事情を了解したうえで、二度、三度と見返すなら、「鏡花フィルム」の世界の「咀嚼」は充分に可能なはずだ。

無論倉石は、「難解」さは指摘するが、gozoCiné を批判しているのではない、それは忘れずに確認しよう。それどころか倉石は、「難解」さの彼方に「鏡花フィルム」自体の魅力的な「読み」を提示しているのである。

デュラスの『インディア・ソング』に川のイメージが重要視されることや、鏡花の故郷の金沢を訪ねた「II」では、浅野川や、その近くを流れる細い小川の水面を撮っているのを踏まえて、「鏡花＝デュラスのカップルを設定するのは明らかに両者が「水の女」を主題に掲げているためだろう」と述べて、こう展開する。

吉増は、デュラスと鏡花のテクスト内に鳴り響く「Oui」と「應乎《おうよ》」に、文化的な比較対照というより、もっと素早い「短絡」の「地口」を見出して、一度ならず発語してみせる。二つの「肯定」の間投詞のそれぞれに、「驚くべき、深いところからの物の声の交響」を聴き取り、この二つの鳴り響く水の風景を見つめようとするのだ。ベケットの『事の次第』から引用した泥濘のイメージが、短絡から深化への速度変化をさらに遅滞の方へシフトさせる。他にもさまざまな画像と音声の皮膜が差し挟まれ、不透明な波紋が拡がっていく。それがgozoCinéという「企て」なのだ。

「鏡花フィルム」というgozoCinéの紡ぐ物語の深層を見事に読み解いた発言だと思う。

4　反映画としてのgozoCiné

gozoCinéがどういう動画であるか、概ね理解いただけただろう。とにかくロケ現場でのすべての操作を吉増ひとりが行っているのに注目したい。さらに吉増は、いわゆるモンタージュとしての編集作業をいっさい行なっていない。ワンシーンはワンカットである。ほとんどが十分前後の作品だが、数分間のシーンがいくつか並ぶだけなのである。これは、従来の「映画」概念に真向から対立するものではないだろうか。

そもそも映画作品の制作は、集団による作業で遂行される。監督がいて、脚本家がいて、俳優がいる。ロケの現場では、助監督、撮影と照明と音声の専門家に加えて、美術、大道具、小道具、衣装、化粧、特殊装置の担当者、スクリプターらがいる。撮影の終了後には編集マンや映画音楽の作曲家、効果音担当者の出番である。大作なら、エンドロールに何百人もの名前が登場する。

この「集団制作」という原理に創造の可能性を見出したのは、花田清輝だった。個人の殻を破って、共同性の力に賭けようとする。集団制作を原理とする映画の世界を花田は好んだのである。自著のタイトルに『映画的思考』と付けたのはその証左である。「映画は、職能的なもののなかに閉じこもって、他のジャンルについては無知であることを誇りにしていたような「特権的な」芸術家たちを、共通の広場へひっぱりだし、みずからのジャンルの否定の上に立って、あたらしい芸術のために協力する機会を提供する」と花田はいう。他者性の介入こそが肯定されるわけだ。

しかし、gozoCiné に他者の力は不用である。撮影、ナレーション、効果音、BGM、小道具操作、すべてを撮影現場で吉増ひとりが行なう。時々妻のマリリアが登場して、歌を歌うことがあるが、そこでのマリリアは吉増の分身なのだから、問題にはならないだろう。

また、現在の映画作品はどれであっても、モンタージュ理論に基づいた映像編集によって仕上げられている。モンタージュ、視点の異なる複数のカットを組み合わせて用いる編集技法のことで、周知のように、セルゲイ・エイゼンシュテイン監督が一九二五年に『戦艦ポチョムキン』でそのお手本を実現させた。（アメリカで「映画の父」と呼ばれるD・W・グリフィスの名前も忘れてはならない。グリフィスは、モンタージュやカットバックなど映画文法を完成させたとされる。）だが吉増は、いわばエイゼンシュテインにさからった。カットを組み合わせたり、撮影した映像に後から手を加えたりは決してしないのである。この「一回性に賭ける」という気合は、偶然性に賭けた多重露光写真に通じていよう。

吉増は、『我が詩的自伝』のなかで、学生時代、映画に熱狂した経験に触れてこんなことも言っている。

シナリオとかお話づくりにはなんの興味もないのね。もう最初から、「映画」そのものがもっている驚異というか、暗闇や字幕やの、……ね。フランスのヌーベルバーグが出て来たときの共感、……あれが証明していますね。それが後年、「gozoCiné」になって、日記性とモノローグ性へと成長して行くのね。まだまだ発生状態ですけどね。そうだね、「発生状態」がキーワードですね。

「映画そのものがもつ驚異」、まさにそれを求めたのがgozoCinéであり、その結果、アイロニカルなことに、反映画のスタイルが出現したのである。

5 「Smoky Diary」へ

gozoCinéは、その後ゆるやかにスタイルを変容させていく。ひとつには、新しく手に入れたヴィデオカメラには「キセキ」のファンクションが搭載されていないことも関わろう。二〇一六年開催の「声ノマ 全身詩人、吉増剛造展」では、「New gozoCiné」と名付けられた七本が出展されて、DVDプレーヤーとモニターによってオンデマンド形式で上映された。いずれも二〇一五年の二月から八月にかけて制作されたものである。これらは、第四章で論じることになる「怪物君」を自宅で制作する、その現場を撮影したものである。だから、OHPフィルムやピンチハンガーはもう登場しない。また上映時間も長くなっており、三十分を超えるものが三本あり、最長は四十七分九秒である。

さらに吉増は近年、自ら撮影した動画のYouTube配信を行なった。これは、二〇二〇年の春から新型コロナウィルスによるパンデミックが発生し、外出が制限され、自宅に籠ることを強いられたわれわれに向けての吉増からの激励メッセージでもあるだろう。「gozo's DOMUS（ゴーゾーズ・ドムズ）」、「剛造のお家《うち》」という意味で、「葉書 Ciné」とも称していた。配信は毎週一回、木曜日に行なわれて、二〇二〇年の四月三十日に始まり二〇二一年の十一月十八日まで、合計八十二本が作成された。（正確には、五十三回までが「葉書 Ciné」と称したが、五十四回めからは「Smoky Diary」に名称を改めた。）

パソコンを使うことのない吉増は、札幌で古書店の書肆吉成を営む旧知の吉成秀夫に協力を仰いだ。録画したものを札幌に送ると、吉成がそれを素材として編集し、YouTube に投稿するのである。「製作・編集　書肆吉成＋コトニ社」とクレジットされる。また吉増は、録画素材の他に葉書に短い詩を書いて、「葉書詩」と称して札幌に送った。毎回動画の最後にはこの葉書詩が紹介される。

配信される動画は、佃の自宅や八王子・加住町の古家を改造した自宅、それに石巻市の金華山を前にしたホテル「さか井」の206号室などで主に撮影される。コロナ禍のなかの詩人の日常がテーマというわけだ。しばしばマリリアの歌が、マリリアが制作したヴィデオ画像をバックに流され、クレジットには「映像・語り　吉増剛造」、「歌・ビデオ　マリリア」と表示される。実に素直な近況報告の動画であって、『キセキ』のころの緊張感を持ったものではない。これが現在の gozoCiné のスタイルである。

ところで、最後に「葉書詩」が紹介されるというスタイルは、「gozo's DOMUS」すべてに共通であるにもかかわらず、吉増はどうして五十四回めで「葉書 Ciné」から「Smoky Diary」へとタイトルを変えたのだろうか。「Smoky Diary」になってから毎回、吉増は、線香に火を点けて立ちのぼる煙をカメラに収めようとする。ホテル「さか井」の部屋では「Smoky Diary、煙の日記です。ほんとはホテルの部屋でお線香に火をつけちゃあいけないんだけどね、ナイショ（笑）」と言いながら、カメラは執拗に煙を追いかけ続けた。

どうやらこの時点での gozoCiné は、「煙の映像」を撮った映画である、ということになるだろうか。煙への執着、煙への関心というところに注目してみよう。煙は、大気のなかに固体または液体の微粒子が浮遊している状態なのだが、宗教儀礼においては、天と地との媒介者であって、神や霊的世界と人間やこの世とを結びつけ両者の交流を可能にするものである。仏教で用いる香なども、その煙が悪霊を祓い、心身を清め、場を浄化するものとされる。吉増の煙への関心、というのも、そうした煙の持つ超越性に関わるのだろうが、さらにこういうことも考えてみたい。

煙は風に乗って運ばれる。だから、風が煙の存在をわれわれに示してれる、といっていいだろう。「Smoky Diary」の十九回めである。二〇二一年の八月二十九日だったが、吉増は「信濃の国原始感覚美術展」に招かれて、木崎湖のほとりにやってきた。湖を見下ろす高みに立って、火をつけた線香を撮るところから始まったが、折からの風に煽られて煙が激しく動き回るのである。それを見て吉増は、「煙って風のせいなんだね。風の言語だな」と感激している。そう、煙は風の言語、である。ここで、風、ギリシャ語ではプネウマ Pneuma、この言葉に注目したい。

風の持つ豊かな意味作用について、哲学者の坂部恵は「風の通い路」という示唆に富んだエッセイを残している。『坂部恵集』(岩波書店)の5を開いてみよう。「「かぜ」は間違いなく「いのち」のエレメントのいわば代表格として、ときにひそやかに、ときに烈しく、われわれに「ふれ」てくるのである」という一文を読むことができる。

興味深いことには、坂部はここで吉増剛造に言及しているのである。吉増の著書『生涯は夢の中径《ナカミチ》——折口信夫と歩行』の書名を、坂部はうっかり『生涯は風の中径』と誤って記憶していたと告白し、その理由をこう推測する。

これは、たしかに著者吉増と折口信夫の夢ないし夢想の交流をテーマとしたものなのだが、しかし、「夢」を「風」とおもい誤ったわたくしの記憶ちがいにもまんざら理由がないわけではない。この書物では、全巻いたるところで、折口の詩の（文節の）根源ないし萌芽としての息や、息づかい、声がとりあげられているからである。

そして、こう続ける。

「いき」は「かぜ」の一様相、それもひとにもっとも身近で、またひとの「いのち」にもっとも密接した「かぜ」にほかならない。（略）「息づかい」、「吐息」は、そのまま「いのち」の鼓動である。

こうしたくだりは、プネウマが、「風」のほかに「息」、「気息」や「精霊」の意味を持つことが前提とされている。折口が随所に残した発話の際の「気息」の痕跡を、吉増が内なる耳を鋭敏に働かせて聴き取った、それを坂部は見抜いているのである。坂部は、折口信夫が「プネウマのひと」であったのと同様に、吉増剛造もまた「プネウマのひと」であるのをこの時点で察していたのだろう。『生涯は風の中径』という誤記憶は、そこからもたらされたに違いない。

また、これまでの考察でも了解できるように、吉増は「声」に特別な関心を示してきた。三百本近い〈声ノート〉を思い起こそう。さらに『詩とは何か』（講談社、二〇二一年）のなかでは、「どうやらわたくしにとっては、やはりこの「声」ということが、「詩」と密接に繋がっているようなのです」と述べ、「やはり「詩」には、このように「音」によってしか、あるいは「声」によってしか「立たない」という面があるのではないでしょうか」とも言っている。二〇二一年十月に刊行された吉増の最新詩集のタイトルが、『Voix《ヴォワ》』、フランス語で「声」であるのも忘れてはならない。

そして、ジョルジョ・アガンベンが『スタンツェ――西洋文化における言葉とイメージ』（岡田温司訳、ありな書房、一九九八年）において「プネウマ」に触れたくだりで、「声もまたプネウマであり、それは主導的な部位（心臓）から発され、咽頭を通じて舌を動かす」という一節を残しているのにも注意しよう。「声もまたプネウマ」、やはり吉増剛造は「プネウマのひと」なのである。gozoCinéの現在は、そのことを端的に語っているだろう。

第三章　舞踏としての自作詩朗読

1　現代詩と舞踏

日本の現代詩を語るには、舞踏の世界との密接な関係に触れないわけにはゆくまい。

無論、詩とダンスとの血縁の濃さについてなら、ステファヌ・マラルメやポール・ヴァレリーがバレエを好み、「歩行が散文ならば、舞踊は詩である」という巧みなたとえをポール・ヴァレリーが持ち出したことなどから、誰もがよく知るところだろう。ヴァレリーの名前が出たので、彼が「舞踊の状態」という言葉を用いて、身体という記号がどのような運動過程を経てポエジーを生成するのかを、美しい文章で語ったくだりを見ておこう。吉田健一の訳になる『ドガに就て――ドガ・ダンス・デッサン』（筑摩書房、一九七七年）に収められた「舞踊《ダンス》について」から引用する。ヴァレリーは、「舞踊とは人間の動作を素材とする芸術であって、それも意識的であり得る種類の人間の動作に基くものである」と確認したうえでこう述べる。

> 我々の肢体もまた、逐次的に連鎖する幾つかの図形を描くことが出来る。そしてそういう動作の反復は一種の陶酔状態を来し、それは或る時はものうげな相を呈し、或る時は激発し、それは一種の魅せられたごとき自失状態から狂乱に至るまでの、あらゆる度合を示すものである。かくして舞踊の状態が創造される。

このように「舞踊の状態」が定義される。そして、これがすなわちポエジーそのものに重なるとするのが、次の一節である。

> 要するに、舞踊の状態は永続することの出来ないものであり、それは我々に我々自身を忘れさせ、或は離れさせ、しかも我々はその間あらゆる不安定なものによって支えられているのであって、安定したものはその世界に偶然にしか現れないのである。そしてかかる状態は我々に、我々の世界においては極めて稀となっている瞬間が無限に存在し得る、我々のとは別な一つの世界を想像せしめ、それは、我々の諸能力の極限価値のみによって構成されている世界なのである。私はここで、普通霊感と呼ばれているものについて考える……。

ヴァレリーはここで「詩」という言葉を出してはいないが、「我々の諸能力の極限価値」とはポエジーのことに他なるまい。ヴァレリーは、詩とダンスとの深いつながりを証明したのである。

しかし、である。日本の戦後現代詩の歴史を振り返ると、こうした原則論などは霞んでしまうくらい、多くの詩人たちが、ダンスの世界に強烈な関心を示したのだった、その事実をたやすく確認できよう。ここでいうダンスとは「舞踏」のことだ。土方巽をパイオニアとして、大野一雄と笠井叡をその強力な随伴者に加えて展開された「舞踏」の世界は、戦後の現代詩壇で活動する詩人たちの多くを強く惹きつけた。（ちなみに「舞踏」という呼称が成立した経緯に関して、笠井叡氏からこんなエピソードをうかがった。笠井氏が土方巽に出会ったころ、土方は「暗黒舞踊」と称していたという。「舞踊」という言葉に抵抗のあった笠井氏は、一九六六年八月に土方の制作で上演されたデビュー公演『笠井叡処女璃祭他瑠《リサイタル》・舞踏集第壱輯磔刑聖母』において「舞踏集」という表現を使った。するとそれ以後の土方の公演では「舞踏」（「暗黒舞踏」）の呼称が用いられ、それが定着したのだという。確かに慶應義塾大学アート・センターの土方巽アーカイヴの活動年譜によると、一九六五年十一月の『バラ色ダンス』では「暗黒舞踊派提携記念公演」とあったのが、一九六六年十一月の『トマト』では「暗黒舞踏派解散公演」となっている。)

ダンス様式としての舞踏は、跳躍やポワントを重んじて天上界を志向し、また均衡のとれた身体美を理想とするクラシックバレエなどと違い、腰を低く落として大地を志向し、時に身体を痙攣させるような激しい所作を行なうなど、身体の深層そのものを舞台上に開示しようとする。一九六八年十月に開催された土方の公演タイトルは『肉体の叛乱』、まさにこのタイトルこそが舞踏の持つ根源的なアナーキズムを体現していよう。一九六〇年代を迎えた現代詩の世界でも、言葉の身体性や物質性を重んじて、難解さを恐れずに暴力的でアナーキーな表現に向かおうとする流れが生まれていたわけである。現代詩人たちが舞踏の表現に共鳴したのも頷けよう。

詩人たちと舞踏との、いわば強い絆を示すのが、瀧口修造の「舞踏よ」と題されたテクストである。『余白に書く』から引こう。

> 私はふと舞踏を考えるとき、私の言語の習性や系列がにわかにくずれ去り、一瞬、眼のくらむような空白に陥るのをどうすることもできない。そこには言葉を粉々に四散させるような超透視法があり私をたじろがせる。(略)それでも奇妙なことが起る。
>
> 私は舞踏からはじかれるように遠ざかりながら、たちまちそれに吸いこまれる。この遠心力と求心力とに私自身酔いながら、その物理が舞踏そのもののなかにあることを思い知らされる。
>
> これこそ舞踏をめぐる私の舞踏だ。(略)アンドロジーヌ! アンドロジーヌ!
>
> 呪文めいた呼び声を、白い蛇、薔薇の若い蛇から聴きなさい。あの始まりと終りとがつながるのだ。これは逆さ接吻の恍惚であるかも知れない。私はこの第三人物である舞踏家によって魅せられ、救われるだろう。

アンドロジーヌ、舞踏よ。

これは、一九六七年に刊行された笠井叡舞踏写真集『Androgyny Dance』（藺架社）に序として寄せられたものである。瀧口はまた土方巽の舞台も熱心に観て「私記土方巽」というオマージュの文章を書いているほか、土方が被写体となって郷里の秋田などで写真家の細江英公が撮影した写真集に『鎌鼬』というタイトルを与え、「真空の巣へ」という序を執筆している。大岡信と、自著の『詩的実験 1927～1937』をめぐって交わした往復書簡のなかに、自らの若い時代の果敢な言語実験を振り返って、「たしかに私は「絶対」に魅入られていたのです」と書き記した瀧口が、土方と出会って以来、舞踏の世界にそれこそ「絶対」的なものを感じとっていたのではないだろうか。

戦後詩史に大きな足跡を刻む吉岡実もまた、土方舞踏に深く魅了されたひとりである。さらに土方は、吉岡のとても親しい友人だった。土方の言葉からも強い直接の影響を受けて、晩年の詩集『薬玉』（一九八三年）と『ムーンドロップ』（一九八八年）という、「キャンプ」（スーザン・ソンタグ）な、ともいっていい、倒錯的でありながら崇高感もある、重要な仕事を残している。吉岡の『土方巽頌――〈日記〉と〈引用〉に依る』（筑摩書房、一九八七年）に収められた土方の葬儀の際の弔辞のなかで、吉岡は、「土方さん、きみの創造した暗黒舞踏は、ひとことで言えば、奇怪にして典雅、ワイセツにして高貴、コッケイにして厳粛なる暗黒の祝祭であり、世界にも類のないものです」と述べたうえに、「私は詩が書けなくなると、いつも君の活字になった、対談や座談会で発言した、まるで箴言的な言葉を探し出し、それに触発されながら、ずいぶん詩を書いて来たものです。私は自分の考える言葉よりも、きみの独特の口調の奇妙な表現の言葉のほうが、リアリティがあって、ずいぶん借用させて貰っていますね。それらの詩篇は、いずれも自信を持っています」とも表明している。吉岡にとって、土方という存在がどれほど重要であったかがうかがえよう。

この吉岡の『土方巽頌』には、土方に代表される舞踏の世界に関心を持ち、土方本人とも交遊を持った詩人らの名前が多数登場するが、その名前をここに挙げておこう。まず三好豊一郎である。三好は、後に『病める舞姫』として書物になる文章を、土方が最初に演劇雑誌『新劇』に連載した際に、添削のアドバイスをしたそうである。また、三好の言葉として、「舞台で観衆に観せる舞踏行為だけが彼にとって舞踏ではない、という思いがあった。椅子に坐る、めしを食う、歩く、そのほかすべての行為は、この行為の意識者にとって、すべて舞踏であった」が引用される。この舞踏観には賛成したい。

続いては、高橋睦郎である。高橋は、時間があると土方の拠点のアスベスト館に話を聞きに通った「押しかけ聴講生」だったと告白したうえで、土方から依頼を受けて、公演の総タイトル「燔犠大踏鑑」を考えたそうだ。「ハン・ギ・ダイ・トウ・カン……いいね、いいよ、睦郎さん」と言われたという。確かにこの名前は土方舞踏にふさわしいだろう。

以下、詩人名を列挙する。加藤郁乎、白石かずこ、飯島耕一、天沢退二郎、金井美恵子、富岡多恵子、田村隆一、鈴木志郎康、大岡信、岡田隆彦、那珂太郎、八木忠栄、阿部岩夫、財部鳥子、という面々である。詩人以外でなら、三島由紀夫、澁澤龍彥、種村季弘、松山俊太郎、阿部良雄など錚々たる文学者の名前に出会うだろう。彼らも熱烈な舞踏のファンであった。

そしてもちろん、吉増剛造の名前も三度登場している。最初は、一九七三年十一月十七日の〈日記〉である。「夕暮、近くの光明寺の観音ホールへ行く。見物客は三十人ほどで淋しい。中嶋夏の「ひねもす神楽坂抄」。（略）吉増剛造と芝山幹郎と会う。お茶を誘ったら、かれはこれから、テレビ局へマリリアのお弁当を届けに行くというので、新宿で別れた」とある。吉増は、一九七二年十月に池袋パルコで『人形劇精霊棚《しょうりょうだな》』という舞台公演に参加して、自作詩を朗読したが、このとき共演した舞踏家のひとりが中嶋夏だった。二回目は、一九八一年一月二十三日の〈日記〉である。「夕刻、松屋で買った清酒澤の鶴を持って、陽子と第一生命ホールへ行く。二年ぶりで土方巽と会い、開幕までロビーで語り合う。大野一雄舞踏詩「わたしのお母さん」を観る。（略）廊下で森茉莉さんと久しぶりで会う。ほかに、白石かずこ、種村季弘、松山俊太郎、吉増剛造たちと会った。」大野一雄の公演を吉増は鑑賞したわけだ。そして三回目は、一九八二年十二月三日の〈日記〉である。「モーツァルトサロンで、霧笛舎の中嶋夏舞踏公演「庭」を観る。三好豊一郎、李礼仙、平出隆、正津勉そして、吉増剛造・マリリアたちと会った。」

吉岡の〈日記〉の記述以外にも当然、吉増は土方巽の舞台をはじめ多くの舞踏に接している。とりわけ大野一雄とは何度も舞台での共演を行なっているし、お互いが親しい存在だった。吉増と舞踏との関わりを見ておこう。

2 『舞踏言語』をめぐって

吉増剛造と舞踏との関わりを知ろうと思えば、二〇一八年五月に論創社から刊行された吉増の著書『舞踏言語』を開けばよい。刊行時点までに発表された舞踏や舞踏家に関する文章や詩、座談などを集めたものである。序章として「「舞踏」という隕石――森下隆さんとの対話」が置かれている。慶應義塾大学アート・センターの土方巽アーカイヴの責任者だった森下隆を相手に、吉増が自身の舞踏体験を開陳した。さらに第一章は「土方巽」、第二章は「笠井叡」、第三章は「舞踏家たち」、第四章は「大野一雄」と続く。これらの舞踏家たちと吉増の関係が如実にうかがえよう。舞踏に対する吉増の共感の烈しさは、本書に「はじめに」として示された次の言葉が雄弁に語っている。

トブコトデハナイ、タツコトニ、オマエハシンソコキョウガクシタノデハナカッタカ、……＝跳ぶ or 飛ぶことではなく、立つこと（顕つ、建つ、起つ、絶つ、……）に、お前は、心底、……畏《オソ》れを、覚えていたのではなかったか、……。そうだった、……大地踏《ダイチフ》みの血《チ》の虹《ニジ》が立ったのだ。その未開の地の咽喉の下の呼《コ》吸《キフ》を濁《ミダ》す。さらに、……。

まず序章を読もう。吉増は、最初の舞踏体験として、一九六八年にあったふたつの舞踏公演の衝撃を語っている。八月には笠井叡の『稚児之草子《ちごのそうし》』を新宿の厚生年金会館小ホールで観て、十月には土方巽の『肉体の叛乱』を日本青年館で観た。このふたつの舞台体験がいかに激越なものであったか、吉増は、「隕石が燃えたまま新宿の裏町へ落下してきたんですよ。あるいは日本青年館へ」という言葉で表現している。その衝撃の大きさが想像できよう。『稚児之草子』公演のときには、会場に向かう新宿の裏道で「なんと、ぼくから二、三メートル前を着流しを着た土方巽が歩いていた」という。そして会場の客席に三島由紀夫が、また離れて瀧口修造が座っているのを目撃する。さぞや忘れ難い光景だろう。

この対話では色々と興味深い事柄が語られるが、とりわけ重要なのは、土方が亡くなった後に葬儀の参列者に香典返しとして贈られた、土方の語りを録音したレコードのことだろう。そこで土方の声を聞いた吉増は、語られる言葉を筆録しようと思い立ち、数年かかって一冊の書物にした。それが、一九九二年に書肆山田から刊行された『慈悲心鳥がバサバサと骨の羽を拡げてくる』である。タイトルは、吉岡実の詩「聖あんま断腸詩篇」の最後の一行から来ている。吉岡と同様に吉増も、土方の「独特の口調の奇妙な表現の言葉」に強く惹かれたのである。

吉増はここで森下に対して、「声の舞踏、文学だ。この声を筆耕する、筆耕して本をつくってしまうというのは一種の暴挙でした、……。残された土方巽の声の舞踏というか、声における文学の舞踏だよね。これの波及力、力というのは、これから出てくるものかもしれない。まだまだ未知のものだろうと思う。それにぼくは手を貸した。というより、それに荷担したな」と語っている。「声の舞踏」という表現に注意しよう。吉増が自作詩を朗読する際に発する声、あれもまた「声の舞踏」ではないだろうか。いや、朗読を行なうのが、吉増にあっては舞踏する身体なのである。実際、客席で朗読をする吉増の姿を見ていると、時に大野一雄の所作を髣髴とさせる動きを示すことがある。まさに全身詩人による舞踏である。

またこの筆耕に関しては、こんなことも言っている。「……そうか、大災厄後に一心に吉本隆明氏の書物を毎日毎日「筆耕」したことに、これは通じています。」「怪物君」の制作では、紙に手書きで罫線を引いて、そこに吉本の詩や著作の言葉を筆記するわけだが、土方の言葉を聴き取って文字にしたこの体験が先ぶれとなったのである。

しかし吉増には、あまりにもカリスマ性の強い土方巽の存在とそのキャラクターはどうも苦手だったようだ。吉増が最も親しくした舞踏家は、大野一雄である。そのあたりの事情を大野がクリスチャンであることに触れてこう語っている。「そういうおそらくはキリストがすぐそばにいるような、そういう宗教性がある。その宗教性というのは、いわゆる芸術だとか芸だとか、そういう世界が持っている臭みとは全然違う。だから、あえて言えば、土方さんにはその臭みがある。それでぼくはダメなんだ。そうするとやっぱり大野さん。」

現に大野一雄とは、朗読と舞踏とのコラボレーションを何度も行なっている。一九九四年にNHK BSで放送されたテレビ番組「現代詩実験室」では、後半に釧路湿原を舞台に行なわれたふたりのコラボレーションが鑑賞できる。ここでのふたりのパフォーマンスはすばらしい。詩の朗読に入る前に、ふたりで湿原を歩きながら、吉増は詩篇「春の野の草摘み」の一節「河の女神の声が静かにひびいて来た」を声に出す。するとそれに大野がすばやく反応して、女神の仕草で応えるのだ。まったくの即興で繰り広げられるシーンだ。吉増は上機嫌で「まあー、柔らかいこと、あったかいこと」といえば、大野は満面の笑顔で腕を高く上げて全身で喜びを現わしていた。詩の朗読と舞踏の共演といっても、互いに角を突き合わせるように、激しくぶつかりあうパフォーマンスだけではないのである。

3　朗読パフォーマンス

吉増が自作の詩の朗読を始めた経緯については、『我が詩的自伝』でこう述べている。

朗読が始まるのは一九七〇年ころかな。新宿・ピットインの二階で始まったのね。あれの仕掛け人も諏訪優と副島《そえじま》輝人《てると》さん。日本の詩の朗読のページを開いたのは諏訪優さん。諏訪優さん自身はあんまりやらなかったけども、そういう運動を引っ張ったのは諏訪優。

ジャズ喫茶でジャズ音楽と共演するところから、詩の朗読のムーヴメントは生まれたのである。吉増は、「実際に聞いて持ってかれたのはコルトレーン、ソニー・ロリンズ、あの辺だよね。本格的ジャズ。アルバート・アイラーまではまあ、射程には入っていたよ」とも証言している。アルバート・アイラーとなると当時の先端的なフリージャズだが、こうしたジャズ的なるものとの出会いも、吉増の感受性に大きな影響を与えたはずである。『詩とは何か』のなかでは、「先人の経験し得なかった」ジャズの力によって、「さらにまた、歪《ゆが》もう、歪《ひず》もうとしている心性が、隠された動因として、わたくしの中には働いているらしいことにも、気がつくことになりました」と語られる。そしてこう続く。

これは、とても大事なことです。これは、アフリカ大陸の人々の心の表現がジャズを通じてわたくしたちの血の中に入ってきたことによって新たな実現のなったものだともいえるでしょう。（略）根源的な濁り、ノイズ、もう一つ裏にある暗黒の声、逆さまとなったような人間存在の表現――ジャズを通過することによってわたくしたちはそうしたアフリカ大陸の始原と、はじめて接触をすることになったのです。この始原との接触というのは容易ならないものとの接触であって、もしかしたら根源的、無意識的に、さらに深いものなのかもしれません。

吉増はこうした自覚のもとに、歪んだもの、濁ったもの、ノイズ、といった価値を志向するわけである。また吉増は、ウェールズの詩人のディラン・トマスが自作詩を朗読した録音を聞いて、「声がものすごい濁声《だみごえ》だった」のにおおいに感銘を受けた。濁声の重要性をこう語っている。

直観的に言いますと、濁声というのは、通常、純粋に澄んだとされている声よりも、内実が豊かなのだと思うのです。先程は、これを、「吃《ども》る」といわずに、「一瞬の唖性《おしせい》のようなもの」（一二〇頁初出）と言葉をかえることによって、捉えてみようとしました。それがおそらく「濁声《だみごえ》」であり、「濁」なのです。

吉増も自作を朗読する際には、ディラン・トマスのような濁声を目指すのだろうが、実際の吉増の朗読の声は、いくらか艶やかで澄んでいる。だが、朗読に向かう吉増の姿勢は実にワイルドで、野性のスピリットに溢れたものである。若いころ、アメリカのアイオワ大学に招かれたとき、朗読会で自作詩を激しく朗読して、「カミカゼ・ゴーゾー！」と喝采を浴びたというが、その、いわばカミカゼ精神はいまなお健在である。

吉増は、若いころはギタリストの高柳昌行や、ドラマーの富樫雅彦らジャズミュージシャンと共演して自作詩を朗読した。ジャズの持つ始原的なパワーやスピリットをステージで共有したことだろう。現在これまで共演したのは、高柳の弟子にあたる大友良英である。大友のようなフリージャズ系の音楽となら、詩の朗読も特に抵抗なくできるだろう。だが吉増が最近よく共演するのは、空間現代というロックバンドである。ギター、ベース、ドラムスの三人で組まれたトリオで、強いアクセントのリズムを刻んでいくスタイルが特徴だ。アヴァンギャルドなサウンドを叩きだす。時にギター担当の野口順哉のヴォーカルが加わるが、歌詞は持たず、ヴォイスパフォーマンスというのがよいだろう。わたしは、彼らを称して「コンテンポラリー・ファンク・バンド」と呼んでいる。しかし、彼らと共演しての自作朗読はやりづらいのではないだろうか。というのも、アクセントの強いロックビートは、強迫反復的に朗読者の身体をいわば抑圧するからだ。だが吉増は、そんなビート攻勢を受けながらも、自らのペースを保って、時に激しく、また時に瞑想ふうに沈黙を交えてパフォーマンスを続けてゆく。

いまウエッブ上で、二〇一六年六月に東京国立近代美術館での「声ノマ　全身詩人、吉増剛造展」の「コラボレーションによるパフォーマンス」として吉増と空間現代が共演したYouTube動画を観ることができる。GozoYoshimasu + Kukangendai@MOMATである。低い椅子に腰かけた吉増は、詩集『怪物君』を開いて右手に持った、若林奮が作ったというハンマーで詩集を軽く打ちながら朗読を始める。そこにバンドの演奏が加わってくる。帽子を被った吉増はサヌカイトを結んだ糸を口にくわえての朗読である。後半になると、バンドの刻むリズムはアップテンポとなって、吉増は瞑目してサウンドに身を委ねているようだ。野口のヴォイスも加わって、演奏も盛り上がる。すると吉増は、無言のままハンマーを握った右手を高々と上げた。おお、その仕草はさながら舞踏ではないか。われわれはそこに、自作詩朗読がすなわち舞踏パフォーマンスとなった吉増剛造を観るだろう。

また空間現代とは、二〇一七年にヨーロッパでライヴツアーを行なった。フランスとイギリスでの朗読会で共演したのである。その模様を撮影した動画映像が、二〇一七年から一八年にかけて、足利市立美術館など三館を巡回した「涯テノ詩聲　詩人　吉増剛造展」の会場で流されたが、パフォーマンスの最中に吉増は、舞台でよく使うアイヌ民族の髭べラであるイクパスイを頭のうえに横にして載せ、サウンドの洪水のなかでその姿勢をずっと保っていた。これもまた舞踏ではなかろうか。

それから、近年よく実践するのは、舞台のうえに制作中の「怪物君」の用紙を広げておき、アイマスクをつけた吉増が、緑や白、黒のインク壜を持って、「怪物君」のうえにインクをドバッと垂らすアクションである。眼が見えないわけだから、目測が狂って、インクが紙からはみ出して飛び散ることもある。吉増のズボンにもインクの飛沫が付着する。そんなこともお構いなしに、吉増はインクをぶちまけるのである。まさにこのアクションのアナーキズム、この所作もまた舞踏である。

さらに加えて、前章でgozoCinéを論じた際に参照した『キセキ』の書籍パートに収められた解説で、八角聡仁が興味深い指摘をしているので紹介しよう。

gozoCinéの語り手もまた、しばしば驚きを口にする。まさしくカメラを通して不意打ちのように現れてくる世界への応答こそが作品を駆動させていく。それは卓越した演奏者のみに可能なインプロヴィゼーションのようなものであり、咄嗟の光を、刹那の言葉を、デアイガシラの物質の震えを、ぎりぎりの場所で受け止めることによってしか成立しない。しかし同時に、その瞬間の火花は微細な木霊を伴って引き延ばされ、驚きに驚くことの波動へと拡がり、薄い時間の層がいわば「感覚の論理」によって厳密に襲ねられていくのである。それが詩人の長年にわたるパフォーマティヴな実践の数々とつながっていることは言うまでもないだろう。

これは、繊細な観察に基く鋭い分析だろう。即興演奏の得意な「卓越した演奏者」に喩えられた吉増の身体性をわれわれは再認することになる。さらに、「詩人の長年にわたるパフォーマティヴな実践」の指摘である。ここでわたしは舞台のうえの吉増剛造を思い浮かべた。

八角はさらに続ける。

そしてまた、カメラを持って歩行し、撮影しながら、「小道具」や「音響」を配置し、操作し、リアルタイムで自らナレーションを重ねていくという「離れ業」が、きわめて高度な「身体の技術」なくして可能だとは思えない。gozoCinéを「見る」ことは、画面に映し出されるものと同時に、複雑な共鳴装置となってカメラの背後にいる（と一応は想定できる）身体の不思議なダンスの痕跡を、あるいは痕跡のダンスを見ることでもある。

実に見事な、gozoCinéの撮影中の吉増における舞踏家の発見、とは言えないだろうか。gozoCinéは確かに、高度な「身体の技術」を持った舞踏家によって創られるのである。

4 「典礼」の問題

ジョルジョ・アガンベンは、近著の『創造とアナーキー——資本主義宗教の時代における作品』（月曜社、二〇二二年）のなかでこう言っている。

その一方で、よく知られているようにこんにち、作品は決定的な危機を迎えているように思われる。つまり、芸術制作の領域から作品が姿を消しているのである。というのも、そこではアーティストによるパフォーマンスや創造的あるいはコンセプチュアルな活動が、それまでわたしたちが「作品」とみなすことに慣れていたものの場所をますます占拠するようになっているからである。

この問題提起は、吉増剛造の自作詩朗読のパフォーマンス、あるいは舞台上での「怪物君」の公開制作のアクションを舞踏表現と受けとめようとするわれわれには、まことに肯綮にあたる鋭い指摘といえる。もちろん吉増は、いまもなお新しく詩作品を書いている。詩が「姿を消し」たわけではない。しかし、読書行為が成立させる「作品」の次元を踏み破って、吉増が実践する、それこそ舞踏パフォーマンスが与えてくれる芸術的感動は、圧倒的なものである。まさにこのアガンベンの分析の通りなのだ。吉増の問題を考察するうえでも、このアガンベンの問題意識を参照しなくてはなるまい。そもそもアガンベンは、『ニンファ　その他のイメージ論』（慶應義塾大学出版会、二〇一五年）など、現代美術や映像、舞踊などを論じた芸術論の著作を持つのである。現代芸術は、重要な思考の対象である。以下にこの近著で、アガンベンの述べるところをかいつまんで紹介しよう。

アガンベンはまず、美術史家のロベール・クラインの論文「芸術作品の消失」に言及して、「クラインによれば、二〇世紀の前衛芸術家たちがおこなった攻撃は、芸術に向けられていたのではなく、むしろもっぱら芸術が作品のうちに具現化することに向けられていた。それはまるで、芸術が、それまでずっと自身の実質を規定してきた存在である作品を、奇妙な自己破壊的な衝動によって討ち滅ぼしたかのようだった」と語る。芸術作品が廃棄されようとした。それは端的には、「網膜絵画」を否定して、男性便器を画廊空間に作品として展示したマルセル・デュシャンなどの例を想定すればよいだろう。

アガンベンは続いて、作品概念の存在論的な系譜を探る、というので、アリストテレスと同時代の古典期のギリシア、紀元前四世紀に目を向ける。ここで思考を進めるうえでの概念道具となるのは、「能力（デュナミス：dynamis：潜勢力）」と「行為（エネルゲイア：energeia：現勢力）」である。この二項の概念は、アリストテレス哲学で唱えられたものだが、アガンベンはかねてから愛用し、いわば自家薬籠中の概念道具といっていい。「この時期、芸術作品はどのような状況にあったのだろうか」というので、ギリシア人のなかでの作品の位置をめぐって、こんなくだりがある。

現代の歴史家たちが繰り返し述べてきたように、労働や生産活動についてのわたしたちの概念は、ギリシア人にはまったく無縁で、そのような用語すら欠いていたのである。より正確を期するなら、次のように言わねばならないだろう。すなわち、彼らからすれば生産活動は芸術家のうちにではなく、彼らが制作した作品のうちに存するものであり、それゆえにギリシア人たちは労働や生産活動と作品とを区別しなかったのだ、と。（略）何かを制作する活動において、エネルゲイアすなわち真正で本来的なものである生産的活動は、たとえそれがわたしたちにとって驚くべきことであるにせよ、芸術家ではなく作品に存しているのだ。

古代ギリシアでは、エネルゲイアは作品に帰属したのである。しかし、時代の推移とともに、作品と芸術家とエネルゲイアの関係は変化する。

わたしたちをギリシア人から隔てている要因は、その発端がルネサンス期と一致するゆっくりとした過程に求めることができる。すなわち、歴史上のある時点で、芸術は、外的な作品のうちにエネルゲイアをもったぐいの活動の領域から撤退し、認識や実践のようなそれ自体のうちにエネルゲイア、働いていることをもつ活動の領域へと入っていったということである。〔略〕今や彼ら〔芸術家〕は、みずからの創造的な活動がもつべき権威と正当性を思想家のように要求するのである。

そしてその流れは、ルネサンス期から近代に引き継がれて、現代に及ぶという。近代においては作品はどうなったのか、アガンベンはこう述べる。

ギリシアにおいて、芸術家の方がある種の厄介な残余であり、作品にとっての前提であったのとは対照的に、近代では、ある意味で作品の方が、創造的な活動と芸術家の才能にとって面倒な残滓となるのである。芸術作品が占めていた場は引き裂かれた。エルゴン〔作品〕とエネルゲイアは分離し、芸術は、もはや作品のうちに存在しないばかりか、まずもって芸術家の精神のうちに存在することになるのである。そして、いっそう謎めいたものとなったこの概念を、のちの美学は正真正銘の「秘儀＝謎（mistero）」へと変容させてしまう。

アガンベンは、芸術を芸術たらしめるものとしてのエネルゲイア、すなわち行為（現勢力）の発現の場が、古代ギリシアでは「作品」だったものが、ルネサンス期と近代には「芸術家」へと移行した、と考えるのである。そして、現代にいたってそれは、「芸術家」の精神、という場所から、冒頭に引いたように、「アーティストによるパフォーマンスや創造的あるいはコンセプチュアルな活動」へと軸を移してしまった。コンテンポラリーアートの世界では、エネルゲイアの発現は、芸術家によるパフォーマンス（行為）そのものにおいて果たされる、というわけだ。アガンベンは、「ここで問題になっているのは、作品—芸術家—行為を結びつけるボロメオの環のようなものである」という。「ボロメオの環」とは、互いに交差しない三つの輪が結び目を形成することで三位一体となったトポロジー的構造体のことをいう。精神分析学のジャック・ラカンは、人の心的構造を「想像的なもの」「象徴的なもの」「現実的なもの」という三つの異なる位相のうえに成立するものと捉え、この「ボロメオの環」になぞらえた。ただ、ここでのアガンベンは、ラカン理論を特にとりこもうとしたわけではあるまいが、こう続ける。

ボロメオの環一般がそうであるように、結び目全体を取り返しのつかない仕方で断ち切ってしまうことなしに、三つの構成要素のうちいずれかひとつを取り出すことは不可能なのだ。

では、どこに解決法を見つけるのか。宗教学やキリスト教神学史にも精通したアガンベンは、一九二〇年代前半のドイツで活動した無名の修道士オード・カーゼルの著作『秘儀としての典礼』に注目する。「典礼」がキーワードだ。アガンベンによると、ギリシャ語のレイトゥールギア（leitourgia）から来ており、「公共の事業や奉仕」を意味するという。カトリックでは「公的な礼拝」のことを指す。カーゼルは、典礼は本質的に「秘儀」なのだが、秘儀とは、秘匿された教理ではなく、本来は実践を、すなわち身振りや言葉から構成される、人間の救済を目指した一種の演劇的行為を意味していた、という。そして、キリスト教とは秘儀であり、キリストとその神秘体たる教会がその執行を務める典礼的な行為であり、パフォーマンスなのだ、とする。

アガンベンは、このユニークな「典礼」解釈を引き受けたうえで、コンテンポラリーアートにおけるパフォーマンスをこう論じた。

宗教についてのこうした「神秘的な」捉え方から出発して、わたしは、典礼における神聖な行為と、芸術のアヴァンギャルドやいわゆるコンテンポラリーアートの実践とのあいだには、単なる類似以上のものが存在しているという仮説を呈示してみたい。（略）カーゼルによると、典礼の執行が救済をもたらす出来事の模倣でも再現表象でもなく、それ自体で出来事そのものであったのと同様、二〇世紀のアヴァンギャルドと現代のその枝分かれによる実践を規定しているのは、純粋にプラグマティックな要求の名のもとで、ミメーシス的・再現表象的パラダイムを決然と放棄することである。芸術家の営為は、生産あるいは再生産という伝統的な目的から解放され、絶対的なパフォーマンスへと、つまりは、行為の執行それ自体と一致するような純粋な「典礼」へと変容する。（略）そこでは行為それ自体が作品として呈示されることを要求するからだ。

いかがだろう、「典礼における神聖な行為」と、コンテンポラリーアートにおける「絶対のパフォーマンス」は見事に一致する。アガンベンが最後に断言するように、「行為それ自体が作品として呈示される」のである。ギリシア人にあっては、エネルゲイア（行為）の発現の場が作品においてだったのに対して、現代では、行為そのものが作品なのである。

舞台のうえの吉増剛造が、アイマスクをつけて（この被虐的な儀式性に注意せよ）「怪物君」のうえにカラフルなインクをぶちまけるとき、また、若林奮制作のハンマーで床を叩きながら、自作詩の一行を絶叫するとき、まさにその行為そのものが詩になった、といえるのではないだろうか。わたしはこれらのことを、アガンベンが「典礼」概念を導入してコンテンポラリーアートを論じた『創造とアナーキー』の読書によって、「気づく」ことができた。

第四章　「怪物君」――詩の概念を転換する

1　「瓦礫」状態の詩を創る

吉増剛造が「怪物君」と呼ぶ詩作の試みは、詩というものの概念に大きな転換を迫るきわめて挑戦的な実践だと考える。本章ではその問題を考察したい。

まずこの「怪物君」が誕生するにいたった、その経緯を見ておこう。二〇一一年三月十一日の東日本大震災から一〇カ月、朝日新聞の電子版から、詩人はあの大震災をどう受けとめたか、というインタビューと詩の依頼があった。『我が詩的自伝』ではこう語られる。

　その時場所を指定して、石狩河口に行かせてもらった。雪の中の石狩河口。石狩河口というのは一種の廃棄物処理場みたいなところなんですよ。以前、その大河口に何か月も坐りつづけるようにして「石狩シーツ」という大きな作品を書いたのが一九九五年でした。もっと豊かな筈の、……アイヌの方々の神話では「イシカリ」は〝イシカリノカ〟――銀河なのね、アイヌの神様が親指でぐっと彫り込んだ姿が石狩川で、それが天に映ると銀河になるというヴィジョンの巣のような場所なのです。そこがいわば現代文明の最終処分場になってしまっている。それをもう決死で詩篇にしたいという下地がありました、……。その巨大化がフクシマだった、……。イシカリももう瓦礫状態のところにある。決して一様ではない、ある豊かさといえないまでも、そこには名付けがたい多種多様性があるのね。廃船が据えられてててね。廃バスが並んでてね。

吉増のなかでは、東日本大震災が現代文明にもたらしたものは、「瓦礫」というキーワードで受けとめられたのだろう。あの日、マグニチュード9の大震災が大津波を惹き起こして東北地方沿岸の町を「瓦礫」にしてしまった。それは、ノモス（社会制度）が崩壊し、ピュシス（自然）が露わに、剝きだしにされた事態である。「瓦礫」をめぐって思弁が深められてゆく。

ヴァルター・ベンヤミンもまた、〝瓦礫を縫う〟といういい方をしていて……さっき「イシカリ」のところで「がれき」といいかえたようにベンヤミンの石の文化の「瓦礫」と、たとえば「イシカリ」の「がれき」は、その多様性からして決定的に違う筈です、その、もしかしたら気の遠くなるような「がれき」のまっただなかを縫うようにして歩いていく、そこを通じてしか新しい道はできないという言い方に変えないといけない。

それを次にわたくしなりに「詩作」の方に引きとるようにしていいますと、これはドゥルーズもよくいうことですが、〝国語のなかで吃るということ、……〟あるいは、〝言語をして吃らせること、……〟なのね。さらに傍に言語を揺らすようにして、傍点を打つ、ほとんど読みとれないような割注を通っていって〝文体を革新して〟ということはもう二十年以上も続けています。それに、そこにハングルも絵文字も空白も入って来て、「文体」ということから絵と音楽との接点も誕生して来ていてね、……。だからベンヤミンのいう「がれき」の極限的な縫目というか接点に「詩」をさらさなければならない、……。

吉増のいう「文体の革新」というのは、詩のテクストを「瓦礫」のほうに引き寄せることだろう。通念上の詩的言語の価値を自ら破砕しようとしているのである。

吉増の作品史を振り返ると、一九九五年の『花火の家の入口で』で、ここでいう「瓦礫」化の兆候が見られ、次の詩集である一九九八年の『「雪の島」あるいは「エミリーの幽霊」』では「瓦礫」化が顕在するのを確かめることができよう。ただ、まだここでは、詩の本文の後ろに「＊」印を付けた形の註であったものが、二〇〇二年の『The Other Voice』、さらに二〇〇四年の長篇詩『ごろごろ』、二〇〇五年の『天上ノ蛇、紫のハナ』となると、割注となって本文を侵食する。これらの過剰な割注は、読者をおおいに戸惑わせたものである。

そもそも吉増は、あの二〇〇一年九月十一日に起きたアメリカの同時多発テロ事件の世界貿易センタービルの跡地を訪ねた際に、「詩は死んだ」と呟いた、という。二〇〇三年の九月のことだ。この体験も、詩の瓦礫化への思いを深めさせたのかもしれない。

この瓦礫化への変化については、吉増自身が語っている。『詩とは何か』から引用する。

そして文法をあえて外す、というか、文法を破っちゃう、例えば「花火の家の入口で」の、……あッ、このタイトルも七五でした。文法を外していますのは、「神を池の下に手紙をとどけに行った」「(わたしは鱝に目を手に挟んで眺めていたことがあった。……)」などですね。このあたり、助詞の使い方のあきらかな逸脱というか、文法違反なんですよ。

その詩集『花火の家の入口で』が一九九五年でした。このあたりの詩集で、これはもうはっきりと大きな書き方の変化が見られます。一つは、割注ですよね。割注を大胆に使い出す。それからハングルとかイタリア語とかいろんな言葉が詩のなかに入ってきて、異国語の混在現象が明確に出ています。それからあとは万葉仮名風の表記、「粒焼《つぶやく》」ですね。漢字を使っての独特の表記法。

それからあとは、固有名詞、人名・地名がどんどん出てきます。そういうふうにして、いわゆる通念としての、上質の詩的言語というものをあえて崩してゆく。

そう、吉増には、いわば確信犯としての強い自覚があったのである。一九九〇年代は、現代詩の現場においても、それまで主導的だった暗喩的書法というものが力を失いだし、言語的な価値をどこに見出すか、混迷が始まった時期だっただろう。そんななかで、吉増ひとりはためらうことなく、瓦礫化のほうにハンドルを切り、アクセルを踏んでゆくのだった。引用を続けよう。

というのは、いろいろな実験的な試みのそれまでの積み重ねを経て、もうこのへんの時期になると、通常の言葉の「制度」のいいなりになるんじゃなくって、そこから外れていったとしても詩は成り立つんじゃないかという確信というか、信頼のようなものが芽生えたんですね。あるいはちょっと、文法というものが窮屈な感じになっちゃった。で、またいつもの悪い癖で、そこからも逸れちゃえとなっちゃった。ただ、そうやってあえて逸脱してみると、あたらしい光景が見えてきたのです。それでもう、すっかり味を占めてしまって。

吉増の試みる瓦礫化は、着実に実を結んだのである。同時代の詩人たちはどう反応したのだろうか。

ほんとうに申し訳ないんだけど、読もうと思うと頭が痛くなっちゃう。吉増君はこれ、自分で全部簡単に読めるのかな。

これは、大岡信の言葉である。學燈社『國文學』の二〇〇六年五月臨時増刊号「吉増剛造——黄金の象」で大岡は吉増と対談したのだが、近年の詩業である『ごろごろ』についての率直な発言だ。『ごろごろ』においいて、テクストの瓦礫化は確実に進行した、といえる。
だが、無類の読み巧者である大岡信が匙を投げたこの『ごろごろ』には、刊行された当時のこととして、われわれ詩の読者に、目を背けることを許さない、ぐいぐいと迫る力が秘められていたのも確かである。わたしは、「まるで詩人は「もう読むな」とでも命じるかのようだ」とか、「通念的な意味での読書行為に、これほどまで渾身の抵抗を示す書物はまず他にない」としながらも、「しかし、『ごろごろ』の臨界的な言語表象こそが、現在の我々に、不思議に手応え確かなリアリティとアクチュアリティを伝えてよこすのはなぜだろうか」という問題意識から、約四万字を費やして「臨界点のエクリチュール——『ごろごろ』考」という論稿を書き下ろし、拙著『裸形の言ノ葉——吉増剛造を読む』に収めた。そして、拙稿のタイトル「臨界点のエクリチュール」に込めた意図をこう述べている。自著からの長い引用になるが、ご覧いただきたい。拙著の七〇頁である。

さらにタイトルに関してだが、「臨界点」という用語を使ったことには狙いがある。気体が液体化する、つまり物質がその性質を変容させる限界点という寓意は踏まえたうえで、しかし「臨界」という言葉は、近年しばしば報道される原発関連の事故を先ず想起させはしないだろうか。「臨界事故」という言葉も耳に熟するようになった。原子力用語としての「臨界」とは、原子炉のなかでウランが核分裂を起こして連鎖反応を続ける、その限界を言う。英語ではcriticality。きわめて「危機的」な状況を表わす言葉でもある。近年問題とされるのは、多くの電力会社の原発で、原子炉が臨界状態に達する「臨界事故」を惹き起こしながらもその事実を公表しないという電力側、或いは原子力政策を推進する国家の側の隠蔽体質である。原子力発電をベースに置いた国家のエネルギー政策のもとで現下の日本社会は運営されている。いわば「臨界事故」の危機につねに晒され、放射能の被爆の恐怖を無意識の下に封じ込めたまま、現在の社会に我々は生きるわけである。

吉増が『ごろごろ』で提示したエクリチュールは、あたかも原発が引き受けた危険性と同様の位相において、現在の詩的言語というものの危機的状況を照射しているのではあるまいか。換言すれば、『ごろごろ』の言葉は、「被爆直前」という現代社会の危機を生きているのである。そしてそれは、現在の我々に、強度を持って限りなくリアルな感触を伝えてよこす。

右の叙述は二〇〇七年のものである。「『ごろごろ』の言葉は、「被爆直前」という現代社会の危機を生きている」、まさにそうなのだった。そして二〇一一年の三月十一日を迎える。

わたしは、大地震の発生の瞬間を、神楽坂の古民家を改装したカフェの二階で吉増さんと一緒に体験したが、雑誌編集者たちからのインタビューを受けて、ほとんど表情も変えることなく語ることをやめなかった彼のなかへ、大震災経験というものが深く深く根を下ろしていく。「被爆直前」ではない。大津波の襲来が生んだ福島第一原発事故によって、被曝状態が生まれたのである。『ごろごろ』から、「怪物君」へ。『ごろごろ』は、いわば限りなく瓦礫と化したテクストだったが、「怪物君」は、被爆し、放射能に汚染された瓦礫ではないのか。ここに大きな断絶が生じたはずだ。この問題は、さらに追尋されねばなるまい。

2　出版という社会制度への挑戦

さて、「怪物君」である。最初は、「詩の傍（côtés）で」というタイトルだった。そして次に「ノート君」と改められ、その後に「怪物君」となって定まった。この「怪物君」という呼称にこめた思い、というものを、わたしはご本人から直接うかがったことがある。わたしが出演した「放送大学」特別講義の「文人精神の系譜――与謝蕪村から吉増剛造まで」という四十五分のテレビ番組で、佃のお宅にお邪魔してのインタビューにおいてである。こう語られた。

ひとという生き物の怪物性に触れていかなければいけない。その怪物性に触れるために、その時代しか立ってこない時の先端をさわりながら、そうして怪物的なるものを自分のなかからも掘り出す、というか、そこに降りていこうとする。途方もない夜の底に降りてゆく。いまある文明の行き方とは違うところへ降りていかなければならない。同時にこれは、大災厄があったからそういう決意も生じるんですけど、そういう心的な状態がありましたね。

「ひとという生き物の怪物性」に触れなければならない、とは重い発言である。またこれは、大震災と大津波というピュシス（自然）の暴力が、ノモス（社会制度）を根幹から揺さぶったことに関係しようが、「いまある文明の行き方とは違うところ」、現今の社会制度とは違ったものの可能性を探らなくてはならない、というのも大きな問題提起である。こうしたラディカルなヴィジョンのもとで、「怪物君」は生まれ、育ったのである。「怪物君」の試みは、二〇一六年にみすず書房から詩集『怪物君』として刊行されたが、当初は書物にはしないでおこうと考えていたという。『我が詩的自伝』での発言である。

ただ、『朝日新聞』（電子版）の依頼で、（略）四年前に始めたときには、決して活字化、書物化されないものとして、一回きりのものとしてあったはずなんです、本当はね。実際にこれは四年半にわたってほとんど発表もしてないし、ね。永遠にそれをしないという意味じゃなくて、注文されたら何かを出すという、そういうものを拒絶したということでしょうね。

吉増は、それまでの社会制度としての出版システム、原稿の注文を受けて作品を書き、それを編集者に渡して活字化されたものがまず雑誌に掲載され、最後に書物に収められて刊行される、という出版制度から距離を置こうと考えたわけである。

最初は、原稿用紙に書かれたのはオリジナルの詩の言葉だった。「詩の傍（côtés）で」は、「アリス、アイリス、赤馬、赤城」と始まっている。それが途中から、吉本隆明の初期の詩である『日時計篇』を書き写すことへと変わった。また原稿用紙の使い方も変えた。市販の原稿用紙を広げるのだが、印刷された罫線を無視して、吉増は手書きで縦の罫線を引く。それもとても細い罫線である。これは、『日時計篇』自体が、吉本の手書きの罫線に書かれたものなので、それに倣ったのである。

吉増は、それまで吉本隆明の思想活動や文業にさほど強い関心を持ってきたわけではないだろうに、どうしてそこまでこだわるのか。それは、吉本が大震災からちょうど一年がたった二〇一二年の三月十六日に八十七歳で亡くなったからである。訃報を聞いて、吉本追悼の思いが湧いたのだろう。そこで思い出したのが、吉増が若かったころ、河出書房新社の『文藝』の編集部で偶然に見た、吉本の自筆原稿だった。そのことを『詩とは何か』で語っている。

編集者が、「ほら、吉本さんの原稿はこんなふうだよ」と、小鳥か凧《たこ》のようにして、吉本さん手書きの小さな原稿をひらひらと見せてくださった。その原稿というのが吉本さん、紙切れにご自身の手で罫線《けいせん》を引かれたものだったのです。それも定規できっちりではなく、「さっ、さっ、さーっ」と、フリー・ハンドで縦線が、ぎっしりと引かれていました。そしてご自身の手で引かれたその縦線の細い罫と罫の間に文字を書き込んでいらっしゃったのですね。紙に吉本さんがご自分の手で引かれたその罫への驚き、シャワーか野の草の茎《くき》のように、……そうでした、匂いがしたのですね、野原の、……それがわたくしの初めての吉本経験でした。後年、実際にお会いしてみると、お会いしたのはある舞台の裏でした、一九七一年だったかな、そのときに、しきりに周りのものに触れていらっしゃった。ああ、この手があの「さっ、さっ、さーっ」の線を引かれた「根源乃手」なんだなと思ったのでした。

「根源乃手」、二〇一六年に吉増は、響文社から同名の吉本を論じた論集を刊行することになったが、この手書き罫線の原稿からは、よほど強い印象を受けたようである。よって「怪物君」では吉本に倣って自分も手書きの罫線を引く。

また吉本の『日時計篇』が筆写の対象に選ばれたのには理由があるという。五百篇ほどにわたる連作だが、これらの詩は、二十六歳から二十七歳のときの吉本が、毎日書いたものなのである。発表して活字にするあてもなく、毎日毎日書く。吉増には、そんな背景を持ったテクストが必要だったのだろう。「怪物君」は、依頼を受けて書かれるものであってはならない。活字化を念頭に置くものではない。

吉増は、最初『日時計篇』の筆写を極小の文字でだが、普通に行なった。しかし二回めの筆写では、平仮名や漢字を片仮名に変換するようになったという。片仮名で書くことにはどんな意味があるのだろうか。『詩とは何か』でこう語っている。

平仮名、漢字、独特の表現をわたくしなりに片仮名に変換して、しかも刻みつけるようにして彫刻的に紙の上に筋をつけて、そして書き写しているときに、……そのときに立ちあがってきたものは、八重山か沖縄の方々に、あるいは異国の方々にも、話し掛けている声のような気がいたしますが、……この片仮名で書くときにも、言葉のというよりも、わたくしたちの心の奥底に潜んでいる別の、別の心の大陸の杣道、枝道、獣道、白くて細い、雲のようなときに触れるような経験を、片仮名で書いている刹那にいたしておりました。

また『我が詩的自伝』では、この経験についてより具体的な証言を残している。吉増は、『日時計篇』の次には、吉本の評論の文章の筆写を始めた。

このことは前にも少し言いましたけど、今吉本隆明さんの『言語にとって美とはなにか』を「怪物君」で写しています。途中からそうなったけど、平仮名漢字まじりの普通の文章をほとんど片仮名で写しています。それから横文字は平仮名に逆にしてやってる。そうすると、石川九楊さんが言った「筆蝕」なんていう以前に、惑乱が不断に生じるのよ。書き写しているときにね。「ヴァレリー」なんていうと平仮名で書かなきゃいけないんだよ(笑)。その横に波線立ててね。

自分でもわかりますよ。それは惑乱して、どうやって書くかわかんないわけだよ。ヴァレリーなんていって、「ぅぁれりー」と引っ張るか、「ぅぁれりぃ」と小さい「ぃ」をつけるかなんて、ぐにゃぐにゃぐにゃぐにゃやってるんですよね。そういうときに起こる、遊びとも言えない、何とも魔的な、陶酔的な感覚というのは、それはすばらしいもんだよ。

これまた吉増剛造らしい反逆心と遊び心からの試みといえようが、とにかく吉増は自前の罫線を引いて、極小の文字で吉本の言葉の筆写を続けるのである。

3　「怪物君」における詩の概念の転換？

「怪物君」の制作過程を追っておこう。びっしりと小さな文字が書き込まれた原稿用紙、吉増は、ちょうど書斎にインクが置かれていたから、というので、そのインクを手にとり、原稿用紙のうえにインクを滴らせる。ドリッピングだ。水彩絵の具を含ませた筆や木炭で線や簡単な形象を描く。文字を判読することは不可能なものも多い。またインクが乾いた状態になると、ペン軸などでこそぎ落としたり、あるいは多量にインクを用いることで紙を破いてしまう。それらは原稿の瓦礫である。近年は、火のついたマッチを用いて紙を燃やすこともある。一種のバーント・ドローイングでもあろう。

つまり「怪物君」はアート作品になったのである。言葉を換えれば、「怪物君」は原稿用紙アートと称することもできよう。「声ノマ　全身詩人、吉増剛造展」ではフロアーに、吉本の著作の筆写のものが百八十九葉、自身の詩作のものが相当数展示された。カラフルな「怪物君」がずらりと並ぶのは壮観であった。アート作品としての「怪物君」。二〇二一年の夏にはマンチェスター・インターナショナル・フェスティヴァルに招待を受けて出展し、東麻布の画廊「TAKE NINAGAWA」が画商として「怪物君」を扱うまでになった。

みすず書房から詩集『怪物君』が刊行された。それらは原稿用紙に書かれたオリジナルの詩をまとめたものだ。しかし、次の段階では、書かれるのは吉本隆明の言葉である。ただし、「怪物君」の名称は変わらない。どうやら吉増の意識のなかでは、前者と後者は地続きのようなのだ。

そこで、アートオブジェとなった「怪物君」をめぐって、それこそ「詩とは何か」という問題が生まれてこよう。「怪物君」はもちろん詩作品である。しかしその原稿は、文学的価値を孕んだものとはいえまい。原稿は、美的価値を持ったオブジェである。つまり、文学的価値を孕むべき詩人の原稿が、美的価値を持つオブジェに転換されたわけである。吉増はまさに、前人未到の詩的実験の領域に足を踏み入れた、といえよう。吉増は独力で、詩というものの概念を変えつつあるのかもしれない。
そして吉増には、そのことへの自覚が十分にあるに違いない。『詩とは何か』ではこう語っている。

もっともわたくしにも、まだまだこれの先がありそうな予感はあります。『怪物君』（みすず書房、二〇一六年）のように、原稿用紙に文字を書くことによって美術化というか物質化というか、そういうものになっていくというのも、この、「ジャンル」というものを超えるという意味において、既成のどの「ジャンル」にも収まりきれず、つねにどこかではみ出してしまうという意味において、やはり「歪《ゆが》み」あるいはずれのようなものに従っている、過激化のひとつの例だろうと思うのですが、こういうところまで来ると、もう一つ別のところ、表現の歴史と文化全体の問題にまでかかわってくることになるでしょう。日本の、あるいは東洋の芸術と言っても、芸術全般と言ってもいいけれど、絵画的なるもの、あるいは人が動かす手と言語表現との関係は、近代になって分離してしまいましたけれども、それ以前には、渾沌としながらも、一つの秩序をつくっているような世界があったのだと思います。

既成のどのジャンルにも収まらない表現、「怪物君」は、あるいはそう見做すこともできるだろう。ただ、詩であるということでは、本章の1で言及したように、『ごろごろ』は瓦礫化したテクストであるとすれば、「怪物君」は、この比喩が適当かどうかはわからないが、「放射線を浴びたテクスト」という、まったく次元を異にする性質のものとなったはずである。

すでに述べたように、吉増は、「New gozoCiné」も試みている。これは「怪物君」の制作現場をヴィデオカメラで接写するわけだが、文字を書きつけるペン先がアップで撮影される。文字で埋まった原稿用紙にインクが流されて、まるで津波に襲われたかのように紙が破れていく。ハンマーが原稿用紙を叩く。なかなかの迫力である。これは、詩作とドローイングと舞踏行為と動画作成、いくつものジャンルを混ぜ合わせた表現だ、ともいえよう。

とにかく吉増は立ち止まることがないのである。

第五章《room キンカザン》での冒険

1　リボーンアート・フェスティバルへの参加

吉増剛造は、二〇一九年の八月三日から九月二十九日まで開催された「Reborn-Art Festival（リボーンアート・フェスティバル）2019」に参加して、会場である石巻市の鮎川に滞在した。このアートフェスティバルは、東日本大震災で甚大な被害を受けた宮城県の石巻市及びその周辺の地域の復興を援助しようとする目的で企画された総合芸術祭である。共催は宮城県やJR東日本など、文化庁の助成を受け、協賛には大きな企業も名を連ねる大規模イベントとなった。吉増は、鮎川エリアのキュレーターで、旧知の現代アーティストの島袋道浩から依頼を受けて参加を決めたという。

柳田国男の遠野や宮沢賢治の花巻、萬鉄五郎の土澤など、東北東部地方は、吉増にも所縁があって、しばしば訪ねたところである。大震災後の被災地への思いは深いものがある。大震災の半年後、二〇一一年の九月に刊行された詩集『裸のメモ』に収める詩篇や、gozoCiné でも、その思いを主題とした。わたしの知る限り、多くの芸術家のなかでも、大震災の衝撃を大きく受けとめて表現活動の軸のひとつに定めた作家のひとりだといえる。

この夏ほぼ二カ月のほとんどを、吉増は鮎川地区で過ごした。昼の間は、街中の高台にある成源商店を改装した家を「詩人の家」と称して、ちょうど帳場のようなところに机を据えて、訪ねて来る観客を迎えた。このアートフェスティバルは、パスポートを購入しておけば、各所での展示鑑賞やイベントに参加できるのである。パスポートにはスタンプを押す。「詩人の家」では、観客は吉増と一緒に朝食を摂ることができ、さらに宿泊を希望する者はこの家に泊まることもできる。また家のなかの三和土《たたき》の空間では、吉増の朗読会も開かれた。シンガーソングライターの青葉市子とのコラボレーションも行なった。

ただ、吉増自身が宿泊するのは、市街を少し離れたホテルである。現在は「島巡の宿ニューさか井」と名を変えた、当時は「ホテルニューさか井」の206号室に泊まった。このホテルは、牡鹿半島の東端に建ち、目の前は金華山《きんかざん》である。金華山は、島だが、島全体が黄金山《こがねやま》神社の神域である。神職が暮らすだけで一般住民はいない。ここは、天平年間に日本で初めて金が産出され、東大寺の大仏の鍍金に使われたという。それを祝った大伴家持の歌が万葉集に収められている。「天皇《すめろき》の御代《みよ》栄えむと東《あづま》なる陸奥山《みちのくやま》に金花《くかね》咲く」。金華山という名もここに由来する。

また東日本大震災のときは、海中の震源地に一番近いのがここ金華山だった。地震の発生のときは、ホテルの前の海岸から金華山まで海が割れて海底が露出した、という。まるでモーゼが海を割ってヘブライ人を助けた、という旧約聖書の話のようではないか。

ともあれ吉増は、夜はここに宿泊したのである。部屋から目の前に金華山の姿がよく見える。金華山は前述したように、金にまつわる伝承を持つうえに、恐山、出羽三山とともに奥州三霊場のひとつでもある。毎朝起きて対面する金華山に対して特別な感情を持つようになるのも不思議ではなかろう。

吉増は、この部屋で書き始めた詩のなかに、金華山を若い女性の形象として、"Oh! Mademoiselle Kinka!"と呼びかける。「〝海底は枯《カ》れ、そコに、海《うみ》のひとしずく！〟」という詩行が続いたりするから、大震災にも耐えた金華山への呼びかけに違いない。そして吉増は、この部屋に新しいアート作品を残すことになる。

2　ウィンドウ・ポエムの試み

わたしも九月になってから、石巻に赴き、この部屋を訪ねた。驚いた。金華山の見える窓ガラスに詩の言葉が書かれているではないか。窓の下には文机が置かれていてそこが書斎である。文机のうえには、文房具や書きかけの原稿用紙、カチーナドールなどがあるが、目を引いたのが、七、八センチの白い牙状のものがふたつ。それはマッコウクジラの歯だとのこと。鮎川地区は昔から捕鯨基地であり、「詩人の家」を降りて海岸のほうへゆくと大きな倉庫のような建物があるが、それが鯨の解体所なのだ。吉増はしばらく前、そこで鯨の「解剖」を見学したという。歯はその折のお土産として贈られたそうだ。

道理で、窓ガラスに書かれた詩のなかに、「巨魚」の文字があり、「ｉｓａｎａ」とルビが振られている。鯨の古語は「いさな」である。詩の言葉は、窓ガラスのうえに蛍光ペンかなにかで書かれたのだろう。完全に読みとれるものではないが、そのときに撮影したデジカメ画像をもとにして詩の言葉を再現してみよう。

顕《た》って来ていた白い言《コト》が窓に
　　巨魚《isana》よ
　　　　　　巨魚《isana》
汝《na》　世界樹に
　登れ！
Oh!　い　胞《え》！

こういう詩だった。そしてこの詩は、日を追って書き換えられていくそうである。これは、あくまで窓の向こうに金華山が見えていることから発想されたのだろう。わたしは勝手に「ウィンドウ・ポエム」と名付けてみたが、こんな試みを行なった詩人はまずいまい。

　この部屋は、吉増が「詩人の家」に滞在する昼の間は、アートフェスティバルの観客が自由に入れるという。ホテルのカウンターに申し込むとルームキーを貸してもらえる。何時間でもここにいていいそうだ。ただし主人は不在だから、吉増は毎朝「詩人の家」に出かける前に、来客のために挨拶のメッセージを書いて日付を入れ、文机のうえに残してゆく。来客は喜ぶだろう。

　しかし、その部屋にはウィンドウ・ポエムだけではなかった。もうひとつ、驚かされたものがある。トイレである。洋式便器の上蓋が開いていて、そこに黒い文字が書かれた白い紙が貼られている。「朝狂《あさくる》って」。吉増の第二詩集『黄金詩篇』（思潮社、一九七〇年）に収められた初期の代表作のタイトルではないか。トイレは実際に使われているのだろう。いや、これには笑ってしまった。便器を使った現代アートとしては、あのマルセル・デュシャンが男性用便器に「R.Mutt 1917」と署名して画廊に出品した「泉（Fountain）」が有名である。それに次ぐトイレ・アートと呼ぶべきだろうか。

　このウィンドウ・ポエムだが、アートフェスティバルが終了した後も、窓ガラスに固定され残されたという。またこの２０６号室は、《room キンカザン》として、吉増の作品となって、現在も鑑賞希望者には部屋の鍵が貸し与えられる。また吉増は、ここ鮎川へはフェスティバル終了後もしばしば招かれて、いくつものイベントに参加している。詩集『Ｖｏｉｘ《ヴォワ》』は、そうやって鮎川に通うなかで書かれた詩篇を収めたものだ。こちらでの宿泊は、やはりこのホテルを使うが、さすがに《room キンカザン》となった２０６号室は使えないので、別の部屋で眠るということだ。

さても、窓ガラスや洋式便器など、ごく日常的な道具に着目して、吉増はどうしてこうも見事なアイデアで作品化できてしまうのだろうか。またウィンドウ・ポエムにしても、トイレ・ポエム?にしても、結果的にはいかにも吉増剛造らしい作だ、ともいえよう。この、道具類や器械類の使い方に関して、『我が詩的自伝』のなかで、興味深い表現で語ったくだりがあるので紹介する。

ウォークマンはものすごく大事で、gozoCinéが始まったというのはね、これ、ウォークマンが今度はカメラにかわっていった。僕、カメラも好きだったけども、それがさらにさらに進化していって、とうとう我々でもシネカメラを持てるような状態にまで器械が接近してきた(笑)。そして器械が接近してきたら、よし、さわれる、そばに行ける、語れる、器械と話せる状態、それがgozoCinéの発火点です。だから、そのときの器械と精霊的なつき合いをしてた。

ここである。「器械と精霊的なつき合い」という表現だ。第二章で考察したように、gozoCinéの誕生の背景にも、確かにウォークマンやヴィデオカメラとの「精霊的なつき合い」が関わるのだろう、それはよくわかる。「精霊的な」、もうそうとしか表現のしかたがないのだろうな。だから、《room キンカザン》においても、窓ガラスとトイレとの「精霊的なつき合い」によって、ウィンドウ・ポエムとトイレ・ポエムは誕生したのである。

3　吉増剛造プロジェクトの活動と「ネガティヴ・ケイパビリティ」

《room キンカザン》で生まれたものは、実は他にもあった。吉増は、窓ガラスに字を書きつけるところをヴィデオカメラで撮影していたのである。New gozoCinéである。この206号室には、のべ五十日ほど滞在したわけだから、その間にヴィデオ動画はかなり撮り貯められただろう。吉増は、その動画を東京にいる映像作家の鈴木余位に送った。それを素材にして鈴木が編集し、さらに画像加工も行なった。そして、その動画に音響グループのKOMAKUSが、BGMを加えるのである。KOMAKUSは、マルチチャンネルでの音響設計と音源制作を専門に手がけるグループである。

このNew gozoCinéは、二〇一九年の十一月十六日から翌年の二月十六日まで開催された東京都現代美術館のMOT ANNUAL 2019「Echo after Echo：仮の声、新しい影」展に出展されて、われわれも鑑賞することができた。「吉増剛造プロジェクト」の作品として、である。五十分近くもあるかなり長い動画だったが、これはブースの壁面にプロジェクターによって大きく投影された。観者は、用意されたヘッドフォンを使ってサウンドを聴取しながら映像を鑑賞するのである。窓ガラスに向かって吉増が筆を動かしていると、窓の向こうに蝿がとまり、筆の動きに反応するシーンが面白かった。蝿の姿はかなり大きくズームアップされたが、こうした操作は、鈴木余位によるものである。まさにこれは、「吉増剛造プロジェクト」による作品なのである。

鈴木余位と吉増はかなり前から知り合っていて、吉増の朗読の舞台で、ライヴ映像や既成のgozoCinéの映像の上映を鈴木が行なうなど、コラボを何度も行なってきた。鈴木自身が、現代詩の世界に関心があり、自分でも詩を書くところから、自然とつながりが生まれたのだろう。しかし音響担当のKOMAKUSは、おそらくは美術館の担当学芸員の紹介でこのプロジェクトに加わったのだろう。吉増はこれまでも、担当の編集者や学芸員、ディレクターらの紹介で生まれた他者との出会いを、自らの活動に創造的に取り入れるということが多かった。吉増自身、そんな才覚を自覚している。『詩とは何か』から引用する。

わたくしは、他者から用意されたものといいますか、他者との偶然というか、何か、コピー、写しのようなものでしょうか、そんなものを活かしているところがあるのですね。積極的に自分の筋道を立ててやるのではなくて、常に偶然の機会みたいなものによって生きようとしていて、その諸力の本体が見えたときは、そっちにもう一目散に突っ走っていく。だから基本はやはり受け身から始まっているのです。

ネガティヴ・ケイパビリティはとても大事なことで、マイナスの力を常に待っている。そうすると、それがほんの少し赤らんできてプラスになるとき、それが道元がいうように、当観（まさにみるべし）となるのです。

そう、ここで吉増が言及する「ネガティィヴ・ケイパビリティィ」という一語に注意しよう。もともとは、イギリスのロマン派の詩人であるジョン・キーツの言葉だそうだが、「ネガティィヴ・ケイパビリティィ negative capability」、「消極的な才能」といった意味である。吉増は、「待っていて、何か柔らかいものをつかまえる才能」と言い換えている。ここは、吉増による自己診断としてもとても大事なくだりなので、さらに引用しよう。

普通の人は、芸術行為、創造行為というと。ポジティィヴなものだと思ってると思うんです。だけども、むしろそれはネガティィヴでありパッッシヴである。これは亡くなったジョナス・メカスから非常に印象深く聞いたことだけど、メカスの心が通った友達の一番の人は恐らくアンディ・ウォーホルだと思うんです。アンディ・ウォーホルのことをメカスがしゃべっているときに、メカスさん自身もそうだけど、アンディ・ウォーホルというのはいつも隅っこにいて、人が見ていないような奇妙なところからじっと一人で孤独に見てるようなやつなんだよと言っていました。むしろ隅っこのほうにいて、世界をこう、人の視線のそばでかすかにたわんだようなところから見ている。わたくしも自閉症的なところがあるから、それはとてもよくわかる。

なるほど、そうなのかもしれない。

gozoCinéも、自分から映像に興味を積極的に持って始めたというわけではなかった。テレビに出演する機会が増えたところから、それに刺激を受けて、「だったらもう自分で撮っちゃえ」、となっちゃった（笑）。そういうところでも間断なくネガティヴに利用されてるんですね。やっぱり最後にはネガティヴ・ケイパビリティに行き着きます。別のいい方をしたら、「他力《たりき》」なのです。

これまで検討した「多重露光写真」も、あるいは「怪物君」も、さらには、ウィンドウ・ポエムもトイレ・ポエムも、みんなこのネガティヴ・ケイパビリティの力によって吉増剛造にもたらされた、と見做せるのではないだろうか。わたしは、そう思う。

第六章　声の詩学

1　「U（ウ）」と「U」

吉増剛造は、講談社の現代新書のシリーズとして、二〇一六年に『我が詩的自伝——素手で焔をつかみとれ！』、二〇二一年に『詩とは何か』を刊行した。ともに、担当編集者の山崎比呂志氏とわたしが質問者と聴き手となって、話し言葉で語られたものがベースになっている。前者では、自伝と謳ったように、当時七十七歳までの生い立ちと詩人としての活動歴が率直に語られていた。また後者では、詩をめぐるくさぐさの思考が語られ、詩論として哲学的な内容も含むが、それが語り言葉で表現されたため、実にユニークな一冊となった。ともあれ、この二冊が、われわれが、吉増の世界を解読するに際しての得難い導き手となったのは間違いない。これまでの各章においても、さまざまな手掛かりを提供してくれたのはおわかりだろう。では、この二冊が光を当てた、吉増の詩にあっての大事な問題に着目して、考察を加えることとしたい。

まずは、「「U（ウ）」の音の特権性」の小見出しのもとに、発声された「ウ」という音をめぐって、吉増がこだわり続けるエピソードから見てゆこう。こんな話である。

あれはイタコの間山《まやま》タカさんの傍らで聞いていたときのことでした。まだ戦争の名残りがあったころだから、戦死者の霊魂を降ろすわけです。「うちの死んだ息子はどうでしょうね、出して降ろしてくださいませ」って、「それじゃあやるべえ」っていうんで降ろしていくと、靖国神社《やすくにじんじゃ》から出てきた若い兵隊さんが、「ああ、こうしてこうしてああして……」、「おらはウがないだば、……お土産ももらえねで、靖国へ帰る」なんて言うんです。東北弁だからよくわかんないのだけれど、素晴らしいバイブレーションをもらったので、恐山《おそれざん》から急いで下りて、弘前の先の嶽《だけ》温泉に行って、宿のお手伝いさんをとっ捕まえてテープ聞いてもらったんですね、「これどういう意味だ?」って。
そうしたら、宿のお手伝いさんが言うには、「おらはウがないだば」って言っているというのです。その「U（ウ）」っていうのは「運」、「運命」っていう意味なのですと。そのときに驚きましたのは、この「U（ウ）」という「音」だけが純粋に立ってきたんですね、わたくしの耳に。しかも、「ウ」、というよりもむしろ「U」と表記したほうがより正確であるような純粋な「音」として。これはわたくしの耳が驚いた、稀有な瞬間でありました。

『詩とは何か』を制作するため、われわれは講談社の最上階の座談会用の部屋で十数回にわたって吉増の話を聞いたが、このエピソードは何度か繰り返された。そしてそのたびに、わたしは新鮮な感銘を受けたものだ。東北弁では、「運」が「ウ」と発音される。イタコの老婆が語った死んだ兵士の言葉のなかで、この音が突出して強度のあるものだった、それはよくわかる。

さらにこの「U（ウ）」は、後年、吉増に、『花火の家の入口で』（一九九五年）を書かせるように働いたのではないか、とふりかえる。

でその瞬間に、あっ、「そうだったのか」と思った。というのは、ブラジルにいたときに、半年ぐらいかけて、「花火の家の入口で」という詩を書いたのですが、その詩のコアになっていたのがまさしくこの「U（ウ）」だったということに気づいたのです。ご存じの方もいらっしゃると思いますが、ポルトガル語では「L」を「U（ウ）」って発音しますよね。この「U（ウ）」っていうのは微妙な、美しい、外国人にはとても発音の難しい音なのです。わたくしにも発音ができないのです。この詩の中の、例えば「薄いヴェールの丘にたち、静かに〝病い〟を待っている／

――Gelson ジェウソンの言葉」の「ジェウソン」の「L」もこの「U（ウ）」っていう音です。そしてこの詩のコアとなって動いているのが、まさしくこの「U（ウ）」という音だったのです。

吉増が引用する詩の冒頭部の二行も、確かに印象に強く残る詩行だった。またこの「ジェウソン」は、エイズを患ったブラジル人の知人の若者のことだ、と吉増が朗読の際語ったことがある。ポルトガル語では「L」を「U（ウ）」と発音する、サッカー選手のクリスティアーノ・ロナウド Cristiano Ronaldo の場合も、まさに Ronaldo がロナウドである。日本人なら、「L」を「U」と発音するポルトガル語に驚いたことのあるひとも多いだろう。それにしても、この「U（ウ）」の音に繊細に反応する吉増の聴覚の鋭さである。「聲の詩人」吉増剛造の面目躍如たるものがあろう。

だが、詩集『花火の家の入口で』を開いてゆけば、「U」がしばしば姿を現すのに気付くはずだ。それも、聴覚的受容の側面が強調された「U（ウ）」として、ではなく、「馬蹄のUの金の雨」（『花火の家の入口で』）とあるように、「U」の視覚的側面を活かすようにして。この問題に注目したい。同じ詩篇から、さらに詩行を引こう。

洗濯物のように柵に干されたお嬢さん、U《ゥ》のよう、∩のよう
（U《ゥ》のよう、∩のよう、……）

またこんな詩行もある。

木の葉に、貌を埋《ウズ》めて一角獣は考えている。後《うしろ》の山に、まるい月、月のU（Ω）の後《うしろ》に、さらに宇宙。さらに、柔らか（優《うるわ》し）く、腕《て》を折ってる、お母さん、毛深い、下《した》地《ぢ》、木の葉に、貌を埋《ウズ》めて居る、一角獣、紙を擦《こす》ると不思議な音がすると呟《つぶや》いて頭を上げた。沼に浮いていた、宇宙

「薄《にぶ》い音の梶《かじ》棒が刺青を写す。／神の手の掻《か》き痕にわたしも気がつく」という詩篇では、斜めを向いた「U」が登場する。

（木の舟を造ってはこんで行く、……
　薄《にぶ》い灰色の
　　目の下の
　　　U
　　　　。……）

（略）
草に寝て
空に葬られて

籠《かご》が、ひ、次第に頬に紅色の翼《つばさ》、羽音がちかずいて来ていました
〝ションションション、……〟
黄金《こがね》の尾ッポを、房々《ふさ》摺《す》って、僕らの狐が駆けてった

さてどうだろう。いわば象形文字のように「U」は現れているのを確認しよう。そして吉増は、この「U」という文字をどう捉えているのか、それを『我が詩的自伝』のなかで語っている。実に興味深い哲学的なヴィジョンが登場する。

僕はポルトガル語の「U」は「ウ」というんだけどさ、この発音ができないのよ、難しくて。フランス語と似てるんだけどね、ウというのは。だから僕にとって、例えばジェウソンなんていう人の名前が、僕には発音できない。そうするとこのUという字が気になる。『花火の家の入口で』というのはこのUが動いていく詩なのよ。だからUをひっくり返したりした。ところが、「怪物君」の第二部でやっぱりこのUの字が出てくるの。そのとき平仮名の「ひ」かなと思ってたの。小さいつぼみたいにやわらかい。だからポルトガル語でしゃべれなくて、Uという字を一字だけつかまえて詩を書いて。(略) 一番大事なのはそのUのウというのに、言語の根みたいなところに依然として近づこうとする力が残ってるところね。これは説明できない回路で、体験的にそういうものが出てくるんですけどね。
じつにこれは難解で、しかし魅惑的なプラトンの『ティマイオス』をふまえた宇宙論ですけど、そのUっていうのは、もしかするとデリダの言う「コーラ」みたいなね。コーラって箕《み》が一応モデルですけど。つまり「場《トポス》」とは別の〝場〟があって、縁《へり》と底《そこ》みたいなもの。やわらかいものでね。そういうものが動いていったものとして捉えると、「冗談じゃねえ。これだったらヘンリー・ムーアや何かよりもはるかにやわらかい宇宙があるぜ」なんていうところへわ

たくしの心の光景は行くわけですよ。

「デリダの言う「コーラ」」、哲学者のジャック・デリダが、その著作『コーラ——プラトンの場』（守中高明訳、未来社、二〇〇四年）でプラトンの宇宙生成論『ティマイオス』に出るこの用語を採りあげたわけである。ギリシャ語で「場所」のことだが、デリダにかかれば、一筋縄ではゆかない、どころではない、概念が幾重にも重ねられたなんとも難解なものとなる。また、「箕《み》」とは、米などの穀類の選別の際に殻や塵をとり除くための道具である。箕の形象に注目しておきたい。吉増は、こう語っている。

そうね、馬蹄形とはよく言ったもんだね。Uですよ。あれは韓国の箕《み》だよ。アイヌでいう「ムイ」だよ。あの箕というのは不思議なもので、アイヌの人たちも「ムイ」って呼んで使ってきた。あれはユニバーサルなものですよ。だからあれがコーラのモデルですよ。実際に『ティマイオス』を読んだら箕が出てくるもん。そういうのは宇宙的な限界的なエッジにさわってるから一発でわかるけども、言語とこういうふうにつながってくるときに、U《ウ》というのとぶつかった。「怪物君」でも出てきてる。大変だ（笑）。

『花火の家の入口で』に登場する「U」はデリダの「コーラ」であり、その形象は、馬蹄形をした韓国の箕に由来する、というのである。「コーラ」とは何かを探ってみよう。

2　コーラとは何か

デリダの「コーラ」に関しては、デリダ思想でお馴染みの「痕跡」や「書き込み」といった概念と関連するらしい。フランス思想が専門でデリダの翻訳もある廣瀬浩司が、デリダの『コーラ――プラトンの場』の書評「「場」のおののきを聞く」（『10+1』三十五号）のなかで丁寧な解説を行なっているので、紹介しておこう。

コーラとは、いっぽうではさまざまな形相が書き込まれる受容者であるが、それ自身決して現前しない。それにあらゆるものを受け入れながら、白紙のままであり続ける。このように母でありながら永遠の処女であるような場に、デリダは「根源的な書き込みのアポリア」を見ていた。（略）現前と不在の二者択一では説明できない痕跡の場、起源という点を内側から分割し、線状的な時間を攪乱するアナクロニズム（時間の錯誤）の場、この場をデリダは「間隔化」と呼んでいた。コーラとは、間隔化におけるこうした時間の錯誤そのものとして、刻印に場を与えるのである。

確かに、いかにもデリダらしい概念が交差する「場」であろう。面白いことには、この「コーラ」といういわば表象しえないものを現実化しようとするプロジェクトを、デリダは建築家のピーター・アイゼマンと起ち上げたという。この共同作業の記録は『コーラ　ルワークス』（Chora L Works）という書物になったそうである。結局そのプロジェクトは成功しなかったが、そこにデリダが持ち出したデッサンを廣瀬が紹介している。

アイゼマンとの長い議論の末にデリダが提出したデッサンは、宇宙に震動を与える篩《ふるい》としてのコーラという「比喩」から発想されたものであり、この篩が水平でも垂直でもなく、斜めに置かれている。

篩、すなわち箕である。岩波書店版のプラトン全集にあたってみると、「コーラ」は「場」と邦訳されているが、それの性状を述べるくだりに「箕」という語は出てくる。その訳注では、「「篩」とも訳される語」とある。またデリダの『コーラ』でも「後でコーラについて言われること、すなわち「穀粒」や「種子」をより分けあるいは選別するために揺すぶられる「篩」あるいは濾過器」といったくだりもある。よって、デリダがデッサンに篩を描いたのも了解されよう。

しかし、ここが実に興味をそそられるのだが、その篩は「斜めに置かれている」とのこと、先程引用した吉増の詩のなかでも、「U」が斜めになったものがあった。これは、吉増がデリダの「コーラ」のデッサンを知って行なったことであろうか。気になるところである。

3　アガンベンの〈声〉をめぐる思考

吉増は、『花火の家の入口で』のコアとなったのが「U（ウ）」だったことに気づいた、という。音声、声としての「ウ」であり、馬蹄形で箕でもある、文字としての「U」である。吉増剛造は、「プネウマの詩人」で「聲の詩人」だから、その詩法には声の働きが大きく関わっていよう。また吉増は、最新の詩集である『Voix』でも顕著に見られるが、「!」、「——」、「、……」、「〃〃」といった記号や点や符号を頻繁に用いる。その点では、自作につける痕跡やエクリチュールの次元にもおおいに意識を働かせていよう。

ではここで、いったんは吉増を離れて、言語哲学の問題として、声と文字について考えてみたい。わたしの思考を導いてくれるのは、イタリアの哲学者ジョルジョ・アガンベンである。アガンベンは、『ホモ・サケル』や『例外状態』といった、生政治《せいせいじ》の領域の著作で一般的には知られているが、美学や芸術学での業績も数多くある。フーコー、デリダ、ドゥルーズら、ポスト構造主義の思想家たちを引き継いだ世代の、ヨーロッパを代表する知性であるのは周知の通り。またアガンベンは、カソリックのお膝元のイタリア出身ということもあってか、キリスト教の神学や宗教史にも通じていて、霊的な世界も思考の対象としている。このアガンベンは、

〈声〉の問題を哲学の主題として提起しようという意欲を持つらしい。『言葉と死　否定性の場所にかんするゼミナール』（筑摩書房、二〇〇九年）の「訳者あとがき」の上村忠男によると、『人間の声』もしくは『エチカ、あるいは声について』というタイトルの著作を書くプランを練ったことがあるという。残念ながら、その著作はまだ刊行されていないが、これまでに発表された〈声〉をめぐる論稿は、いくつかの著作で読むことができる。上村はまた、アガンベンのノートから、として、次のような興味深い言葉を紹介している。

人間の声は存在するのか。ミンミンというのがセミの声であり、ヒヒーンというのがロバの声であるように、人間の声であるといえるような声は存在するのだろうか。存在するとして、この声は言語なのだろうか。音声と言語、フォネーとロゴスとの関係はどのようなものなのか。人間の声のようなものが存在しないならば、どのような意味において人間はなおも言語活動をもった動物として定義されうるのか。わたしたちの立てているこれらもろもろの問いは、あるひとつの哲学的な設問の範囲を確定する。

〈声〉についてのこんな問題意識を持ったアガンベンを参照しながら、叙述を進めよう。本稿が参照するのは、『言葉と死』のなかの「付記3（第四日と第五日のあいだで）」（九八〜一〇三頁）である。アガンベンはここで、「音声のうちにはなにが存在するのか」という問いを立てて、声と文字のふたつの要素が言語活動においてどんな働きをするのかを探求している。

まず引用されるのが、アリストテレスの『命題論』の一節である。原文のギリシャ語は省いて、ここに再引用しよう。

音声のうちに存在しているものは霊魂のなかに受容されたものの符牒である。そして書き記された言葉は音声のうちに存在するものの符牒である。

アガンベンはこのくだりを次のように解釈する。言語活動によって遂行される意味表現作用は、一方を他方へと送付する三つの用語（音声、霊魂、事物）の間で展開される「通訳《ヘルメーネイア》」の過程として説明される。そこで問題になるのが「グランマ（文字）」なのだ。アガンベンを引用する。

すでに古代の注釈者たちは、ひとたび意味表現作用が音声から霊魂のなかに受容されたものへの、そして霊魂のなかに受容されたものから事物への送付であるというように思念されたなら、つぎには音声そのものの通訳を保証する第四の要素を導入することが必要になることに気づいていた。グランマは音声の理解可能性を保証するこの第四番目の通訳者にほかならないのである。

しかしまた、最後の通訳者として、グランマは意味表現作用の循環全体を支える根拠である。そのかぎりで、それはこの循環の内部にあって必然的に特権的な身分を享受することとならざるをえない。

ここで述べられたことは明解である。「このことが意味しているのは、言語活動にかんする西洋の省察は最初から本源的な場所に音声ではなくてグランマを置いてきたということである」というアガンベンの言葉を待つまでもないだろう。

さてこうなると、プラトン以来の哲学史の音声中心主義を批判して、パロール（話し言葉）を貶めてエクリチュール（書かれた言葉）を顕揚した『声と現象』のジャック・デリダが思い合わされよう。アガンベンも当然デリダに言及する。「たしかにわたしたちはデリダに敬意を払うべき」といいながら、「しかし、本当をいえば、彼は形而上学の根本問題を明るみに出したにすぎない」と留保を加える。そして、こう続ける。「フォーネー」とは音声のことである。

形而上学の地平をたんにフォーネーの絶対的支配のうちに見てとり、ひいては、グランマをつうじてこの地平を乗りこえることができると思いこむことは、それにとって本質的なものである否定性をともなわない形而上学を考えるということを意味している。形而上学というのはつねにすでにグラマトロジーなのだ。そしてグラマトロジーというのは、グランマには（〈声〉には）否定的な存在論的根拠としての機能が属しているという意味において、根拠学(fondamentologia) なのである。

エクリチュール、すなわちグランマのほうを持ち上げるだけのデリダは批判される。アガンベンにとっては、声か、グランマか、どちらがより重要なのか、という優劣の問題なのではない。言語活動のシステムにおいて、注意すべきなのは、声とグランマの持つ否定性なのである。

4　声とグランマとの共闘

ここでアガンベンが抱えた問題は、副題に「否定性の場所にかんするゼミナール」とあるように、最後には「死」につながるとされる、言語における「否定性」をめぐるものである。本章の主題には直接に関わらないので、これ以上追究することはないが、引用した箇所で声と文字（グランマ）の働きを追うことができただろう。吉増は、「U」という語の音声と文字の両方の要素に注目して、詩を書いたわけだが、その創作の現場においては、声と文字とはいわば共闘したはずである。さらに声と文字の働きについての考察を重ねよう。声はドイツ語で「シュティンメ（Stimme）」という。シュティンメと語源を同じくする語に「シュティムング（Stimmung）」がある。「気分」という意味である。「気分」は、ハイデガーの実存論において重要な役割を果たす言葉である。この言葉を『哲学事典』（平凡社）で調べてみよう。

ハイデッガーの基礎的存在論においては、開示性の本質的契機の一つとして重要な実存疇をなす。すなわち現存在は気分において、自己の存在の被投性、どこから来てどこへ行くのかわからぬままに、とにかくあり、あらざるをえぬ既成事実性に直面させられる。不機嫌においてはこれを重荷として、上機嫌においてはその重荷からの逃亡というかたちで、これを開示する。それと同時に気分は、そのつど世界内存在を全体として開示し、内世界的な存在者との出会いを準備する。ハイデッガーによればとくに不安は、怖れのように内世界的な特定の対象にかかわるのではなく無にかかわる気分（なんとなく不安だ）として、現存在を本来的な世界内存在へ孤独化し、その自由存在へ直面させる根本的気分、根本的開示である。

周知のように、ハイデガーの実存論は「不安（Angst）の哲学」とも称される。右の解説では「自己の存在の被投性」という表現で表わされるが、われわれの生がいわばサイコロのように「投げられてあること」に対する根源的な「不安」、世界のなかに真に存在しうるという本質的な可能性を得るか失うかという「不安」、それをつねに感じているのが現存在 Dasein（ダーザイン）つまり人間なのである。この「不安」は、われわれが根源的には無であること（「現存在の暴露」）を教える一種の「気分」でもあるとされる。そして、現存在、人間は言葉を用いて「語ること」（Rede）によって「現」（Da）の根源的な顕現である「開け」（「開示性」）

(Erschlossenheit)を「気分的状態性として了解」(『哲学辞典』)する、というのである。

ここで、「現」の根源的な顕現を経験すべく、言葉を用いて「語ること」を実践するのが「詩人」という存在なのである。ハイデガーにとっては、「開け」(Erschlossenheit)エルシュロッセンハイトとは、ヘルダーリンに代表される詩人の言葉が「気分的状態性」をいわば梃子にして導きだす精神の特権的領域だと見做すことができるだろう。

というのが、現存在であるわれわれが、どうして詩を書くのか、あるいは書かなくてはならないのか、その理由を説いたハイデガーのロジックである。

またアガンベンは、ハイデガーの「開け」に深く関わる「気分」、シュティムングについて、『言葉と死』の別のページでこんなことをいっている。


シュティムングという語は通常「気分」と訳されるが、ここではあらゆる心理学的意味をぬぐい去って、それがシュティンメとのあいだにもっている語源的な結びつき、とりわけ、それがもともと位置していた音響学的次元にまで置き戻してやらなければならない。(略)この観点からは、ノヴァーリスがシュティムングを心理学としてではなく、「魂の音響学」というように考えているのは、啓発的である。

シュティムングを「魂の音響学」として捉えるとは、確かに目の覚めるような、刺戟的な発想である。さてここで、吉増剛造が詩を書く、ということを、ハイデガーのロジックをたどって解析してみれば、吉増は、いわば実存の不安から魂を響かせるような気分のなかで「語り」(Rede)を実践し、そして「現」(Da)「ダー」の根源的な顕現である「開け」を「気分的状態性として了解」する、すなわち魂の音を響かせて経験する、ということになる。そこにおそらくはシュティンメ（声）も関わっただろう。吉増の場合は、「語り」（Rede）の実践とは、シュティンメ（声）でもって書く、という行為ではないだろうか。わたしには、吉増が、舞台のうえで声をふりしぼって「ダー」と叫んでいる姿が目に見えるようだ。ちなみに、吉増はハイデガーの精読を若いころから現在にいたるまで続けている。ハイデガーは吉増の愛読書であるのは間違いない。

5　宙吊り符の機能

声と共闘するグランマ、文字のほうの問題にも触れておこう。

吉増が愛用する表記法に、「、……」というのがある。一九八九年の『スコットランド紀行』ではごく少ないのに、一九九〇年の『螺旋歌』では目立って多用されだした。一九九五年の『花火の家の入口で』では、ほとんどのページで確認することができる。最新の『Ｖｏｉｘ』では、全ページで、といっていいくらいだ。

この「、……」は、宙吊り符と呼ぶのだそうである。この宙吊り符の機能について、「句読点の哲学」という問題を立てて論じているのが、ほかならぬ、ジョルジョ・アガンベンである。『思考の潜勢力』（高桑和巳訳、月曜社、二〇〇九年）に収められた「絶対的内在」という論稿を参照しよう。

アガンベンが採りあげるのは、ジル・ドゥルーズが死の二カ月前に発表した「内在：一つの生……（L'immanence : Une vie……）」というタイトルの短い論稿である。アガンベンは、このタイトルの特異性に触れてこう述べている。

一見するとこの題は散漫な、宙吊りになったままのものとも思われるが、これがすでに尋常ではない構造をもっている。この構造については注意深い考察を加えないわけにはいかない。じつのところ、「内在」と「一つの生」という、カギとなる二つの概念はしかじかの連辞にまとめられてもいないし、小詞「と」で結びつけられてもいない。(略) 概念の後ろにはそれぞれ句読符号(第一のものにはコロン、第二のものには宙吊り符)が付されている。二つの用語をこのように分節化することはまったく統辞から外れている。

アガンベンは、まずコロン(:)の機能について論じてから、宙吊り符の機能に移る。ここに注意しよう。

題を締めくくる(とともに、開いたままにする)宙吊り符に対しても、これに類した考察を加えることができる。それどころか、句読符号に帰される専門用語としての価値が、このばあいほど明白な例もない。ドゥルーズはすでにルイ‐フェルディナン・セリーヌについて、宙吊り符のもつ権能、統辞上のあらゆる結びつきを置き去りにする権能を指摘していた。「[……]『ギニョルズ・バンド』は最終目標を見いだしている。それは感嘆符や宙吊り符を打つことである。それによって、単語の純粋なダンスのために統辞がすべて置き去りにされる。」句読符号には統辞を外れた要素が、さらに一般的に言えば意味を外れた要素がある。このことは、句読符号がつねに呼吸と結びついているということから暗黙のうちに示される。

ドゥルーズ自身の言葉の反復としてだが、「統辞上のあらゆる結びつきを置き去りにする権能」が宙吊り符にはある、というくだりが大事だろう。吉増は、「、……」を書きつけたセンテンスの最後に加えることで、センテンスの統辞を「置き去りにする」、文が完結してしまうことを失効させようとするのか。「統辞を置き去りにする」、厳密にいえばややずれるかもしれないが、別の表現をすれば、「文の完結を失効させる」、ということであり、わたしは、ロラン・バルトが『言語のざわめき』(花輪光訳、みすず書房、一九八七年）のなかの論稿「言語活動の戦い」で述べた、次のくだりを思い出した。

さらに一歩進んで、つぎのように問うことができよう。実際には閉じた統辞構造をもつものとしての文も、それ自体、すでに一つの武器であり、威嚇の一つの操作子ではないのか、と。終結した文は、すべて、その断言的な構造によって、命令的、脅迫的な面をもつ。（略）権力と非常に似通った文が支配する場合がある。強力であるということは、まず第一に、自分の文が完結されているということなのである。

これは、社会のあらゆる関係性のネットワークのなかに不可視の権力が潜んでいる、と見做す、ミシェル・フーコーが主導した生政治の問題意識からの発言である。きわめて繊細な感受性を伴った批判的知性の持ち主だったロラン・バルトならではの分析だろう。終結した文は、その断言的な構造によって、命令的、脅迫的である。つまり権力的だ、というわけだ。宙吊り符は、みずからの言葉を決して権力的にさせない、という吉増の願望が投影されたものなのかもしれない。

わたしは、『裸形の言ノ葉――吉増剛造を読む』においても、同じ問題を論じたことがあった。吉増が、「神を池の下に手紙をとどけに行った」とか、「わたしは鱵に目を手に挟んで眺めていたことがあった。……」とかのように、いわば文法違反を確信犯として犯すところに注目して、ロラン・バルトを援用しながら、吉増の脱権力の志向に触れたのだった。再度自著からの引用になるが、ご覧いただきたい。六一頁である。

吉増はその点でもきわめて敏感である。前章の「文法違反」の例で見たように、ソシュール言語学の用語を使うなら、連辞の軸での「結合」障害を自ら進んで甘受しようとする。つまり、統辞構造を崩すことを厭わない。厭わないどころか、それを自らの意志として、決然と選びとるのである。その態度が意味するところは明白だろう。およそありとあらゆる権力的なるものから無限に遠くありたいのである。権力のゼロ地点こそを、吉増は究極のユートピアとして受けとめるのに違いない。よって、吉増は、閉じた統辞構造を持つ文を破砕することで、権力関係の磁場をいわば清算する。

宙吊り符を多用することも、まさに、自分の作品から権力関係の磁場を清算するためだろう。

アガンベンの指摘のなかでは、「句読符号には統辞を外れた要素が、さらに一般的に言えば意味を外れた要素がある。このことは、句読符号がつねに呼吸と結びついているということから暗黙のうちに示される」というくだりも気にかかる。「句読符号がつねに呼吸と結びついている」、「プネウマのひと」である吉増が、句読符号を愛用するのもその理由による、と考えていいだろうか。

第七章　「たたくこと」と「言葉を枯らすこと」

1　たたく力

『我が詩的自伝』と『詩とは何か』において、吉増剛造自身によってなされた自己診断は、いわば「吉増剛造的なるもの」の特性を鋭く摑みとっているだろう。この二冊を手掛かりにして、さらにいくつかの特性を詳しく探ってみよう。

立川高校時代には、地学部に入って、秋川の川原などで化石探しに熱中したそうだ。化石ハンマーで石をたたいて割る。するとある時、割った石のなかにウニの化石があった。しかし姿を現した瞬間に酸化が始まり、ウニはたちまち跡形もなくなったという。それは、一種詩的な、ともいえる経験だっただろう。十代半ばの吉増の頭脳に強烈な記憶となって残ったはずだ。強い打撃を加えることによって詩の花火を発生させる。詩に向かい合おうとする吉増の手には、いつも化石ハンマーが握られている、そんな喩えも許されるのではないだろうか。吉増自身の言葉を『我が詩的自伝』から引いておこう。

化石ハンマーでたたいてそうなった。それが高校二年生ぐらいだったかな。で、もちろんある理由があってそういうところへ入ったんだけれども、どうやら古いもの、あるいはいまだに続いていますけど何かたたくということ、それから地面をこする、あるいは書いてるのかもしれない。そういうことをやる。ベーゴマも好きだし、蠟石で地面に何かを書くのも好きだったし、水にさわるときに温度を見るようなね。冷たいのかぬるいのか、地面にさわるような感覚。透谷にもそれがあるのね。それがいまだに続いてますけどね。それが恐らく化石ハンマーみたいな打つっていいう行為、あるいはさらに行くと非常に深い、何もできないけれども何かたたいて怒りなのか、狂気なのか、何かがある。それにつながってるのがたたくという行為ね。石川九楊さんは、吉増の詩は打ち込む力と割り込む力だって指摘していたけれど、そうそう、僕は字を書くとき筆圧がめちゃ強いの。あれ何かなんだよね。いまだにそれが続いているな。

吉増は、立川高校の先輩でもある彫刻家の若林奮に兄事した、といえよう。ふたりは、一九七一年に刊行された詩集『頭脳の塔』を合作している。白倉敬彦のプロデュースで、若林が挿画を担当した。この出会いから、ふたりはきわめて緊密な精神的な結びつきを持つようになったのだろう。その後も色んな形でコラボレーションを行なうことが多かった。そして若林が吉増のために作ったハンマーと鏨《たがね》を、吉増はいまもずっと使い続けている。空間現代との朗読パフォーマンスでは、ハンマーは、手にした詩集をたたき、フロアをたたく。また若林がきれいに縫い合わせて作った長い銅板をステージで広げて、ハンマーと鏨で詩の言葉を彫りつけるのである。

若林については、『詩とは何か』のなかで、こんなことをいっている。

筆記具と同時にとても大事にして年がら年中持ち歩いてる小道具の一つが、若林奮がわたくしにくれた鏨なんです。単純なねじ・くぎを若林がグラインダーで磨いただけのもので、いわゆる立派な鏨じゃないんですよ。この鏨で穴をあけるという行為がもう三十年、四十年も続いている。印象的な言葉なので覚えているんだけど、「吉増さん、慎重にこうやって痕跡を残して点を打ったりなんかしてもいいけども、突き抜けちゃったっていいんだよ」と、ちらっと若林が言ったことがあるの。「さすがだな。ちょっと天才的なところがあるな」と思ってね。突き抜けちゃっていいと。力を入れる「度合い」が違ってくるんだ。そういうことが、筆記の中の向こう側の世界。向こう側の世界がそうやって立ちあらわれてくる。

ハンマーでたたきにたたいた、その結果が、鏨が銅板を突き抜ける、穴があく、そうなっても構わない、と若林は言った。若林のこのヴィジョンを吉増は「天才的」と認めるのである。確かに、彫刻家としての若林の仕事には、現代美術の通常の尺度では測りきれないような、図抜けたスケールの大きさがあった。それは制度的なものを真向から突き崩してしまうアナーキーななにかだったろう。詩の言葉を刻んだ吉増の銅板を最後にはどうするか、と吉増が若林に問うたところ、「土のなかにでも埋めたらいい」という回答があった、とも仄聞したことがある。「突き抜けちゃったっていいんだよ」に通じるだろう。

若林奮は、二〇〇三年の十月十日に六十七歳で亡くなっているので、東日本大震災を経験することはなかった。しかし、ノモス（社会制度）がピュシス（自然）の力によって根底から揺さぶられたあの事態を知ったとしたら、どう思ったことだろう。若林は、「現実的に植物や土などに関連しながらの作業でなくても、以前から私は自分が自然の一部であることを確実に知りたいと考えていた」という言葉を残している。鉄の彫刻家として知られる若林だが、銅や鉛、植物、硫黄なども素材として用い、また特に晩年には、大気や水や光をも彫刻に取り込んだのである。ノモスのなかの約束事に縛られるはずもなかった。そもそも吉増のために、手作りのハンマーを贈った、というのも、それは吉増に、「このハンマーでノモスをたたけ」と焚きつけたのではなかったか。

『詩とは何か』の最後で、わたしは三十九の質問を行なったが、そのなかに、「「打つ」「たたく」という行為と「書く」という行為が、吉増さんのなかでどう結びつくか、詳しくうかがえますか？」というのがある。それにはこんな答えが返った。

この「問」のまえに、しばらく、佇んでいました。「打つ」とは、なんという根源的な行為でしょうか。ヒトが、直立をして、「手」が顕れて以来わたくしたちは、この驚きのまえに佇みつづけているような気がいたします。

質問の意図は、「打つ」こと、「たたく」ことと、「書く」こととのつながりをどう考えてるのか、それを尋ねたかったのだが、それははぐらかされたようである。本人も「わたくしにはあんまりよくない習癖があって、何かを考えるときに、必ずずらして答えを出していくんです」と告白するのだから、そこは仕方あるまい。代わって、書家の石川九楊が、吉増を論じた『近代書史』のなかの論稿にヒントを見つけにいこう。

2　石川九楊の吉増論

石川九楊は、近代の書家を論じた大著『近代書史』（名古屋大学出版会、二〇〇九年）において、「「ノ」「!」または割註の書」と題して、書家としての吉増剛造を論じている。この論稿は、「打つこと」「叩くこと」と「書くこと」との関連を考察するうえで、大きな示唆を与えてくれるばかりでなく、吉増の詩魂のありようにも肉迫した力編である。

まず石川は、吉増の書との出会いについて語る。京都の三月書房で見かけた『オシリス、石ノ神』の題字の文字が強く印象に残ったという。

その手招きした悪魔＝女神は、『オシリス、石ノ神』の「オ」や「ス」「石」「ノ」「神」の左はらいの「ノ」の書きぶりであった。打ち込み（起筆）が強く、印象的に異様に長く伸長された「ノ」の速度感だけが、日中の書の古典や現在の書の中に交って、なまなましい生き物として私の幻の書のノートの中で生きつづけていた。その「ノ」は、「書き癖」といわれるような臭気を伴ったものではなく、不思議な透明感をもっており、また起筆を対象世界（詩）の深奥にまでしっかりと打ち込み、打ち込むことによって、対象世界からの力《エネルギー》を獲得し、左下方へ長く伸長している送筆は、筆勢以上に、書くことをいとおしんでいるような姿を曝していたのでる。

なるほど、書の専門家の眼によって、吉増の「ノ」の文字の打ち込みの力が見事に検証されている。納得のゆく解説である。また、「筆勢以上に、書くことをいとおしんでいるような姿」とあるのにも共感できる。その後の直接の出会いを経て、吉増との初めての対談を行なうこととなった折、思潮社の編集部から参考までにと、『生涯は夢の中径――折口信夫と歩行』のあとがきである「不思議な折口――あとがきにかえて」の原稿の「色刷複写《カラーコピー》」が送られたそうだ。「披《ひら》いた瞬間、緊張が身体を走った。いわば全身の細胞のひとつひとつが、一瞬息を詰めたのである。その複写《コピー》は不思議な美しさを湛えていた」というのだから、書家の感銘の深さがいかほどだったのか、よくわかる。石川はいう。「むろん、これは単なる印字を前提とした原稿ではない。印字不能の一箇の自立した作品、「書」なのだ。」

折口論が刊行されたのは一九九九年の暮れだったが、当時吉増は割注を使い出したころで、「不思議な折口」を開くと、そこには小さな活字がびっしりと集まっている。その「書」を石川はどう受けとめたか、引いてみよう。

夥《おびただ》しい割註の海の中からわずかに姿を見せる朱い初号活字大の詩句――この奇妙な形態をまとった原稿風の詩

（と言っておく）は、詩を発語の深みまで下降させ、声、書字、文字、旋律、拍動、意味等ありとあらゆる言葉の力を総動員して、詩を現在とせめぎ合う最前線に立たせんとする苦心から生まれた書字戦法（書法）に違いない。

言葉が力を喪い、書や詩の成立が困難になった時代においても、つまり「瞬間の王は死んだ」時代にあっても、詩人は詩の可能性をこじ開けねばならない。たとえ従来の詩の範疇からすれば、もはや詩ではありえないまでにゆがんだ形になったとしても、詩の全力量、詩の美質の可能性を駆使して、時代と詩とのせめぎ合う接点に立ち、圧《お》し込む時代の力に耐え、一ミリなりともこれを押し返さねばならない。

吉増のこの詩（原稿）の美しさは、その苦心の戦略と戦術に生まれたものだと思う。

これは、吉増の果敢な実践を深いところで受けとめた、頼もしい同志からのエールだろう。この論稿の執筆の時点では、『怪物君』も『Ｖｏｉｘ』もまだ生まれていない。しかし、「たとえ従来の詩の範疇からすれば、もはや詩ではありえないまでにゆがんだ形になったとしても」と、それらを先取りするように、予見しているではないか。

肝心の「打つこと」「たたくこと」の問題についても、鮮やかに喝破する。「吉増剛造は、世界に鑿を打ち込み、砕き、現実とは異なったもうひとつの世界、詩の世界をつくろうと試みるのだ」と述べたあとにこう続く。

嘘言だと思うなら、詩集『オシリス、石ノ神』の自筆の題字の、はたまた詩集『打ち震えていく時間』の「打」字の、右上から左下へ向って速度感をもって長く伸びる美しい左はらい「ノ」の書きぶりを見よ。詩の中に多用される「ノ」や「！」を見よ。

「ノ」はここではもはや文字や文字の字画ではなく、「！」は単なる強調の感嘆符ではない。「おお」や「ああ」も感嘆符ではない。角度をもって世界に「トン」と打ち込んで、新しい裂目を入れる力自体なのだ。（略）細部を捨象して言えば、吉増の詩は原初的には、銅板を打つ鏨の力、また、いくぶんか書字の世界に立ち入っては、好んで描き出す筆触「ノ」の化体《けたい》であり、この「ノ」の美しさのために、「ノ」の美しさのゆえに、吉増の詩の世界は存在しつづけている。「ノ」とは対象世界に向って侵入し、割り込み、裂目を入れる力勢の形象喩、力動喩である。

まさに「打つ」力によって、吉増の詩が生まれる、その現場報告である。「叩くこと」「打つこと」が吉増にあっては「書くこと」につながる、石川九楊はそれを証明してくれたといえる。ダメ押しのようになるが、石川が、「最後に吉増剛造の極限の詩（書）を夢想してみる」として、結びとしたくだりを引用しよう。

吉増の詩は、強い打ち込みと、打ち込みによって補給した力《エネルギー》を一気に解放する「ノ」が姿を変えたもの、侵入し割り込む力である「ノ」の化体である。ならば、吉増の最後の仕事としては、無数の割註が書き込まれ、しかし本文はわずかに「ノ」の一字だけという詩が幻視される。

同時に、逆に本文と割註がところを変えて、人間と歴史と文化のすべてを語りつくした叙景、叙事、抒情の一大物語のごとき詩に、ただ一字「ノ」と註記された詩も幻視される。

「瞬間の王は死んだ」時代の中にあっても、現代詩は、満身創痍の姿で、なお、吉増剛造の詩力を尽くしたさまざまな実験と演習の中に辛うじて生きつづけていたのである。

3　非常時性を生きる

『我が詩的自伝』は、吉増には初めての新書だった。「「新書」といいます、多くの方々のお眼に触れる書物ですことも、心にとめながらなのですが、それが叶《かな》いますかどうか」（『詩とは何か』）と案じるのだが、この本はかなりの数の読者を獲得できたと言っていい。世間一般からは眼の届き辛い現代詩の世界を扱う書物だが、話し言葉のスタイルであり、自伝形式で詩人の人生の歩みが語られるわけだから、一般の読書人からも共感を得やすかったのではなかろうか。わたしは毎年、正月には郷里に帰省して、中学校の同級生ら三人と宴席を持つ。彼らに本書を薦めたところ、購入し読んでくれた。そして三人は、異口同音に、「吉増さんって、スゴイんやね。面白かった」という感想を口にしたのである。またわたしの周辺の詩人や文学の研究者たちも、大勢が本書を手に取ったはずである。

そして、ほとんどのひとが、強く印象に残った言葉として挙げるのが、「非常時性を生きる」であり、「言葉を枯らす」だった。それはよくわかる。まず「非常時性」のほうを見ておこう。

昭和でいうと十四年生まれですよね。年子で弟が十五年に生まれてて、二歳のとき、十六年の十二月八日が開戦のとき。だから親たちもそうだけれども、幼年期の過ごし方として異常な状態でした。もう普通に育てられないわけですよ。絵本を見せるとかそういうときじゃないから。しかも終戦の年が小学校一年生でしょ。一番の形成期が、魂が形成されないまんま傷だらけになってるっていうか、そういう状態なんですよ。だから前に言った天から銀紙がおりてくる。それから防空壕に上から機銃掃射してくる音が、信じられないような、カタカタカタカタカタカタ。どうして命を脅かしてこんな音が空からしてくるのか。五歳、六歳だからわからないわけ。そういうところに育った年代というのは実に少ないと思いますよ。一、二年ずれてたらそんなことないからね。だから常にどっかで必ず「非常時性」っていうのを求める。それを克服しようとするんだけど、その非常時っていうのがないと表現が成り立たないという。

戦争がもたらした非常時のさなかに幼年時代を送った、確かにそれは吉増の感受性形成に強い影響を与えただろう。父親の郷里の和歌山市に疎開したときに体験したアメリカ空軍の攻撃や爆撃の情景を、吉増は繰り返し語っている。

僕は非常時の底へおりていく。だから必死になるっていうことをやるのよ。必死という言葉を何度も使うけれども、普通にいう必死の「死」じゃなくて、必死になって、非常時のところへおりていこうとする。一種異様な意思の力の源泉は、まさに「非常時性」というものだと思う。

また吉増が大学に進学した一九六〇年代のころも、日本社会は、日米安保条約の改定に反対する運動が盛り上がり、政治的にも思想的にも緊張感に満ちた時代なのだった。吉増は政治的な行動からは距離を置いたが、サルトルの実存主義など、当時大きな影響力を持った思想には動かされたことだろう。学生時代を振り返ってこう語る。

それで、そういう「詩作」の「非常時」みたいなものがずっと続いてきてて、まだ戦後の異常な状態と、常に煮詰まって生きていけないような実存、もちろんサルトルなんかも読んでいたから実存の火の玉みたいな、そういう人だった。その非常時というのがずーっと今にまで続いていています。

そんな吉増が、東日本大震災に遭遇した。千年に一度という規模の大地震による大破壊と、大津波による福島第一原発の炉心溶融《メルトダウン》、放射性物質の放出という事態が招いたのは、まさに非常時に他なるまい。この非常時が吉増の非常時性に猛烈に働きかけて、「怪物君」が生まれたのである。ピュシス（自然）が剝きだしにされて、ノモス（社会制度）が崩壊した。だから吉増は、「怪物君」を制作して、出版という社会制度に挑戦を試みたわけである。ここにも「非常時のひと」吉増剛造を認めることができよう。もう一箇所、吉増の発言を引いておこう。

本当に大きなビジョンが得られたなら、非常時性と実存と火の玉性みたいなぎりぎりのところまで行かないと、自分の魂に対して申しわけがないという思いの方が強いんですよね。それが「詩作」だとか表現、……「歌」を目指しているということだったのだということが、今回のこの語りで判って来たのね。深いところでね、それは全部つながっていく。

4　言葉を枯らすために

そしてもうひとつ、「言葉を枯らす」である。この暗喩が具体的にどういうことを表しているのか、まず確認しておこう。吉増は語る。

「書記」が、ここ十年位「割注《わりちゅう》」あるいは「裸のメモ」という小さな文字の方へ、もう押しとどめようもなく向かっていっていて、……このことと「怪物君」六百四十六葉、四年半も密接につながっているのですが、「読み手のいる場所」を枯らそうとしているともいえます。それと、言葉を薄くする、中間状態にする、言葉自らに語るように仕向けるという、まあ「言語の極限」を目指すということに収斂《しゅうれん》するのでしょうが、それを「枯らす」という一語で代表させようとしたのですね。

「言葉を枯らす」とは、究極的には「言語の極限を目指す」ことである、と明言されている。第四章の「怪物君」を論じたところで、「言葉の瓦礫化を目指す」という表現で述べられた問題と重なるものである。またこれを受けて、『詩とは何か』では、こう語られた。

もう一つ、『我が詩的自伝』では、「言語を枯らす」ということを言いました。言葉を豊穣にするんじゃないんです、逆なんです。むしろ逆に、意味的、想像的、文学的、そういった次元において言語を少し弱くして萎えさせて、そんなときにふっと立ち上がってくる、こっそり立ち上がってくる幽霊のようなもの。論理学的な言い方をすると、「否定」。否定した瞬間に違う種類の肯定が立ち上がってくる。そのすきを狙って何かが出てくるのを待ってるような詩を書くようになったのです。

ここでは、「枯らす」という行為を「否定」の概念に結びつけているのに注意しよう。思えば吉増は、強い否定の力を行使できるひとではないだろうか。「プネウマのひと」であり、「聲のひと」であり、「非常時のひと」であるのに加えて、「否定のひと」なのだ。そもそも「怪物君」を生み出すことができたというのも、制度的なものに対する強い否定精神のなせる業だった。吉増は『詩とは何か』のなかで、「ニーチェのこんな言葉があって、わたくしがほとんど盲目的に考えていたらしいことはこれに近いと感じましたので、このニーチェの言葉をご参考に引用しておきたいと思います」と前置きをしたうえで、ニーチェを引いた。

文章を構成するあらゆる原子の順序を一新する。

そして、「いかがでしょう、一気に一新しましたら狂的なことになります。しかし、ここに「詩的暴力」の波頭が垣間見えているのだと思います」と受ける。このニーチェの言葉への深い共鳴こそが、吉増の否定精神を証していよう。

「枯らす」、この言葉に対する吉増のこだわりは、詩集『怪物君』のなかでもうかがえる。一五頁下段の「裸のメモの小声」には「カラス（枯らす）トイフ、コトヲ／オモフ、（於藻不）コトコトダ／カラス（枯らす）トイフ、コトヲ／オモフ、（於藻不）コトダ」という四行を読むことができる。

5　「言語に穴を開ける」先行者ベケット

「言葉を枯らす」という行為を果敢に実践した文学者として、誰もが思い浮かべるのは、サミュエル・ベケットだろう。『詩とは何か』でもこんな具合に言及されている。

しかし、言葉、表現という問題をぎりぎりの極限まで追い詰めた人という意味においては、これもまた、通常の意味の詩人とはかなり性格を異にしておりますが、やはりサミュエル・ベケットに触れずにこの章を終わることはできませんね。

ベケットがどんなふうに「言葉を枯らし」したのか、それを宇野邦一の『ベケットのほうへ』（五柳書院、二〇二一年）から紹介しておこう。宇野は、ベケットの『伴侶』、『見ちがい言いちがい』のほか、近年は代表的小説作品『モロイ』『マロウン死す』『名づけられないもの』の三部作を翻訳している。宇野はこう語る。

ベケットは正解のある謎解きなどを試みているのではない。言語と沈黙のあいだにすさまじい緊張が想定されている。これは言語哲学などではなく、言葉の肉を引き裂く体験にうながされる思考である。(略)若いときドイツ語で書いた手紙のなかでベケットは「言語に穴を開ける」べきだというのだ。既成の言語を改変するのでなく、むしろ言語に「穴を開けて」穴の向こうに出なくてはならないというわけなのだ。(略)晩年の作品は、ますます簡素な要素とその反復だけからなり、ベケット語とでもいうしかない極限まで削がれた文体で書かれている。まさに穴だらけの言葉のようでもある。穴(裂開)それ自体が言葉である。しかし詩的修辞によって言語の出来事自体を際立たせるようにして書いているのではなく、散文的な構成と規則はかろうじて保持されている。ベケットは、言語への敵意を決して和らげたのではない。

ベケットは、言葉に穴を開けるべきだ、といったという。吉増剛造は、言葉を枯らすべきだ、である。両者は同じことをいっている。また宇野は、「極限まで削がれた文体」を「ベケット語」と呼ぶ。では、ベケット語とは具体的にはどんなものなのか、宇野自身が、フランス語の原文テクスト"Mal un mal dit"を翻訳した『見ちがい言いちがい』(書肆山田、一九九一年)を開いてみよう。ちなみにこれは、一九八九年に八十三歳で亡くなるベケットが、一九八一年に書いたものである。

「不幸にも彼女はまだ生きているみたいだ」といわれるひとりの老婆をめぐって、語りが続くのだが、しかし誰が語っているのか。宇野の解説を引こう。「老婆を見つめる名前のない眼が漂うことで語りの線は分岐し、やがて妄想とも、想像とも、回想ともつかず、現在にも、未来にも定着できない、定義不可能な次元に言葉は導かれていく。」そして一番最後のパッセージがこれである。ここでエンドマークが打たれる。

決断は下されるとたちまち、あるいはむしろしばらくして、何というか取り消される。最後の最後を閉じるために、どう言いまちがえるか？　とにかく取消される。いやカーテンが閉じる時の最後の残光のように、少しほんの少し、ゆっくりと散ってしまう。そっと静かに、ひとりでに、幽霊の手に動かされ、一ミリずつ閉じていく。さらばさらば。それから完全な闇、低い弔鐘の前ぶれ、ピッという愛しい音。終わりの始まり。最後の病の最初。すべてを貪ってしまうために、まだ十分残っているとして。一秒も惜しんで貪るように。空と大地そしてあらゆるごたごた。もうどこにも腐肉の屑はない。舌舐めずりはもうたくさん。いや。もう一秒。一秒だけ。この空虚を吸いこむ間だけ。幸福を知る。

宇野も指摘するように、「散文的な構成と規則はかろうじて保持されている」ために、このあとに採りあげる吉増の詩集『Ｖｏｉｘ』に比べると、「瓦礫」化の度合いはさほどのものではない、と見えるかもしれない。

しかし、この語りを統べる根元の深いところでは、狂気が静かに発動しているのをわれわれは感じないではおられない。『ベケットのほうへ』の巻頭のエッセイ「言葉の死、言葉は詩、しかし」のなかで宇野が紹介するベケットの言葉を引用する。「何を見るという狂気――かいま見る――かいま見ていると思う――かいま見ていると思いたい――遠くのあそこの下のほうかろうじて何――そこに何をかいま見ていると思いたい狂気――何――どう言うか」。

6　「声に剃刀を入れる」ツェラン

ベケットに加えてもうひとり、「言葉を枯らし」た先行者を挙げておこう。ユダヤ人の詩人のパウル・ツェランである。ベケットと違い、ツェランの場合は、意志的に「言葉を枯らす」行為を選んだというのではない。やむなく「枯らさざるをえなかった」のである。ドイツ文学者で、ツェランの詩を、ほとんどツェランそのひとが日本語の使い手となって憑依したのではないか、というくらいの切迫した見事な文体で訳している飯吉光夫が、ツェランをこう紹介している。

〈アウシュヴィッツの後になお詩を書くのは野蛮だ〉というのはアドルノの有名な一句だが、ツェランは、その心を暗黙裡に常にアウシュヴィッツにとどめつづけるという芸術的反則を通して、彼の詩を自殺による死までの二十五年間存続させた。彼の詩はそのような芸術的反則の上に成り立っている。

まさにツェランは、そうした芸術的反則を引き受けたうえで詩を書いたのである。一九七〇年にセーヌ川に身を投じて自死したのは、その反則の罪を自ら甘んじて受けたからに他なるまい。「このもどかしさ、「身もだえ」がそのまま詩の姿となってしまった、そのような「詩」を書いたのが、わたくしがもっとも敬愛する詩人の一人でもあります、パウル・ツェラン」である、とは、吉増が『詩とは何か』で語ったことだ。ツェランの言葉がどれほど「枯らされた」ものなのか、『詩とは何か』から引いてみよう。

ドイツ語なんだけれども、「ドイツ語」には聞こえない、詩の中の声、……なんと言うんでしょうねえ、佇まい、ほんのわずかなしぐさ、そのしるし、それを彼の代表作の一つである「ストレッタ」の中に見てゆきましょう。

やってきた、やってきた。

ひとつのことばがやってきた、やってきた、
夜をぬってやってきた、
輝こうとした、輝こうとした。

灰。
灰、灰。
夜。
夜—と—夜。——目へ
行け、濡れた目へ。
（略）

というこの詩の、
「Schoß an, schoß an. Kam, kam. Asche, Asche.」
「灰」
という哀切な声に、無言の声の底の底を、……聴いたのです。

吉増は、ツェランが自作詩を朗読する音源を持っているので、この「ストレッタ」を朗読する声を繰り返し聴いていたのである。思想史家の市村弘正との対談集『この時代の縁で』（平凡社、一九九八年）でも、ツェランのこの「ストレッタ」の朗読に言及してこう述べている。

ツェランが、「ショスアーン、ショスアーン」（痕跡、痕跡、……）といって繰り返すときに、自分のなかで答えるしかないような、こだまといってもちがうんだなあ、吃るといってもちがうんですよ、その、剃刀を入れるんですよ、声に。で、そういう、そういうしかないんだなあ、行き場のないような、自分の声に剃刀を入れるような、それが形態的になってくると、スラッシュをかけてみたり、分割というようなことをいうんでしょうけれども、そうするしかないんだなあという、得心というんですかね、目の覚め方、それが今度は市村さんのおっしゃったように、自分の詩の現場にも、現実にも着地してくる。

ツェランの朗読を聴いて、「自分の声に剃刀を入れるような」と形容したところに注意しよう。この形容は鮮烈である。自作の詩を朗読する声に剃刀を入れる、つまり詩の言葉を運ぶ声をバラバラにしてしまう、というのだ。おそらく吉増は、何度も何度もこのツェランの朗読の音源を聴き返すうちに、ツェラン本人の痛苦を自らのうちのものとするようになったのだろう。「自分の詩の現場」にも「着地してくる」と言っているうえに、『詩とは何か』ではこんな濃やかな理解を示している。

もうすでにあれほどの痛苦をわが身に引き受けておりました。この痛苦とはおそらくは、少し前のことばで言いますと、「実存」レベルでの体験なのです。ツェランの場合、しかしその「感度」は、アウシュヴィッツによって、もう、ものすごく増幅されてしまっている。とてもツェラン自身には、それに「表現」を与えることができないまでに。でも、それでも表現はしたいのです。言表不可能なものを前にして、立ち竦《すく》み、だが、どうにもできないこともあらかじめ知っていながらも、それでもどうしても、何かを言いたい、表したい、でも、それはできない。でも、それでもやっぱり何かを表出しないでおくことは出来ない、……そんな苦悩、もどかしさ、激しく身を捩《よじ》るような「もだえ」と切迫感、……言葉が言葉にそって尋ねているような、木霊《こだま》というよりもじつに哀切な襲ね合わせ、そういった、根源的な「痛苦」に対して何とか表現を与えようとする苦闘、エミリーのときにみましたような「無言の言語」、「しるし」が「——（ダッシュ）」として、ツェランにもあらわれてきています。その「痕跡」が、ツェランの「詩」と呼ばれているものなのです。

「エミリーのとき」とあるのは、吉増が偏愛を隠そうとしないアメリカの女性詩人のエミリー・ディキンソンの手書きの「——」に触れたくだりを指している。（吉増は、この手書きのダッシュをエミリーの「恐ろしさ」と言っている。）

吉増はさらに、詩のタイトルである「ストレッタ」（飯吉の訳では「迫奏」である）が、元々は音楽用語でイタリア語に由来し、「たたみかけてゆく」というニュアンスを持つことに触れて、こう続ける。

たたみかける。つまり一つの言葉、思いが、申し分なくおのれを言表しようとしていると、そこに、もう次の言葉が来てしまう、……この切迫感こそが、この詩を成り立たせているものなのです。そしてこの「言い足りなさ」、「息の短さ」によって生まれる悲痛な「もどかしさ」の中にこそ、そうして、なんともいいようのない。それらの「十分に言表することを許されなかった」「声」のあとの「残された声」が聞こえて来ています。

パウル・ツェランにおける「残された声」、そう、それこそが、「枯らされた言葉」なのだろう。ツェランは、あくまで受け身のかたちでなのだが、徹底して「言葉を枯らす」詩人であった。ベケットとツェラン、ともに吉増には「言葉を枯らす」ことにおいての先達である。

第八章　詩集『怪物君』を読む

1　灰になる前の複製としての詩集

近年の吉増剛造の詩を読んでゆきたい。拙著『裸形の言ノ葉――吉増剛造を読む』で論じた詩集は、二〇〇五年六月に刊行された『天上ノ蛇、紫のハナ』（集英社）までだった。二〇〇九年に刊行の『静かなアメリカ』（書肆山田）は、なかに詩篇も含むが、中心は散文と対談である。これは採りあげない。また二〇一一年の『裸のメモ』（思潮社）については、刊行直後にわたしは『三田文學』誌上に書評を綴った。十分に意を尽くしたものではないが、その後、二〇一六年には『怪物君』（みすず書房）が、二〇二一年には『Ｖｏｉｘ』（思潮社）が刊行されたいまとなっては、やや時の隔たりを感じてしまう。今回は特に触れないでおこう。

となると、まずは詩集『怪物君』である。すでにわたしは本稿の第四章で、「「怪物君」――詩の概念を転換する」と題して論じた次第だが、考察の対象としたのは、「怪物君」という作品制作のスタイル、というかシステムそれ自体だった。書物としての詩集『怪物君』には、改めてここで触れなくてはなるまい。

詩集の『怪物君』が誕生する経緯については、二〇一六年に『週刊読書人』紙上で行った吉増氏とわたしとの対談のなかで、吉増氏がかなり詳しく語っている。

> それは「怪物君」という大蛇のような草稿というか雑稿状態で、本にしたいという気持ちはそれほどないんだけれども、その一部分を編集者と努力して雑誌の誌面にまず載せてみたい、「ゲラ」にしてみたいという気持ちがなぜか強くあったのね。（略）うん、僕が頼んだの。『みすず』の誌面に載せてくださいって。

その要請が受け入れられて、まず『みすず』に掲載され、そして詩集としてみすず書房から刊行される運びとなったわけである。

さてそうなると、「『怪物君』が一冊の書物であるということをどのように考えるべきだろうか」という鋭い問いかけで始まる一本の論稿に注目せねばならない。フランスの現代思想を専攻する郷原佳以が、『三田文學』の二〇一八年冬季号に寄稿した「指呼詞を折り襲ねる――『怪物君』の歩行」がそれだ。鋭い問題意識で貫かれたこの論稿からは、おおいに蒙を啓《ひら》いてもらった。

郷原は、「「怪物君」は必ずしも『怪物君』を指示していないという点に立ち戻ろう」と断ったうえで、こう述べる。

ここからわかるのは、(略)「怪物君」は「白紙」となって詩人の前に顕れているということ、したがって、生成変化を止めていないこと、息を止めてはいないことである。というのも、「声ノマ」展で私たちは、〈怪物君〉として展示されている草稿にドリッピングのインクの染みが落ちて文字が滲むようになり、それればかりか、もともと小さい文字が徐々に覆い隠されて物理的にまったく判読不能になり、さらに、そのようにして濡れた紙葉が上から引っかかれてかぎ裂きをあけられた様を、そして、最後には、映像を通してではあるが、最終手段とばかりに草稿が飴屋法水によって火をつけられ燃やされる様を目にしているからである。いったい、判読不能になってゆくのが「怪物君」なのか、文字を滲ませてゆく染みの動きが「怪物君」なのか、燃やされるのが「怪物君」なのか、燃やす焔のうねりが「怪物君」なのか、という問いに答えは出さずにおこう。というより、おそらくこの二者択一に答えはなく、燃やし燃やされ自らを灰にするのがおそらく「怪物君」なのだ。

この分析はきわめてスリリングである。まことに「怪物君」の本質を露わにした読解といえよう。さらに郷原は、「詩人はなぜ『怪物君』を「書物」にしたのか、「怪物君」から『怪物君』を切り出したのか」との重要な問いを投げかける。そして、その答えはこうである。

『怪物君』は、これから燃やされるものの複製として、つまり、潜在的にはすでに灰、あるいは燃えかす――廃墟、瓦礫――であるものとして私たちの手もとにある。潜在的にはすでに灰であるからこそ、それは版に刻まれ、複製されなければならなかったのだ。

見事な解答だろう。加えるものは、なにもない。

『週刊読書人』での対話で吉増は、「怪物君」が燃やされるに至った経緯を語っている。「怪物君」は、「声ノマ」展開催の時点で、六〇六枚が生まれていた。最初から一二〇枚ほどが詩集『怪物君』になり、一三〇～一五〇枚ぐらいは、『根源乃手』としてやはり書物化され、それ以降から選ばれた作は美術館の壁を飾ることになった。それでも三百枚近くは残ったという。吉増が「最終（出口）50メートルの廊下のインスタレーション」と呼ぶものを担当した現代美術家・演出家の飴屋法水は、託されたそれをどう扱うか、おおいに迷ったそうだが、「飴屋さん燃やしてもいいよ」という吉増の言葉に後押しされて、に違いない、石狩河口まで運んで、束にしたそれに火を点けたのである。燃え上がる「怪物君」の映像は、出口の手前の壁に映し出されていた。そして燃え殻と灰が残った。まさに「潜在的にはすでに灰」である詩集、ということが納得されよう。

本章では、「灰になる前の複製としての詩集」である『怪物君』の詩行を読んでゆく。

2　アリス、アイリス、赤馬、赤城、……

同じ詩行が何度も繰り返される。それは、詩なのだから、同じフレーズの反復はごく当然のことである。吉増はこれまでももちろん、多くの詩篇のなかでそれを行ってきた。しかし、『怪物君』を読み進めてゆけば、冒頭の三行が、あたかも交響曲における主旋律のように、しばしば姿を現すのが確認できる。表記のうえでのいわば変奏はあるが、音になった言葉は同一である。詩集のなかで、その反復は一〇回を数えることになる。その詩行を引いておこう。

アリス《（唖隣巣）》、アイリス《（愛栗鼠）》、赤馬、赤城、……
イシス《（石巣）》、イシ《（石）》、リス《（栗鼠）》、石狩乃香《イシカリノカ》、……
兎《ウッ》！、巨大ナ静カサ、乃、宇《ウッ》！

このパートは、四頁、六頁、二〇頁、四五頁、四八頁、九八頁と、計六回登場する。次は、平仮名表記のヴァージョンである。

あ《（唖）》、りす《（栗巣）》、あい《（愛）》、りす《（栗巣）》、あかむま《（赤馬）》、あかぎ《（赤城）》
いし《（石）》、す《（巣）》、いし《（石）》、りす《（栗巣）》、いしかり《（石狩）》、のか《乃香》
う《（兎）》！きょ、だい《（巨大）》なし、ずかさ《（静香差）》乃、う《宇》！

平仮名のヴァージョンは、一〇頁、六四頁、六八頁と三回。さらに、片仮名のヴァージョンもある。それは一〇一頁のみである。

ア《(唖)》、リス《(栗鼠)》、アイ《(愛)》、リス《(栗鼠)》、アカムマ《(赤馬)》、アカギ《(赤城)》
イシ《(石)》、ス《(巣)》、イシ《(石)》、リス《(栗鼠)》、イシカリ《(石狩)》、ノカ《(乃香)》
ウ《(兎)》！キヨ、ダイ《(巨大)》ナシ、ズカサ《(静香差)》乃、う《(宇)》！

このパートを音だけで表記するなら、こうなる。片仮名で表そう。

アリス、アイリス、アカムマ、アカギ
イシス、イシ、リス、イシカリノ　カ
ウ！　キョダイナシズカサ、ノ、ウ！

一行目を形成する四つの単語は、どれも「ア」音から始まる。「ア」の頭韻である。さらに、「アカムマ、アカギ」では「アカ」が反復される。また「アリス、アイリス」も、「アリス」の後に、「ア」に「イ」が加えられたかたちの「アイリス」が続くのだから、ほとんど同音の繰り返しである。「ス」音の脚韻と言ってもいい。「リ」と「イ」はともにイ段の音でもある。音韻論の観点からすれば、さらに重要なのは、三音と四音、四音と三音の組み合わせが、七七調を生んでいる点だろう。吉増の詩において、七五調が問題である、ということに関しては、『詩とは何か』のなかでも二〇六頁で「七五の問題」という項目を立てて、吉増自身が語っている。

わたくしははっきり自分では言わないけれども、言語感覚のなかにやっぱり七五が動いているのかな。言語の国境も、表現のジャンル垣根をも、さらには「詩《ポエジー》」さえをも打ち破ろうとして来たのだと思いますが、それでも、まだ「韻を踏む」ことからは、離れようとしていないのですね。（略）七五の韻律、さらにもっと古いもの、常にそれが、その地獄の釜が常に開いたり閉じたりするようにして、その地獄の蒸気みたいにして、その韻律は襲ってきています。

日本語を使用する場において、常に特権的な呪縛力をもって顕ち現れるのが、七音五音の組み合わせによる伝統的定数律、すなわち七五調なのである。吉増も自覚するように、七五調の韻律は「襲ってきて」いるのだ、ここでは七七調として。

二行目を見てみよう。三音、二音、二音、そして六音と続くが、ここも七七調がベースである。「イシス」と「イシリス」も、「アリス」と「アイリス」と同様、ほぼ同音の繰り返しであり、「イ」と「ス」で頭韻と脚韻が発生している。また、「イシス」と「イシカリ」のふたつの言葉に注意してみよう。『詩とは何か』のなかに、こんなくだりが読める。

波長や波動が捉えられない状態で、沈思と沈黙のなかで捉えられそうな状態が来るのを待っているのですが、いつ来るのか判らない。（略）一つ例を挙げさせてください。それは、本書のなかで起こったことといってもよいのでしょう、序文（一四頁）の最終校正の途上で「イの樹木《き》の君《きみ》が立って来ていた」という一行が立って来ていたことをお話しいたしましたが、それは、おそらく、三十年前に石狩河口に長い間坐り込んでやっと書き上げました「石狩シーツ」への木霊のようなものでもあったのです。あるいは「石巻」のｉの小声であったかも知れなかった。さらにわたくしたちの言語への隠れた、……〝ｉ〟や〝ｈ〟や〝ｕ〟といった未知の言語の、……あえて妖精たちのといいます、言語の波動の顕現でもあったのです。

吉増の、いわば詩学の一端が語られた興味深いくだりである。かつてある詩境に向かって精神を傾注した経験が、新たな詩へのチャレンジの過程で再度「顕現」してくることがある、との証言にほかなるまい。

さて、「イシス」と「イシカリ」である。イシスは、周知のようにエジプト神話に登場する豊穣の女神であり、このイシスの兄であり夫でもあるのが、冥界の神オシリスである。オシリスは、弟で敵対関係にあるセトによって殺され、バラバラに裂かれたが、妻のイシスがその遺体を集めて再生させる、ただし男根だけは魚に食べられてなくなっていた、という逸話もよく知られているだろう。オシリスとイシスはペアとして取り上げられることが多い。よって、ここでも直接には登場しないが、イシスの木霊としてオシリスの名が召喚されている、といってよいだろう。そうなると、吉増の読者には、一九八四年に刊行された詩集『オシリス、石ノ神』の標題作が想起されよう。

一人駅員ノ駅ヲ出テ右ニ折レルト、二上山ガ前ニアル。
コレハ、緑ノフタツナル山、頬ヲ染メ、ソノ柔カナマルイ山、囁イタノハエジプト人夫婦ナノカ私ナノカ判ラナイ、
オシリス、オシリス、トイフ、女(?)、カミガ、路傍ニ、イタ。

この「オシリス、石ノ神」は、吉増のいわば中期を代表する名作なのだが、近鉄南大阪線を二上山駅で降り

た話者がそこで経験したことを報告する、といったスタイルの散文詩である。大阪府と奈良県にまたがる山で、雄岳と雌岳を持つ二上山は、雄岳のほうに大津皇子の墓があって、春分と秋分の日には、ふたつの岳のちょうど真ん中にあたる真西に夕陽が沈むのである。折口信夫の『死者の書』は、主人公である南家《なんけ》の郎女《いらつめ》が、彼岸の中日に二上山の二つの岳の間に沈む夕陽のなかに、「荘厳な人の俤」を見る、というプロットを持つ小説だ。当然、この散文詩にも折口の世界は投影されている。そもそもエジプトの『死者の書』は、死者の国である冥界を支配するオシリスと会ったときに語るべきことが書かれたものである。だからこの二上山を舞台とした詩のなかに、唐突にオシリスの名が出てきても、違和感はないはずである。

また、「イシス、イシ、リス」のくだりに漢字のルビがあてられているが、それは「石巣、石、栗鼠」である。「石」という文字に注意したい。やはり、「オシリス、石ノ神」が参照されているだろう。

次に、「イシカリ」である。これは当然、名篇「石狩シーツ」の詩行を呼び出していよう。詩篇では、「イシカリ」の「イ」、「i」音が強調されていたが、ここでは、「カ」である。だから、「イシカリノカ」となる。ここを七七調の韻律で読んでみると、音数では六しかないので、「イシカリノ」と来て、一拍置いて、「カ」となる。これまた印象的な音韻を構成していよう。「イシス、イシ、リス、イシカリノ　カ」「石狩シーツ」のとても印象的な冒頭パートが木霊として響いてくるようだ。

石狩シーツ、

「神窓」に、頬杖、……

白いインクの一角獣、

「濡れた山のヴィジョン」を、
〝不図《フト》〟――想ひ浮かべて、
鼻《ハナ》を上げた

では最後に、三行目の「ウ！　キョダイナシズカサ、ノ、ウ！」を検討しよう。本書では、すでに第六章「声の詩学」のなかの「「U（ウ）」と「U」」において、「ウ」という音の特権性を考察した。まさにこの一行にあっても、最初に「ウ」と来て、一拍の間を置き、「キョダイナシズカサ、ノ」と続いて、最後にまた一拍の間を置いて、「ウ」である。第六章でも『我が詩的自伝』のこの言葉を引いておいたが、「そうするとこのUの字が気になる。『花火の家の入口で』というのはこのUが動いていく詩なのよ」、吉増の詩の読者は、「ウ！　キョダイナシズカサ、ノ、ウ！」の一行を読みながら、『花火の家の入口で』の標題詩篇、ブラジルに暮らしながら、遠く武蔵野の秋川の周辺のことを思い浮かべて綴られた大きなスケール感をはらんだこの大作を想起するのではないだろうか。吉増はまた、「一番大事なのはそのUのウというのに、言語の根みたいなところに依然として力が残っているところね」とも発言している。

こう見てくると、詩集『怪物君』において盛んに繰り返されるこの三行は、吉増にとってとても重要な価値を持つ詩行だと言えるように思う。三行の冒頭が、それぞれ「ア」、「イ」、「ウ」と始まるのも、東日本大震災を経験してのちに、詩に向かう態度をまったく新たに整えて、「詩の傍（côtés）で」と題して書き出した際の、心の戦《おのの》きが投影されているかのようだ。

3　U型の文字群の問題

詩集『怪物君』として、活字化が実現されたお陰で、吉増が書きつけた重要な詩行を判読することが可能となったパートがある。これが手書きの草稿状態のままで、朗読イベントなどの会場に読者に配布されたとしても、誰もそれを読むことはできないだろう。わたしの体験からしても、それは確かだ。イベント会場で草稿を吉増が読み上げる際のフレーズに耳を欹《そばだ》てるものを感じたとしても、「怪物君」の草稿は、それこそアート作品なのだから、きちんと読みとろうという意識を働かせるまではゆかないのである。

『怪物君』の一一三頁がその問題のパートである。ここは二つ折りされていて、右は自筆の草稿の写真画像で、左はそれを活字にしたものである。その草稿のパートが実にユニークなのだ。文字はU字を描くように綴られる。そのU字型の文字群は、縦に十五、横に五と、合計七十五の文字群を形成している。このパートの活字となったテクスト、これが実に強い喚起力を備えている。読みながら、こちらの思考も励起されるのを感じるのだが、さすがに全部をここに引くわけにはゆかない。特に重要と思えるパートを引用しておこう。十三行目の、きりのいい箇所からである。

ひらがなを、、、、、
一日一字、その底の川辺の光の河底に
下りて行くことのミチが、とうとうこうしてはじまっている、その傍（côtés）から、おそ
らく「未来の聲」は、少しづつ歩を踏み
だしてもいくことでしょう、もう川を渡って
いるのか、ほとんど分らないようになるまでの

白桃（シラモモ＝ブランシュ・ペシュ）乃小道なのだが、、、、、、一足一足が神の呼吸の痕跡とでもあると呟きながら、五月には
双葉、常葉、浪江、南相馬、会津、
檜枝岐に、この道をともに歩いて行くことになる、、、、、こうして「詩作」とは「詩嚢（しのう）」、詩の袋をたずさえて行くことをつくること、もうそれは、こうして「詩傍」とは、詩嚢（しのう）の袋をたずさえて行くことをつくること、、、、、、もうそれは、おそらくはじめから判っていて、この「U」の姿もその「はこんで行くこと」の姿でもあったのだった、、、、、
麗しいひ乃色乃道よ、麗しいひ乃色乃道よ、、、、、、と呼び掛けることがなければわたくしたちは、途上の呼吸（いき）を生きてはならない
生きてはならない、、、、、は禁止ではないのであって、この呼吸（いき）の道を綴ること、辿ることの権利なのであって、わたくしたちは、とう、
こうして、心に刺青をするようにして、宇宙の隅（スミ）をうねっていくことの生がいの道よりななのである。萬歳の若奥さん心の
聲を、心のハナを、決して忘れぬこと
こそが、今朝の Marseille、、、、、、何処だったかの恋だった、、、、、、。

26 APR 2012 A.M. 5.30

東日本大震災から一年余りが経ったこの時期、吉増剛造は、国際詩センターマルセイユ(Centre International de poésie Marseille)に滞在中だった。この国際詩センターは、マルセイユ市が一九九〇年に旧施療院のホスピスに設立した公的機関であり、宿舎も付属するので、世界各地からやってきた詩人がここで暮らしながら詩を書いて、それをセンターの機関誌に発表する、という。吉増も、現にこのパートをそこで書き綴ったわけである。

大震災を経験した後の思いがテーマになっているのは、「双葉、常葉、浪江、南相馬、会津/檜枝岐」と被災地の地名を挙げながら、「五月には(略)この道をともに歩いて行くことになる」と綴られるところからもうかがえよう。そして、注目すべきなのはここだ。「一足一足が神の呼吸の痕跡/とでもあると呟きながら」。被災地を歩く、その「一足一足が神の呼吸の痕跡」、とは、なんとも読者の思考を刺戟する、魅惑的なフレーズではないだろうか。この詩を書いた翌月、詩人は帰国して、瓦礫となった東北の被災地を歩こうというのだが、瓦礫を踏む詩人の一足一足が「神の呼吸の痕跡」である、とは何を意味するのだろう。ひとが歴史としてつくり上げてきたノモス(社会制度)が瓦解し、ピュシス(自然)が剝き出しになったあの大震災を、吉増は「神の呼吸」の産物であると捉えたのではあるまいか。また「神の呼吸」とは、詩人存在として、「詩を書かないことの不可能性を生きる」自らの再発見につながる表現ではないだろうか。そのあとに、このフレーズが出てくるのである。

「詩作」とは「詩嚢(しのう)」、詩の袋をたずさえて

行くことをつくること、

思わず、東北の被災地の瓦礫のうえを、大黒様のように、大きな「詩の袋」をかついで、下を向きながら歩いてゆく吉増剛造の姿を想像してしまったほどだ。いずれにしても、東日本大震災後の現在を生きる、吉増の深い自覚が投影されたのが、このU型のエクリチュールのパートなのである。

こうして詩集となって、活字化されたことで、われわれはこの重要な詩行を読むことができたわけである。「怪物君」の草稿のままだったなら、ここをきちんと解読する読者は現れないだろう。吉増は、現行の出版の制度を信頼しない。みずからのテクストを読者に確実に読まれる状態として差し出すこと、吉増はそこに頓着しないのである。そもそも吉増は、『詩とは何か』のなかでも、読者の存在に関して、こんな発言をしているのだ。

どなたもそうだと思うのですが、書いているときに自分の中の読者性というものに邪魔をされるということを、もう年がら年中痛感しているのですね。しかし自分が読者であることを忘れることが創作なのです。ですから読者なんていうものはもうどうでもいいというのも割合正論ではないかと思うのです。

この発言は、本章の冒頭で言及した、『怪物君』が「灰になる前の複製としての詩集」であることとつながるのではないだろうか。

4　指呼詞の書き換えの問題

『怪物君』には、下段に「裸のメモの小声」と題された註のパートがある。詩集の冒頭の五頁にこんな一節を読むことができる。

　「日記性」「手紙性」「独言《ヒトリゴト》性」「親友《トモ》の名」乃消えないようニ、残りますようニと心懸けラレた。

　この後に「二〇一五年八月十五日、箱根、強羅仮寓」と続くところからわかるように、当時箱根に吉増が別荘として借りていた温泉付きの集合住宅で行なった、始めて三年と少し経った時点での「怪物君」をめぐる省察が、この一節なのである。

　この一節に注目して、『怪物君』における吉増のテクストの、いわば機能上の特性を見事に分析したのが、先ほども挙げたが、郷原佳以の論稿「指呼詞を折り襲ねる」である。郷原は、カタストロフの後に「日記的なもの、すなわち、いま・ここの瞬間性、局地性、私的、単独的性格にこそ詩や小説は向かうことになる」として、吉増が『怪物君』のなかで、「私的な、単独的な一瞬一瞬における出逢い」を尊重して「具体的な日付や固有名」を書きつけることに理解を示す。だが、その書記態度を一貫させることで、万事解決とはならない、と明言する。「しかし、その一瞬一瞬も、出逢いの瞬間には現在であったとしても、心的装置に刻印され、エクリチュールとして刻印されることにおいて、現在性を即座に失って古びてゆく。」この指摘は重要である。ここは郷原の言葉を丁寧に読んでおきたい。

　吉増のテクストにおいてはつねに、（略）たえず自らの以前の書き込みへの注釈や、そこから事後的にもたらされた発見が、通常の慣習からすればあまりにも律儀と見える仕方で記され、そのつどエクリチュールの時間が「いま・ここ」において更新され、テクストが無限に多層化されている。ところが、（略）そこで行われているのは、「いま・ここ」という指呼詞をたえず折り襲ね、書き換える行為であるが、録音された声がけっしてそれを聞く現在時の現在には重ならないように、そこで無限の層に襲ねられた過去はけっして真の「いま・ここ」ではない。指呼詞はいくら書き換えられてもけっして「いま・ここ」を指し示せない。

まことにその通りである。「いま・ここ」という指呼詞を折り襲ねること、エクリチュールを、現代ふうに言い換えればつねにアップデートしようとすること、吉増剛造が『怪物君』で示すのは、まさにそうした、書くことに向かう態度なのである。しかし、それでも「いま・ここ」には追い付けない、それを郷原の論稿は鮮やかに証明するのである。

郷原が明らかにした『怪物君』の特性を、われわれはこうして確認した。しかし、問題は、そこから見えてくるのは何なのか、ということであろう。

われわれは第四章において、吉増は「怪物君」の試みのなかで詩の概念を変えたのではないか、という仮説を立てるに及んだ。ここでも、同様の指摘ができそうである。つまり、『怪物君』という詩集の体裁をとった一冊は、実は吉増が「詩」とみなすものを書物のページには刻み切れていない、という事実である。では、何が吉増剛造にとっての「詩」なのか。それは、「いま・ここ」に自らの現存在が在ること、そのものを指す。具体的にいえば、朗読の場での、近年ますます過激さを増したパフォーマンスそのものではないのか。吉増は朗読の舞台で、毎回あゝした過激このうえないパフォーマンスを繰り返し、近年では、アイマスクをつけたままで緑や紫のインクを「怪物君」の原稿のうえにぶちまけることをクライマックスとする。わたしにはその行為こそが、〈詩〉であって、原稿の次元ではついに追いつけないことを知ったうえでの、「いま・ここ」であることの、いわば詩的な特権化を狙うゆえのパフォーマンスではないか、と思えてならないのである。

第九章　詩集『Ｖｏｉｘ』を読む

1　詩集という制度の脱構築

吉増剛造に、もう詩集は必要ないのではないか。二〇一六年に、東京近代美術館で「声ノマ　全身詩人、吉増剛造」展が開催された折に、『怪物君』をはじめ五冊の著作がまとめて刊行されたのだが、そのときにはわたしは、漠然とした思いだったが、そんな印象を抱いたものである。

そのことははからずも、前章の終わりで、おおむねは検証された、ともいえよう。吉増にとっては、「いま・ここ」に現存在として在ることこそが詩なのである。詩集とは、「いま・ここ」にこう在ったことの記録でしかないのではないか。

だが、「こう在ったこと」を言葉で記録しておく、その行為も、やはり詩的なものにほかならないのだ。いや、こう改めて言語化すると、至極当り前のことになるのだが、二〇二一年の十月、新型コロナウィルスのパンデミックがなおも猖獗を極めているなかに誕生した新詩集の『Ｖｏｉｘ《ヴォワ》』を手にとったときは、つくづくその思いを反芻したものだ。

ともあれ、ここに最新詩集の『Ｖｏｉｘ』は生まれた。ここでも吉増剛造を詩に向かわせるのは、やはり東日本大震災のその痕跡が立ち上がらせた磁場の力である。本書の第五章で論及したが、吉増は、二〇一九年の八月と九月に開催された「リボーンアート・フェスティバル」に参加した結果、ほぼふた月を滞在した、石巻市の鮎川地区とのつながりが大きなものとなった。アートフェスティバルの終了後も、月に一回ほどの頻度で吉増は鮎川地区に通っている。そんななか、『現代詩手帖』誌で詩の連載が二〇二〇年の一月号から始まり、八月号まで続けられた。本詩集は、その連載に手を加えて一冊にしたものである。

最初に本詩集の特性に触れておこう。虚心坦懐に、なんの先入見もなく、詩集のページを開いた読者を想定したい。彼がまず驚くのは、詩集のページに活字と並んで、吉増の書きつけた文字の断片やペンの擦過の痕跡などがそこここに印刷されている事実だろう。また原稿用紙の痕跡が再現された、その精度もきわめて高く、吉増は満寿屋のものを使っているが、原稿用紙の罫線も含めて、微妙な線描のニュアンスまではっきりと確認できる。これは、明らかに、エクリチュール（書き言葉）とドローイング（線描画）とを同じ次元で共存させようという意思の表れにほかなるまい。吉増は、かなり以前から、自筆の文字を活字の間に印刷させたり、活字のアルファベットを逆さまや斜めに用いたりと、書物の余白を自在に使ってきた。だが、書かれたものを同一の次元で共存させようという狙いを徹底させたのは、これが初めてである。

もうひとつ、本詩集の大きな特徴となるものを挙げておきたい。八篇の詩が収められているが、気になるのが、そのタイトルである。この国では、島崎藤村以来、といってよいだろうが、近代詩が歩みだして以来、詩集の体裁には或る一定の型ができている、と見做すことができるだろう。雑誌などに発表した詩篇がまとまった数となった時点で、それらを集めて任意に編集し、それなりに美的価値を備えた装丁と造本を経て、一冊の詩集が生れる。よって、詩篇のタイトルにしても、一定のネーミングのスタイルを認めることができよう。それが、『Ｖｏ・ｉｘ』の場合、え、これが詩のタイトルか?と、現代詩の一般読者なら、強い違和感を持つようなものである。最初の三篇を紹介しよう。「〃とおーく、宇宙の窓に、白い言《コト》が浮かんで来ていた、、、、、〃」、「〃隅《ア》！　日和山《ヒヨリヤマ》！〃」、「〃桃《モモ》は、桃《モモ》に、遅れ《オク》、、、、、、！〃　〃隅《ア》、ッ、ぺ！〃」。

これらの特性が示すのは、『Ｖｏ・ｉｘ』一冊が、通念としての詩集らしくない書物だ、という一事実だろう。吉増にしてみれば、一〇〇頁ほどの嵩を持つ詩集の紙面は、ただ整然と文字を並べるだけの空間ではないのだ。

たとえば、近代美術史において、ルーチョ・フォンタナが、カンヴァスに刃物で切り込みを入れて、絵画を彫刻的な作品に仕立てたように、詩集のページはどのように扱われてもよいのである。吉増剛造らしい、過激な自在さが発揮される場となったわけだ。また詩のタイトルにしても、暗喩的・象徴的な短い言葉でなくともかまわない。そう、吉増は一貫して、暗喩的表現には背を向けてきたが、それはこのタイトルのスタイルにも引き継がれる。通念化した詩集イメージの脱構築、それを吉増は『Ｖｏｉｘ』で実践した、といえよう。

2 「イ《i》」の生成

なにはともあれ、巻頭に置かれた詩の冒頭パートを読んでおこう。

〝掌《てのひら》の小石《コいし》、
　　　　煖《アた、》か、、、、、〟
と、樹の上の栗鼠《リす》がささやく
とおーく、宇宙の窓に、
白い言《コト》が浮かんで来ていた、、、、、
〝白い言《コ、ト》〟
　は、
巨　魚《i、sa、、na》ノ吐息《トいき》で、あったのかも知れなかった
Oh! Mademoiselle Kinka!
吐息《トいき》

の
、、、、、と《ト》
〝い！ 胞《え》！〟
〝い！ 胞《え》！〟
いし
まき、石《イし》、、、、、、
〝白い言《コト》〟
いし
まき、石《イし》、、、、、、
〝白い言《コト》〟
は、
Oh! Mademoiselle Kinka!
水ハミズカラノスガタヲシラナイ。ソノ、
トイキデアッタノカモ、シレナカッタ、、、、、、
詩はとうとう不死の小径《ミチ》を歩き出している

第五章「《room キンカザン》での冒険」の第二節「ウインドウ・ポエムの試み」を参照いただきたい。そこで紹介したホテルの部屋の窓ガラスに書かれた詩は、この冒頭部のヴァリアントにほかなるまい。「Oh! Mademoiselle Kinka!」とは、窓の向うに見える金華山を擬人化しての呼びかけである。こんな具合にして、

詩は大震災の被災地である石巻で綴られだした。
さて、右に引用したパートに、「い！」が登場するのに注目したい。また石巻に絡めて、「いし」や「石《イし》」というフレーズもある。さらに、五番目の詩篇「〝木陰《コカゲ》に、〟〝ユメの庭、、、、、〟〝シシシロシカル！〟」には、こんな鮮烈な一行も出現する。

〝イ《i》の樹木《き》ノ君《キミ》が立って来ていた！〟

この一行は、詩集の黒い表紙の帯にも、読者にアピールしようとする惹句のように用いられている。ここではまた、音数律の働きも重要だ。「イノキノキミガ／タッテキテイタ」、七七調のリズムである。あの「独立」のなかの「バッハ、遊星、0《ゼロ》のこと」以来、数多く生んだ、吉増剛造ならではの名フレーズのひとつだ、と断言していいだろう。
こんな具合に、詩集全体を通じて、それこそ「イ《i》」が縦横に活躍するのを見落としてはなるまい。そして当該の詩篇では、この一行のすぐ後に、「イ《i》」の存在を強烈に意識した次のようなパートが続いている。

知里真志保氏のお姉さん知里幸恵《ゆきえ》
さんに、語り掛ける、、、、、ここで、
、、、、、。貴女の筆跡（アルファベッ
ト）を見て、驚嘆したことがあっ
た、、、、、。いまなら、その〝驚嘆〟

を、説明することが叶う。uやa
や・iが、木の精や木屑の精のよ
うに、説明しがたく美しかったこと
を、、、、、。真志保氏の記述をみて、
情景が、この「情景」を「宇宙」と
いいかえてもよいのだ。、、、、、手や掌
で、立ち木に、標《シルシ》をつけて、られ
る、聖なる存在の姿を、、、、、。そし
て、ね、、、、、そこに、「無言語」のよ
うな、、、、、「無言語」に限りなく近
い、、、、、「イ」が、わたくしの「筆
跡（草文、草体、、、、、）」の底から
も、立って来ていたのです。そうし
て、とうとう、罫君《ケイクン》の姿が、、、、、、い
や、仕業《シグサ》が、白い雲の足跡と足音と
ともに、詩のなかに這入って来てい
た。この無類の無限の速さが、、、、、

吉増の詩の本文に、自注のようなパートが現れるのは、以前からお馴染みであるが、ここがまさにそれだろう。右のパートは、本文から四字分下がったところに、一行が十六字で散文体で綴られたくだりである。次に出る本文は、この二行だ。

〝シシシロ、、、、、！

〝ｉ！〟

またしても「・ｉ」なのだが、「シシシロ」とは何か。それは、タイトルにも使われたが、アイヌの言葉で「シシシロシカル」sissirosikarを略した表現である。道しるべをつける、という意味だ。吉増は、このくだりの前の割注で、「熊はその通路の幹によく爪痕や嚙み跡を残しておく。知里真志保『地名アイヌ語辞典』二十一頁」と解説を加えている。

さらに、右の二行の本文の後に、次の自注のパートが加えられる。ここも引用しなくてはならないだろう。やはり重要なパートだ。

北の親友《トモ》たち、知里《チリ》さん、幸恵さん、に、御礼を、心より。もうひとつ、小樽の木ノ内洋二さんがわたくしに恵んで下さった「イクパスイ(髭箆《ひげべら》)」を、パフォーマンスのときに、不図、頭部に載せたことがありました。載《イタダ》いたのです、、、、、、。その「仕業《しぐさ》」の謎が、いまになると、ある暗示、、、、、それが「詩」や「夢」といわれるものの「仕業《しぐさ》」だったようです。「イクパスイ」の「イ」が、「姿《すがた》」が、顕《あらわ》れたのですね、「イ」という姿形になって、そして、それが、幸恵さんの、貴女の美しい〝i〟に、とっても似ていました、、、、、。そうして、それは心のイトユメであったのだった、、、、

これらの自注のパートは、結局何を表しているのか。整理してみよう。アイヌ語学者として著名な知里真志保と、その姉で『アイヌ神謡集』の著者である幸恵の名前が引かれている。吉増は、幸恵の自筆ノートを見たことがあるらしい。その「i」の筆跡から強い印象を受けたのだろう。あたかも熊が立ち木に爪痕のしるしを残すかのように、原稿用紙に「イ」(「i」)の文字が顕ちあがってきた、その事態を伝えているのである。

また、この言葉にも最大限の注意を払っておこう、「「無言語」のような」。顕ちあがってきた「イ」は、言語ではない、というのだ。

さらに本書の第三章「舞踏としての自作詩朗読」のなかの第三節「朗読パフォーマンス」ですでに紹介した

が、吉増はロックバンドの空間現代とのコラボレーションの舞台で、アイヌ民族の神事の道具であるイクパスイを頭のうえに載せたことがあった。ここでもそれに言及するが、「それが「詩」や「夢」といわれるものの「仕業《しぐさ》」だった」と認識されたのが重要である。やはり「詩」は仕草、アクションであって、「無言語」なのである。

そして、「「イ」という姿形になって」、というくだりも読み過ごしてはなるまい。吉増には、「イ」は、「・i」は、文字の審級を超越した、どこかスピリチュアルなものであり、また身体全体が感得する啓示でもあるのだろう。

改めてあの決定的な一行を引いておこう。

〝イ《i》の樹木《き》ノ君《キミ》が立って来ていた!〟

本書の第六章「声の詩学」の第一節「「U（ウ）」と「U」」では、吉増の詩の空間においての「ウ」と「U」の特権的な働きについて論じたわけだが、詩集『Ｖｏｉｘ』では、「イ」と「・i」が、いわば主役なのである。吉増剛造は、とうとう、母音ひとつの世界に、「ウ」や「U」、「イ」や「・i」の音声と文字の形状に、大事な詩の根源、ルーツを見出した、ということができよう。

3　ジャック・デリダとの類縁性——「・i」への注目

哲学者ジャック・デリダと詩人吉増剛造との類縁性、あるいは強い結びつき、というものが指摘できる。われわれはすでに第六章「声の詩学」のなかで、デリダの著作『コーラ——プラトンの場』には論及したが、そもそも吉増はかなり以前から、デリダの思考を詩作品に反映させてきた。たとえば、『ごろごろ』では、「散種」や「グラglas」といったデリダ特有の概念語が、特別な註釈はないまま詩行のなかに現れる。また『エクリチュールと差異』に収められた論稿「息を吹き入れられたことば」と「残酷劇と上演の封鎖」、さらには『友愛のポリティックス』、これらの訳文が『ごろごろ』本文のなかに丁寧な手つきで引用されていたのである。二〇〇四年十月四日にデリダが逝去した際には、追悼詩「デリダ行――木ガナイトコロニ木ガオチタ」を書いて、『現代思想』誌の二〇〇四年十二月号に発表した。同時代の哲学者のなかでも、ジャック・デリダは、吉増にとって特別な存在だったのは明白だ。

われわれは、前節で吉増の詩行のなかで「イ」や「i」が生成されたさまを確認したわけだが、ジャック・デリダもまた、マラルメを論じたテクスト「二重の会」において、アルファベットの文字である「i」に着目して、テクストのなかでのその文字の働きを考察したのだった。吉増がそのことを知ったのは、『Voix』の刊行後である。偶然に、というべきだろうが、デリダと吉増がともに「i」の機能に目をつけたことに驚かなくてはなるまい。

では、デリダはどんな具合にして「i」の働きを追っているのだろうか、それを見ておこう。『散種』（法政大学出版局、二〇一三年）に収められた「二重の会」（立花史訳）から引用する。

さて、われわれは文字を、そして空隙性が襞、折りたたみ、開けひろげ、膨張によって文字から引き出すものを、よく考えよく見つめなければならない。換言すれば、その輪郭《デッサン》をたどり直さなければならない。マラルメ的な空隙化の構造を規定し、その効果を計算し、その批判的帰結を導き出さねばならない。（略）この空隙化の余白たちと文学の危機は、ある種のイメーヌ――架空の引き裂きに見舞われた幕《ヴェール》ないし襞のふり［feinte］――の書き直しと無縁ではないのだということを、「詩の危機」がわれわれに読みとらせ、経験させる。反時代的ともとれる現代性《モデルニテ》を帯びたこのテクストは、あらゆるiの上に点を打つ。宙吊りの点として、そのつどiは、幕を——ほぼ——突き刺して引き裂き、テクストを——ほぼ——決定する。かくも多くのマラルメのiのごとく。以下のとおり。

「イメーヌ」は、デリダ特有の概念語のひとつである。「処女膜＝婚姻」を意味するhymenから来ている。続いて、マラルメの「詩の危機」を引用し、その後にデリダはこう記す。

みずからの批判的で鋭くとがった切っ先によって、iはここで、文学がこうむった「微妙な危機」に対して、玄妙な意味を表す襞とともにその痕跡を残す［署名する］のだが、襞たちはまたもやイメーヌであり、織物を据えつけつつ、文学を引き裂いてしまうことなく「僅かに」に引き裂く。iの点は、自分自身から切り離されたかのように、もっとも高い位置にあり、宙《エール》に吊るされ（r《エール》は、「詩の危機」がもつもう一つの種子的な文字だ）、架空の剥奪の姿をとっているのだが、そうしたおのれの点の姿の下で、iは自らの描線を引き、みずからの筆ないし羽根や大羽根を押し当て、突き刺し、接ぎ木して、批評に対し、エクリチュールの襞のなかでそれにふさわしい場所を付与する。「文学的」エクリチュールの襞のなかで、あるいは舞踊、バレエ、演劇の象形文字的——としきりに言われる——エクリチュールの襞のなかで。

確かに、マラルメのテクストを対象に、「i」のアルファベットとしての形象が問題になっているのがおわかりいただけよう。

だがデリダが、マラルメを論じるに際して、「i」の働きを捉えるのはどうしてなのだろう。その問いかけには、「二重の会」の翻訳者である立花史が、論稿「ジャック・デリダのマラルメ――「二重の会」を中心に――」（『フランス語フランス文学研究』107号）のなかで、明快な回答を用意していた。立花によれば、デリダは、マラルメを論じるジャン＝ピエール・リシャールのテーマ批評を批判する目的もあって、「i」の働きに注目する、という。まずデリダは、デリダが「シニフィアンのシニフィアンへの限りない送り返し」という現象を、リシャールは理解できていない、と批判する。またそのテーマ批評は、意味の実体的な現前に基づいているうえに、テーマを意味の単位、つまり「語」という単位で捉えてしまっているので、デリダはそれを非難するのだ、という。以下、立花の論稿から引用しよう。

しかしマラルメのコーパスにおいてテーマとして回帰するのは、意味の単位だけではない。語未満の単位もまた考慮する必要がある。（略）crise de versという語句から、アルファベットのi（宙づりの点をもつ）とr（airと同音である）の音を取り上げて、そこにさまざまな語彙を肉付けして、マラルメの散文詩に出てきたりその作品世界と響き合ったりする語句を導き出している。

そう、「語未満の単位」、それへの着目が重要なのである。「語未満の単位」である「i」の働きこそが、注目されなくてはならない。つまり、デリダ流の「現前の形而上学批判」を実践するには、「語」の単位ではなく、「語未満の単位」でエクリチュールを分析する必要があるのだ。デリダ本人の言葉でもここに論及するくだりを「二重の会」から引用しよう。（立花も註として引いている。）

テーマ主義は必然的に次のものを、みずからの領域外に置き去りにする。すなわち、語の寸法をもたず、単一の言語記号としての平静な統一性をもたない、形態的・音的・書記的な「類縁《アフィニテ》」たちを。テーマ主義であるかぎり、必然的になおざりにするのは、語を分解し、語を細分化し、その小片たちを「偶然のように斜めから」働かせる戯れである。

テーマ主義批評が粗末に扱う「語を分解し、語を細分化し、その小片たちを「偶然のように斜めから」働かせる戯れ」、それこそが大切なのである。デリダが「·i」に注目する理由である。

吉増は、『散種』のなかの「二重の会」を読んでいて、マラルメを論じるデリダが、「·i」をいわば特権的な分析装置として駆使するのに出会って、大きな感銘を受けた、という。デリダと吉増を結びつける緊密な相関関係を認めなくてはならないだろう。

4 「私は死んでいる」と言えること

吉増剛造は、郷原佳以と二〇二二年の『群像』四月号で「デッドレターの先に……」と題した対談を行っている。ジャック・デリダと吉増剛造との密接な結びつきを考えるに際しては、モーリス・ブランショの専門家であるうえに近年『みすず』誌上で緻密な論稿「デリダの文学的想像力」を連載した郷原とのこの対談が、多くの思考のヒントを与えてくれるはずだ。

『みすず』誌上で郷原は、デリダの言語観を考察するにあたって、まずデリダによるロラン・バルトの発話理論批判を紹介している。郷原は、バルトが、エミール・バンヴェニストの言語哲学に依拠している点に注目して、「バンヴェニストやバルトにとって、「私」は発話されることで生きた言葉《パロール》となり、生きた私（略）を立ち上げる」とする。しかし、それは正しいのか。郷原は、デリダの発話理論と相対立するロラン・バルトのそれについて、「〈いまこの瞬間の私〉中心主義」と名付けている。それがどういうものなのか、郷原の論稿から引こう。長い引用になるが、重要なくだりである。

そして、〈いまこの瞬間の私〉を可能にするのは、あくまで、「私は、いま、ここに、ただ一人でいる」と言う＝書くことのみだ、ということになろう。バルトは「作者の死」においても、「言表行為のほかに時間は存在せず、あらゆるテクストは永遠にいま、ここで書かれる」と断言している。（略）しかし、いったい、ロブ＝グリエやデ・フォレやベケットの語り手が指呼詞を多用して「いまこの瞬間の私」をたえず指し示（そうと）し続けるのは、そのたびごとに新たな「私」が生まれるからだろうか。むしろ、その不可能性を前にして、逃げ去ってしまう「私」を摑まえようとする切迫の表現ではなかろうか。

なぜ不可能なのか。それは、「私」が通じてしまうからである。一回的でそのつど新規であるはずの「私」が、それ自体が反復可能な記号であるために、即座に了解されてしまうからである。発話理論や言語行為論に依拠し、エクリチュールを無標のディスクールとみなしたバルトに欠けていたのは、言語が通じてしまうということ、言語によっては絶対的な特異性を扱えないということへの怖れのようなものである。それはデリダが、マラルメやブランショ、ポーランのような文学者と共に有していた感覚である。

郷原は、「〈いまこの瞬間の私〉中心主義」のバルトを批判する。「語り手が指呼詞を多用して「いまこの瞬間の私」をたえず指し示」そうとしても、それは不可能である、というのだ。「私は書く」の現前性を認めることはできないはずである。〈読者はここで、郷原がバルトを批判するロジックに、既視感を持つのではないだろうか。そう、第八章でわれわれが参照した郷原による吉増剛造論「指呼詞を折り襲ねる」のなかですでに述べられていたロジックがそっくりあてはまるのだ。吉増について論じた問題が、デリダの言語観を擁護する論法と重なる点に注意しておきたい。)

では、郷原が評価するデリダの発話理論のポイントは何であるか。郷原は、デリダの「私の考えでは、真の言語行為の条件は、私が「私は死んでいる」と言えるということです」という言葉に注目する。これは、一九六六年にバルトが、アメリカのジョンズ・ホプキンス大学で行った講演「書くは自動詞か?」を聴講したデリダが、講演後にバルトに反論をしたなかの言葉である。デリダはまたこうも言っていた。

しかし、私にとって「私」が言語であるためには、「私」はつねにすでに反復されているのではないでしょうか。そしてそれゆえ、私は「私」という語を発するとき、絶対的に独自の特異性を扱っているわけではないのではないでしょうか。私はつねにすでに私の言語に不在であり、あるいは、新しいとか特異などと想定されるこの経験には不在です。

そして、「私が「私は死んでいる」と言えることが言語行為の条件である」と来るのである。それにしても、「私は死んでいる」という表現である。その昔、詩人のステファヌ・マラルメが友人カザリス宛の書簡のなかに「きみの知っているステファヌは死んだ」と書いた逸話など、一種の例え話にすぎない、と思われるほどだ。デリダはここで、いわば発話行為の最終審級として、死者が語ることも可能だ、と認められなくてはならない、と断言するのである。このラディカルな言語理論を、とりあえずは虚心に受けとめておこう。

だが、吉増がかつて書いた詩行に、驚くべき言葉があった。「死人《わたし》は未来です」の一行である。この一事実を吉増は郷原に向かって、大きな感慨をこめて報告している。『群像』の対話での吉増の発言を引こう。

「死人」に「わたし」というルビを振っているんです。死人は未来です、これを書いた瞬間の周りの空気を僕はよく覚えています。ただし、なぜ死人に「わたし」とルビを振ったのかというのは、説明もできないような、瞬間の途方もない遅さがここにはあるんですね。
ブランショの『私の死の瞬間』に、通底するというか、透明な水がつながっているような感じなんだな。そういうものは、こういう詩の中にもあらわれてきているんですね。

吉増のその詩は、「死人《しびと》」という作で、一九六八年から六九年のころに書かれたものである。文学の空間と死の空間との結びつきを説いたモーリス・ブランショの『文学空間』が、粟津則雄と出口裕弘の訳で現代思潮社から刊行されたのは、一九六二年だったから、あるいはその影響を受けたのかもしれない。
それにしても、「死人《わたし》は未来です」、である。「死んだ私」というのは、比喩表現などでないことは、右の発言からもよく伝わるはずだ。まさに「私は死んでいる」という、根源的な言語実践の作例といえよう。

5　デッドレターという問題

またこんな問題がある。やはり『群像』誌上での対談で、郷原佳以がこう発言をしている。

『Voix《ヴォワ》』の中で、とても強く印象を受けたことの一つは、吉増さんがここで「トドかなくてよい」と書いていらっしゃることです。それは幾つかのバージョンがあります。

『Ｖｏｉｘ』を読んだひとの多くは、きっとそのくだりに強い印象を受けるだろう。まず、二一五頁から二一六頁にかけて、こうある。

トドかなくてよい、そう、トドかなくてもよい、、、、、

それが、七三頁になると、こうなった。

（この、、、）葉《ハ》書、、、届きません、、ように、崖から舞って落ちても行きます、、ように、、、

そして、割注のように、次の言葉が続いている。

躓《ツマヅ》く（「空間現代」の野口順哉さんへの葉書詩。）
この葉書《ハがき》、、、、届《とど》きませぬ、ように、、、
伊吹《イぶき》か鈴鹿《すずか》のなかの埋《うも》れ木《ギ》か枝《えだ》となりますように、、、
この葉書《ハがき》、届《とど》きませんように、、、
何処《どコ》かの峠《とうげ》の樅《もみ》の木《キ》の木《キ》肌《はだ》に、そっと張《は》られて、、、落《お》ちませぬ、ように、、、
この葉書《ハがき》、、、届《とど》きませン、ように、、、

なぜ投函する葉書が「届《とど》きませン、ように」、なのか。郷原は、パウル・ツェランが壜のなかにメモを入れて

海に流す「投壜通信《とうびんつうしん》」というコンセプトにこだわった例を引きながら、こんな問いかけを行なった。

届かない可能性はもちろん「投壜通信」の中に入っているんだけれども、それはでも「届きますように」ということなんですよね。届かない可能性、届かなくてもいい、最後は「届きませんように」というのが入っているのが、書かれたものの根本的な本質のところまで迫っているのではないかと思います。

吉増さんは、『怪物君』を最後、燃やすというところまでいかれて、その後に、『Ｖｏｉｘ』の中では、葉書を書きながら「届きませんように」とおっしゃっている。『詩とは何か』の中では、読者はいなくていいんだということもおっしゃっているのですが、それとかかわりがあるのでしょうか。

この問いかけに対する吉増の応答も、興味深いものである。吉増は、「はい」と肯定してからこう述べる。

そのことを考えている私の思考の中に、（略）デッドレターの先に、違う通路をいつも想像していますね。そこから何かが、外というべきか、別というべきか、そういうものが始まる。「投壜通信」を、届かなくていい、あるいは、「この葉書、届きませんように」と言ったときに、僕の中ではそこから次の配達のルートが始まっていると考えているらしいですね。おっしゃるとおりです。

ここに登場する「デッドレター」という言葉に注意したい。これこそは、「配達されない手紙」のことであり、ジャック・デリダが、論稿「真理の配達人」のなかで、「手紙はつねに宛先に届く」というジャック・ラカンに反対して、「手紙は必ずしもつねに宛先に届くわけではない」と述べたくだりに対応する。

このデッドレターというデリダ特有の概念装置を表す言葉に吉増は鋭敏に反応している。われわれとしても、デリダがこの概念をどう扱っているかを確認しておきたいところだが、この広くない場所で明解に定義を行なうのはまったくわたしの手に余る作業である。ここは、この概念を解釈することを中心に据えながら、創造的なデリダの考察を実践して大きな評判を呼んだ、東浩紀の『存在論的、郵便的　ジャック・デリダについて』（新潮社、一九九八年）から、次のくだりを引用して参考としたい。

> ある手紙が行方不明《デッド》に、言い換えればシニフィエなきシニフィアンとなるのは、郵便制度が全体として不完全だからなのではない。より細部において、一回一回のシニフィアンの送付の脆弱さが、手紙を行方不明にする。行方不明の手紙は、その可能性（à-venir）において無数にあることだろう。そしてその送付の脆弱さこそが、「エクリチュール」と呼ばれるものにほかならない。

言語学者フェルディナン・ド・ソシュールの用語を用いての「シニフィエ（意味サレルモノ）なきシニフィアン（意味スルモノ）」の状態が、デッドレターの属性である、という。この定義をしっかりと受けとめておこう。

この「シニフィエなきシニフィアン」状態の葉書というものを、吉増は先ほど見たように、具体的なイメージとして喚起している。ロックバンドの空間現代のギタリストの野口順哉は、現在京都に住んでいるわけだから、東京で投函された葉書は西に運ばれる。名古屋を越えて、三重県の鈴鹿か、もしくは岐阜県と滋賀県の県境の伊吹あたりの山中まで来て、しかしその葉書は行方不明になる、というのだ。峠の樅の木の木肌に、葉書が張りつけられ、風雨に晒される、というイメージ。まさに、これぞデッドレター、というイメージを吉増は提示したのだ。

デリダ論の連載の二回目の結びで、郷原佳以はこう書いている。

「私は死んでいる《アイアムデッド》」が言語行為の可能性の条件であるということは、言い換えれば、言語はつねに配達未了の手紙《デッド・レター》だということでもある。デリダのテクストは、以後、「私は死んでいる」とデッド・レターのさまざまな変奏に取り憑かれることになる。

吉増剛造のテクストもまた、「私は死んでいる」とデッドレターの変奏を孕むものなのである。

6　そこに灰がある

われわれは、吉増剛造とジャック・デリダとの、いわばのっぴきならない結びつきをこうして確かめてきたのだが、さらにその主題に触れて、拙著『裸形の言ノ葉――吉増剛造を読む』の一節を紹介したい。長篇詩集『ごろごろ』における固有名の詩的機能を考察するに際して、わたしは、デリダ固有の概念である「クリプト」を解析道具として使った次第だ。当該箇所を全部は無理なので、パッチワークで引用する。拙著の七八頁から八〇頁までの箇所である。

吉増が固有名を詩行に導入する身振りには、まさにここでいう脱構築的な企図が関わっていると言えないだろうか。我々はここに、さらに一歩踏み込んで、デリダの用いる鍵語のひとつ「クリプト」crypte に注目してみたい。これは、地下納骨堂とか地下礼拝堂を表す言葉である。（略）だからデリダは、クリプトとは、「一個の欲望の地下納骨堂」だ、と言う。そこでは、フロイトの概念である「喪の作業」は不可能性である。なぜなら、葬られた死者はまだ生きているのだから。換言すれば、クリプトとは、自我の内部の深奥に「体内化」されながら、「追補（シュプレマン）」supplement（このきわめてデリダ的な用語を縮約して述べることは諦めよう）的な飛び地として組み込まれる外部である、とも言えよう。さらにクリプトは、自らを暗号化して読解不能な痕跡となりながらも、反対に翻訳や読解の可能性にも場を与えるものである。秘密の暗号でありながら合言葉であり読解可能なものというのは、まさにシボレート schibboleth そのものでもあろう。デリダの術語としてのクリプトは、概ねこのような解釈が施されるものである。

ともあれ、先に見たように詩行に人名を書き入れる近年の吉増にとっては、「固有名」とは、「クリプト」のようなものとは考えられないだろうか。いや、デリダ流の韜晦戦略の身ぶりを模倣するようだが、ここでいうクリプトとは、必ずしもデリダの操作記号であるそれとぴたりと一致しなくてもよいのである。デリダの思考に肉薄した吉増の思考が、詩行にこのような人名を動員するとすれば、我々はとりあえずデリダに学んだ呼び名で、それをクリプトと呼んでみるだけである。（略）吉増剛造の詩のなかの「固有名」はすべてデリダの言う「クリプト」crypte である。この仮説のうえに立つならば、吉増自らの名前にも注目しなくてはいけないだろう。「Gozo」、「ゴーゾー」という独特の喚起的な響きを持ったその名前を、吉増はしばしば詩篇に登場させてきた。（略）さらに、Gozo のいわば頭韻として g 音を用いた例としては、いちいち出典は挙げないが、「遊糸（ゆきむかえ）」Gossamer や、薄織りや紗やガーゼの意味を表す「ゴーズ」gauze などがあった。いやそもそも、『ごろごろ』のなかで頻繁に現れる「ごろごろ」という音だって、Gozo の変奏ではなかったのか。

これらを、いずれも Gozo が脱構築されてクリプト化したものと見做したい思いに駆られる。吉増は自らの Gozo

という名前を焼き尽くして灰にしてしまう。灰はクリプト（地下納骨堂）に収めなくてはならない。

そして結論として、こう述べている。八三頁である。

『ごろごろ』において、「Gozo」及びその変名は明らかにクリプト、すなわち「一個の欲望の地下納骨堂」の灰であり、また痕跡である。吉増が元来抱いたはずの絶対の詩への欲望はことごとく灰にされて、詩人の名前も脱構築され、変容する。ここではそれを確認しておこう。

ここでわたしは、吉増が自らの名前であるGozoを焼き尽くして、クリプトの灰にする、という趣旨を綴ったわけである。ジャック・デリダの『シボレート　パウル・ツェランのために』（飯吉光夫・小林康夫・守中高明訳、岩波書店、一九九〇年）を参照し、「灰というものはある。おそらく、けれども一つとして灰は存在《エートル》しない。灰というこの残滓《レスト》は、存在したもの、かつて現存という様態において存在したものの残りのように見える。つまり、それは現前する—存在という源泉によって己れを培い、己れを潤しているかのように見える。だがそれは存在から出てしまうのだ」といった一節に喚起され、さらにはパウル・ツェランの「焼きつくされた、あらゆる／名前、かくも多くの／祝福されるべき、灰……。」（「讃美歌」）という詩句に関わらせてであった。

そこに加えて、前章で紹介した郷原佳以の論稿で、詩集『怪物君』が、「これから燃やされるものの複製」として、「潜在的にはすでに灰」であるものとして捉えられていたのを思い返そう。

気にかかるのが、「灰」という問題である。あるものが、徹底的に破砕し尽くされて、極小の破片の状態になったとしても、そのかたちを復元するのは、原理的には可能である。しかし、強い火で焼かれて、灰になってしまうと、もう元のものに戻ることはできない。

『群像』の対話において、吉増は、『みすず』連載のデリダ論の最後に、郷原が採りあげたデリダの一文について質問する。それは、『散種』のなかに後からデリダが書き加えた「そこに灰がある（il y a là cendre）」というフレーズである。「この中の灰について、少しおっしゃっていただけますか」という問いに、郷原はこう答える。

原文は「Il y a là cendre」なのですが、làには「遠く」という意味があって、そこに灰があるけれども見えないのかもしれない。灰というのは飛んでいってしまうものですから、灰である限りにおいては、何の痕跡なのかも、もちろんわかりませんし、灰はないかもしれない。つまり、何もないんだけども、そこには何かがなくなったということが、あらゆるところに届かなかった何かがあるのかもしれないということです。

「あらゆるところに届かなかった何かがあるのかもしれない」、ここでもデッドレターに関わる問題が潜む、と示唆している。

「そこに灰がある」。デリダは、『散種』に加えたこの一文をいわば思考を醱酵させる酵母のようにして、一九八〇年に『火ここになき灰』という奇妙な自伝的である対話体のテクストを発表し、後に書籍化した。デリダがどれほどこの一文に捉われたのか、本書の「プロローグ」はこんなふうに始まっている。

十五年以上も昔になるが、一つの文が、望んだわけでもないのに、わたしのところにやってきた、というより、むしろ立ち戻ってきた。それは、独特で、特異なまでに短く、ほとんど無言だった。

郷原佳以は、このテクストに触発されて、東京大学大学院総合文化研究所が刊行する『言語・情報・テクスト』の第二十三巻（二〇一六年）に「デリダにおける《ミッション・インポッシブル》――灰、自伝、エクリチュール」という論稿を寄稿した。やはりデリダの「灰」の問題にこだわるのである。デリダ論として、これも非常に刺戟的な論稿なのだが、ここでは内容に立ち入る余裕はない。それよりも、デリダにとって「灰」とは何かを考えるうえで、邦訳の『火ここになき灰』（松籟社、二〇〇三年）の翻訳者の梅木達郎による詳細な「訳者あとがき」のなかの次の言葉がおおいに示唆的なので引用する。

結局のところ、灰において問題となっているのはなにか。灰とはなにものかの名残や記号ではなく、なにかが取り返しようもなく失われてしまったことの痕跡である。失わないために、保持するために、すべてを燃やすこと、あるいは同じことだが、失ってしまうために保持し、手元にとどめおこうとすること、そしてさらに、この喪失と保持のたえざる反転の操作と計算（それは弁証法の運動そのものだ）それ自体を燃やし尽くし、無化すること――そうしてなにもかも失い、なにも残さず、すべてを捨てて、ありえないようなチャンスに託すこと――これが、灰において賭けられていることである。

灰とは、取り返しようもなく失われてしまったことの痕跡である。だとすれば、灰とは、プラトン以来の現前の形而上学を批判したジャック・デリダにとっては、哲学的真理の痕跡であり、吉増剛造にとっては、かけがえのない詩《ポエジー》の痕跡にほかなるまい。

そこに灰がある。それは、詩集『怪物君』のみならず、最新詩集『Ｖｏｉｘ』においても、黒い装丁の一冊がそこに置かれているのを眼にして、ふいと吉増剛造の胸をよぎる一文となったかもしれない。

7 詩の入口としての「灰」となった石巻

吉増剛造の詩の世界の探訪も、このあたりまで、としておこう。詩集『Ｖｏｉｘ』を世に出して、さあ、吉増はどんな感慨を抱いたことだろう。『Ｖｏｉｘ』のなかに、気になるフレーズがある。もう一度、巻頭詩の書き出しを引用する。

〝掌《てのひら》の小石《コいし》、　　　　煖《アたた》か、、、、、〟

と、樹の上の栗鼠《りす》がささやく
とおーく、宇宙の窓に、
白い言《コト》が浮かんで来ていた、、、、
〝白い言《コ、ト》〟
は、
巨魚《i、sa、、na》ノ吐息《トいき》で、あったのかも知れなかった

ここに二箇所、「白い言《コト》」というフレーズが確認できる。このフレーズは、この後もしばしば登場して、詩集全体では合計十一回を数えるほどの頻度である。「白い言《コト》」とは何だろうか。それが、宇宙の窓に浮かんで来るとは、なにか詩人への天啓のようなものだろうか。

天啓といえば、『詩とは何か』のなかに、こんな一節があった。

これはごく最近のことなのですが、石巻市街に月に一度必ず戻って行って、明るくて白い街頭を歩いていて、その白い道と白い人影が、詩への入口らしいと気がついていました。現実でもない非現実でもない、他界とも別宇宙ともいえない、そう、「虚の宇宙」があるのです。「詩」はそこに接しているらしい。「詩」でも「生」でもない、……「虚」としかいいようのないところへの入口がみえた刹那がありました。

強く印象に刻まれたくだりである。石巻を歩いていると、「詩への入口」が「白い街頭」の向うに見える、というのである。「白い言《コト》」とは、あるいはこのことを指すのかもしれない。

同じく巻頭詩のなかに、二回繰り返される、やはり忘れがたい詩行がある。

〝われ、海溝を、イ《i》、抱いて、、、、死《シ・i》、いまだ、し〟

この詩を書いたホテルの前の金華山に通じる海溝は、東日本大震災のときには、海が裂けて地上からも見えたのだという。その海溝を慈しむように「抱いて」、「われ」は「まだ死んではいない」というのである。大災厄によって大勢の犠牲者も出したが、石巻の街はともかくも生き延びることができた。石巻の街を訪ねるたびに、吉増はそのことをつくづく実感するのだろう。だから、この生き延びた石巻の白い街頭に、「詩への入口」を幻視することとなる。

わたしなど、思わず中島敦の小説『名人伝』の主人公の弓の名人である紀昌のことを連想してしまった。長年山中で弓の修行を続けて邯鄲の街に帰ってきた紀昌は、「至射は射ることなし」として弓の芸を見せようとしない。「弓をとらない弓の名人」は、晩年にはとうとう弓の名前や使い道まで忘れてしまう、というあの物語だ。いや無論、吉増剛造を老荘思想ふうな、無為の達人といった俗耳に入りやすい神話に取り込もうというのではない。それは論外である。だが、吉増の語った話のどこかに、ごくわずかでも『名人伝』と響き合うものが生きているように思えてならない。

それにしても、石巻の「白い道と白い人影」、である。それらが大震災によって瓦礫と化した石巻の街が残した「灰」であるとすれば、その「灰」のなかに「詩への入口」を見出そうするのもわからなくはないのである。もう一度、デリダの『火ここになき灰』の翻訳者だった梅木達郎の言葉を引いておきたい。

それ自体を燃やし尽くし、無化すること——そうしてなにもかも失い、なにも残さず、すべてを捨てて、ありえないようなチャンスに託すこと——これが、灰において賭けられていることである。

そう、これからも吉増剛造は、石巻の白い街頭の「灰」のなかに「賭ける」べきものを求めるに違いない。吉増剛造は、全身詩人である。

II

吉増剛造×林浩平往復書簡「シ、ノテンランカイへ」

往復書簡1「詩を彫刻態に、……」

林浩平様

二〇一二年七月二十八日の朝まだき、……ふっと、大河北上川の静かに泣いている声が聞こえて来る気がして、林先生とご一緒して泊まっていましたホテルの裏に、獨り出て往き、……*gozoCiné*「陸前高田の声を聞く」の制作をはじめていました。あのときあたりから、「シノリッタイカ（詩の立体化）」もしくは「シヲチョウコクタイニ、（詩を彫刻態に、……）」のヴィジョンが、林浩平氏の胸中に、胎動していたのではなかったでしょうか、……。

二〇一一年三月十一日のあのときにもご一緒をしていました、……。故津田新吾氏について、夫人の英果さんと、「アイデア」誌の羽良多平吉特集のために語り合っているそのときでした。神楽坂の木造の洒落た*café*の二階でしたね。このときもわたくしは遠い地下の石《いし》の塊《かたま》りの声に、静かに耳を澄ましていたのでした、……。怖いような、しかし、どこかで聞いた覚えのある静かな物の音というよりもその声に………。ふたりが親友《とも》のI.W（若林奮）氏に、「振動尺」という概念があるのですが、ながいこと接触をつづけて行くうちに、わたくしたちもまたそれぞれの「振動尺」の考え、……………あるいは「振動」の想像を、拓いて行くということが起こってきていて、たとえばわたくしは海底深くの岩盤のわれかたを、〝太古の振動尺の耳〟をもって聞いていたのかも知れません。

〝太古の振動尺の耳〟、……〟とは、少し飛躍をしたいい方なのですが、ほとんど手放すことなく触れつづけている〝「イクパスイ」（アイヌの方々の神具のひとつといってもよいのでしょう、髭篦《ひげべら》、パスイ、……）の耳が、……〟といいかえることによって、巨鯨の呼―吸を、量《はか》るということを、そのときに、瞬間に思いえがいていたらしいその心の波形によって、説明が出来るような気がしています。

あるいは、わたくしがよくいたします二重襲ねの写真のように、この表現を「太古の（振動尺の、……）耳」と、「振動尺」を括弧に包んで、表現を変更することも出来るのではないのでしょうか。絶えざる反復の襲ね、……立体化あるいは情景化ということもいえそうです。ここまで綴って林さん、滞在先の札幌北ホテルに、「怪物君、歌垣」（*Temporary space* 鈴木余位、村上仁美、山田航、河田雅文、中嶋幸治、酒井博史氏と）がはじまっていて、狂うように酔いつゝの夕べ、二〇一五年十二月二十一日夕暮、永い間の親友のアラン・ジュフロワ氏の訃報が届けられました。アンドレ・ブルトンのカチーナドールの書斎とアランが幾度も語ってくれたアントナン・アルトーの杖の響きが、面影として顕ってきていましたのは、何故だったのでしょうか。

舌語《ぜつご》（アルトー）、異語が、……「歌垣」に杖の響きや槌音とともに聞こえてくる、未開の地への歩みを、わたくしたちは、しはじめているのかも知れなかった、……。

二〇一二年七月二十八日の朝まだき、……大河北上の静かに泣いている声に導かれるようにして、あの日わたくしは大船渡にむかうつもりでした、……。しかし、トーノへの道を途中で右に折れて、気仙川に沿って走るうちに、別のむせび泣く小声が耳に入り、わたしは車を路肩にとめていました。あるいはそのとき聞いていましたグレン・グールド／モーツァルトの心と心とが、氾濫状態になってしまっていて、そのとき別の舌語を聞いていたのでしょう、……気仙川の路肩の窪地が結界でした。*gozoCiné*「陸前高田の声を聞く」までの〝*Ciné* の道、…………〟あるいは、あの日がわたくしたちの道行のはじまりだったのかも知れません、……。

22 DEC 2105 *sapporo* 北ホテル　吉増剛造

吉増剛造様

「詩を彫刻態に」、頂戴したおたよりにこの言葉があって、心惹かれました。また「親友《とも》のI.W」若林奮さんにも触れられていますが、若林さん自身、「彫刻」という概念を根底から変えてしまった美術家でした。（昨年は若林さんの十三回忌でしたね。）吉増さんの「詩を彫刻態に」とは、まさに若林奮流の、存在論としての作品展示＝彫刻態化を詩に対して行なうことと受けとめました。そうなれば、書物の物理的形態から離れて、詩人には美術館のホワイトキューブの空間こそが必要になるのです。

美術館を会場にしての吉増剛造展。この構想が孕まれていったのは、おたよりにあるように、あの「3・11」を経験した後の二〇一二年あたりからでしょう。そう、二〇一二年七月二十八日、東北新幹線の北上駅裏のホテル・シティプラザ北上でご一緒していました。あれは、翌年に計画した詩歌文学館での吉増さんと舞踏家・笠井叡さんとのコラボ・イベントの打合せの旅でしたね。（朝のホテルのテレビにはちょうどロンドンオリンピックの開会式の模様が中継され、ポール・マッカートニーが「ヘイ・ジュード」を歌っていました。）

貧しいながらも渾身の力で一冊とした拙著『裸形の言ノ葉―吉増剛造を読む』を上梓したのは、二〇〇七年の暮。全体の七割近くを書き下ろしましたが、その草稿に何度も目を通して、様々に生産的なアドバイスをくださったのは、他ならぬ吉増さんです。当時よく冗談めかして、「この本の担当編集者は吉増さんですよ（笑）」と周囲に洩らしたものです。そこに収めた論稿のタイトルを借りるなら、ただただ「臨界点のエクリチュール」と称するほかない、吉増さんの極限的な言語実験に関しては、ひとまずは論じ尽した、という思いがありました。

ところがこの吉増論を刊行した年の夏から、*gozoCiné* の制作が始まります。ゴーゾーシネ、現場でヴィデオカメラを回しながら、即興でナレーションを行ない、小道具も操り、BGMまで付けてしまう、千手観音のような撮影作業です。当然ワンシーンはワンカット。吉増さんならではの、エイゼンシュテインのモンタージュ理論すら乗り越えた革命的な動画シリーズと言えます。さらに、「3・11」以後には「怪物君」が生まれます。吉本隆明の言葉の筆写で埋め尽くされた大判の原稿用紙に、水彩絵の具を沁みこませた筆が襲いかかり、まるであの巨大津波が襲来したかのように、文字の痕跡を徹底的に破壊します。これこそまさに、ノモス（社会制度）が崩壊し、ピュシス（自然）が剝きだしにされた事態、あの「3・11」の大災厄の、詩の地平における現前化でしょう。「怪物君」、しかし驚くべきは、大破壊の痕跡の残る原稿用紙が、ものの見事にアート作品となっている点でしょう。これは、美術館に展示されるべき価値を持ったオブジェにほかなりません。以前から続けられている二重露光写真も、『表紙 omote-gami』や『盲いた黄金の庭』など写真集の刊行によって、本格的な映像表現となりました。言語の世界を対象とした拙著では、どうにも追いつけない次元にまで吉増さんは進まれた、と言わざるをえません。

そう、節目となるのは、やはり「3・11」だったでしょう。あの日の午後二時四十六分、カフェの板敷のフロアがぐらぐらと揺れ、家屋が倒壊するのではないか、と身構えたとき、私の目の前には、おたよりにあるように、吉増さんが座っておられました。吉増さんは、質問に答えて話し出されたばかり。周囲の騒然たる雰囲気にもかかわらず、そのまま静かに故津田新吾氏の思い出や羽良多平吉氏の装丁のことなどを語り続けられたので、我々の座は落ち着きを保てたのでしょう。しかし、そうでしたか、「海底深くの岩盤のわれかたを、〝太古の振動尺の耳〟」で聴いておられた、とは。

「3・11」は、「怪物君」という圧倒的なオブジェ群を生んだほか、この北上の詩歌文学館での稀有なイベント実現の引き金となりました。私は、二〇一〇年六月に慶応大学の日吉キャンパスで催された、吉増さんと笠井叡さんとの実に刺戟的な、魂のぶつかりあいさえ感じたコラボ・イベントを観て以来、おふたりのコンビによる舞台を再演できないか、と勝手連よろしくほうぼうに売り込んだ次第ですが、それに応えてくれたのが、ここでした。ただ、岩手県の施設として、あの「3・11」を特集する企画展の特別イベントとしたい、という意向があり、タイトルは「足裏の律動《リズム》」と名付けられます。二〇一三年の二月十六日にこの文学館のホワイエで実現したおふたりの久々の共演は、さながら荒ぶる大地を鎮めて大震災の死者たちを鎮魂する儀式でもあり、無論素晴らしいものでした。しかしなにしろ季節柄、雪に閉ざされた東北の地での公演ゆえに観客の数が多くなかったのが残念です。

この共演の翌日には、文学館の展示フロアで吉増さんのお相手を買って出て公開対話を行ない、東北の地とのご縁についてなどお話し頂きましたね。そしてその夕方、さらに一泊してあの *gozoCiné*「陸前高田の声を聞く」の撮影に向かわれる吉増さんと、夜の「やまびこ」で帰京する私は駅前の蕎麦屋で「お疲れさま」の一献となったわけでしたが、それは、吉増剛造展を本格的に売り込みにかかる打合せの場でもありました。あそこで語り合ったことが夢で終わらずに、こうして実現の運びに漕ぎつけたというのは、ほんとうに嬉しい限りです。おたよりで言われる「二〇一二年七月二十八日の朝まだき」が、確かに「わたくしたちの道行のはじまり」だったのかもしれません。あそこで撮影が始まった gozoCiné は名作です。ラストのシーン、陸前高田の廃墟となったビルに放置された鉄板が、ゴーン、ゴーンと音をたてるのは、まさしく弔鐘の響きでした。

27 DEC 2015 林浩平

林浩平様

林浩平先生が聞かれた、ゴーン、ゴーンに耳を澄ましていて、どうしてでしょう、溝口健二の名作『山椒大夫』のラストシーンの海濱を思いだしていました。〝カイヒンガコワイワ……(海濱が怖いわ、……)〟波間からすこししわがれた老女の声も聞こえて来ていました。

折角、佳信がいたゞけたのに、すぐにこんな幻覚でごめんなさい。なんでしょうね、〝ウミガトッテモコワクナッテキテイテ、……(海がとっても怖くなって来ていて、……)〟あるいはもしかすると、この二重唱《エコー》のような括弧のなかの声は、北上川か気仙川、……河の女神の泣きだしそうな心の現れであったのかも知れません。

あるいは林浩平先生が聞かれた、ゴーン、ゴーンは、ちょうどX'masの夜にご一緒いたしました、講談社からの『詩的自叙伝』で、山崎比呂志氏と林さんの絶妙なリードで初めて口を開きはじめました、聖書の鐘の心だったのかも知れません。コリント前書十三章、「愛なくば鳴る鐘や響く鐃鈸《にょうはち》のごとし。」どうでしょうか、林さん、わたくしたちの耳は、イマダニキイタコトノナイ、……(キイタコトノナイコエヲキクコト、……)の渚に立つことになったのではないのでしょうか。

それは飴屋法水氏の「Blue Seat」からも、遠く聞こえて来ていて、「校庭」の遥か彼方の高校生さんたちの懸命の声があたらしい潮風でした、……。林さん、どうやら、刹那刹那の創生が大切なようです。それが六月竹橋に、どんな仕方で漂着《よりつく》ことになるのでしょうか。これも大切な届くことの道行き、はっとしていましたことをレポートして、林先生のお考えを課します。X'mas eveの日の朝、竹橋の王子様(保坂健二朗氏のことをわたくしはこう呼びます)が、霧の立つ早朝《あした》、八王子、加住においででした。美術トラックとは別に、電車そしてバスで。三十箱の段ボールを丁寧に見送られて、一時の黄金境《アルカディア》が現出していました。恥かしいですがこれが五十年分の日記帖、一九八〇年からの「声ノート」カセットの山ですと、保坂さんに。えッー、送ってもいいのですか、着払いで。このときのわたくしの喜こびは、言語を絶していました。

ゴーン、ゴーンです。

右の一行は冗談ですけれども、何でしょうね、漂着物たちが、お家に這入っていいよ、……といわれたときの嬉しさでした。

ご返事鶴首して、林先生、奥様と、よいお年をお迎え下さいませ。では。

28 DEC 2015 朝 吉増剛造

往復書簡2「〝いまこのときに〟」

林浩平様

〝いまこのときに〟……これは4／22に足利市美術館での *talk*、……のために対話のお相手をして下さいます江尻潔さんの *idea* なのですが、「現在」や「現実に」ではなく *imakonotokini*（音の囁きが聞こえますね、……英語にすると、*yes, for, this occasion* となるのでしょうか、……）

林浩平先生に〝いまこのときに〟「シノテンランカイ」を計画立案されたその真意をぜひお聞きしてみたいのと、時をおなじくするようにして、アルトーの舌語よりももうすこし下《シタ》（舌の下《シタ》、……）で、どこの「国語」ともいえない、あるいは宮澤賢治さんのいう〝知らない国の原語〟のもうすこし下《シタ》に、〝*kotoha*〟（コト葉《ハ》）が、胎芽していたらしいこと、それにもどうやら気付いていてもいたらしくて、〝いまこのときに〟「シノテンランカイへ」を、林浩平氏に問いつつ、わたくしはわたくしで、〝*yes, it's the song*〟（少し、文法からも「国語」のトーンからもはずれた *hō*（方、……）がいい、……）「歌（ぶるうす）」を聞こうとしてもいたようです。

じつは、こんなことにも繋げたかったのです。紐育、ブルックリンにメカスさんを訪ねられた岡本零さん（札幌のこどもアートスクール「まほうの絵ふで」で、ジョナス・メカスさんの短篇映画を生徒たち（*kodomotachi*）にみてもらって、気に入ったシーンを透明な塩ビ板に描く授業をされているんですって、……）その岡本零さんに託して下さって、久し振りにメカスさんがこんな詩を送ってこられたのです。（林先生、訳していただけませんか？　みなさまに、お披露目を、……）

I worked all my life to become young
no, you can't persuade me to get old
I will die twenty seven —

I was born I grew up old, my youth was spent
in old and among old —

then I worked hard to become young
and now I have reached that point —

now I have been young for a decade or two
but it's a process, a way of becoming —

I am not an exception. I think I am a
normal case —

others have been deprived of
youth by circumstances parents excesses of
food sex passions etc etc —

thank you angels protecting me from it all
thank you angels for guiding me for loving normal
eartly pleasures
wine song and women —
Body? My body always took care of itself. I think.
I was always somewhere else. I am amazed
it still holds so well. It will last a good while
so I am not worried, my friends.

My ideal are those old people, men and women
in old countries that I used to see
as a child — the old man who used to visit my
father when I was a child, he used to climb on the
on the chimney.

I was told he was
one hundred.

ゴーゾーへ

わたしはね、これまでの人生、ずっと若くなろうとしてきた
ダメダメ、年とらそうとしてもダメさ

わたしは二十七で死んじゃうだろう

わたしは生まれて、年を重ねてきたけど、わたしの若さは
老いのなかでつかわれてしまった

それでわたしは若くなってやろうとがんばったんだ
いまはやっとそこまでやってきたよ

そう、いまわたしは十歳か二十歳ぶんは若い

でもこれはまだ途中だよ、もっと若くなるまでの
いや、わたしは例外なんかじゃない、わたしだって
ごく普通と思うよ

ほかのみなさんは、暮し向きの事情やら、両親のせいやら、食べもの、セックス、情熱、そんないろんなものがたくさんすぎて
若さを奪われているんだよ

ありがとう、天使さんたち、そんなものみんなからわたしを守ってくれて
ありがとう、天使さんたち、この世のごくあたりまえの楽しみを好きになるよう
わたしを導いてくれて

ワイン、歌、そして女のひとだね

からだかい？　わたしのからだなら、勝手にしておいて大丈夫、そう思ってる
わたしはいつも、どっか他のところにいたのさ
からだはまだまだ調子いい、自分でもびっくりするくらい
友たちよ、わたしの気分がいいうちは、わたしはずっと健康だよ

わたしの理想ってのはだ、子どものころよく見てた、古い田舎に暮らす
お年寄りたちだな、おじいさんやおばあさんだ
わたしが子どものころ、父をいつも訪ねてきたお年寄りがいたけど、
彼はよくうちの家の屋根に登って、煙突に頭をつけて逆立ちしたものだ
あのひと百歳だ、って聞かされたよ

ジョナス／林浩平訳

I'm an old pond

gozo

Yes Jonas, Tokyo is（also）cold
I'm reading your poem quietly, enjoying……
your angels（mine too……）on the chimney（where?)

Yes Jonas, Kuro is O.K., although her partner passed away
passage of films, passage of spirits, more and more
Drinking more and more

More and more jumping into an old pond in order to
watch rain drops in an old pond, laughing, laughing,

Yes Jonas, gozo is（still）going.

剛造

古池や

ヨーナス、*Tokyo* 毛 寒いぜ
あなたの歌緒聞きながら
俺も塔仁上《のぼ》ったよな

ヨーナス、黒ちゃん乃旦那（安保）さん亡くなった……年
だど毛、霊魂毛、映画毛 まだまだ毛
呑ン出呑ン出
ン

古池ン中、御笑いだよな
よーなすさん世、ごーぞ、ごー *ing* 太世

ハズカシイ、コンナノ、……（〃だ、けども、いいのよ、……〃と声がする）メカスさんから伝えられた〃震え〃は果て知れぬものだったのだけれども、〃恥かしい、……〃が、最大だったのかも知れなかった。林浩平先生、胸中のどこか に〃シノテンランカイハズカシイ〃の声は聞こえていました いや、でも、もう、いいんだな、……。（*demo mou ii n da na*）途切れ途切れの息遣いが、こうして萌芽《ソダッ》テルこと、ハッキリとね。ヒトツご報告を。城戸朱理さん小野田桂子さんとお話ししてて、俳人さんは（句作りに季語をさがしに）実にユックリ歩かれるト、……。これは トキノ萌芽、……（*this is the spring time!*）、これからはムービーカメラの脇で、〃*Haikai Cine*〃を撮ろうと決心をしていました。

乱文ご容赦を。

2016. 1. 23 *Kyoto* 剛造

吉増剛造様

「〃いまこのときに〃」、うーん、鮮やかな気配が胸元に飛びこんでくるような成句？ですね。吉増さんと交信状態に入ったとき、思いがけないところからご下問があったり、ご挨拶をいただいたりすることがあります。「現在」や「現実に」ではなく、〃いまこのときに〃、今回の展覧会の計画を立案した「真意」を答えるように、という問いかけも、また鮮烈なものですが、いやいや、「真意」などというとあまりにも大袈裟な話になってしまうでしょう。これまで、NHKテレビの仕事や、拙著『裸形の言ノ葉―吉増剛造を読む』執筆の過程で、吉増さんとご一緒させていただいたなかから必然的に生まれたのが、この展覧会企画だったと思います。

サンパウロ大学での二年間の客員教授の任期を終えて帰国されたのが一九九四年、私からお手紙を差し上げて、ＮＨＫの衛星第二放送で企画した「現代詩実験室」という番組の第一回目のゲストに出演願えませんかと、あれは山の上ホテルのロビーでしたね、制作スタッフと一緒にお目にかかったのが、出発点でした。あの番組では、進行役の私が秋川渓谷で吉増さんにインタビュー、後半のコラボ篇では、吉増さんは大野一雄さんと釧路湿原に行かれて、スリリングなパフォーマンスを披露されました。放送には使われなかったロケ映像のなかでも吉増さん、生き生きとした振舞いで、「これはもったいないぞ」と、私が親しい草川康之プロデューサーにそれを見てもらったところから、翌年のＥＴＶ特集の「芸術家との対話」が制作されたわけです。メカスさん、島尾ミホさん、アラーキーといったゲストとの闊達なトークは、ＮＨＫのなかに吉増さんファンをたくさん生んだに違いありません。それ以来、ＮＨＫ番組への出演が何度も続きましたね。私も、山頭火の番組や、二重露光写真のドキュメンタリーでは、企画兼ディレクターをやらせてもらい、吉増さんとロケにお付き合いして、撮影作業の他、一日三度の食事やお酒もずっとご一緒できたことは、まことに得難い体験でした。（愉しかったです。）

しかし、吉増さんとご一緒に企画を練り、これは面白いぞと確信しながらも、局内の企画会議を通らなかったのもありました。「南方熊楠さんの庭」や、アイヌの歌人の違星北斗を主人公にしたドキュメンタリーです。ボツとなった企画のなかでも、とりわけ悔しいのは、ＮＨＫスペシャルで提案しようとした「世界詩人紀行」でしたね。あれは二〇〇一年に世紀の替わる際の特別企画として、一種の文明批評番組を、という狙いで、吉増さんがインドや中国やアイルランドを巡り、その地が生んだ国民詩人の足跡をたどる、というもの。タゴールや杜甫やイェイツの詩霊を召喚しての共演が実現できていたら、日本のお茶の間にどんなに大きな知的刺戟を与えられたことでしょう。当時はＮＨＫエンタープライズの社長だった遠藤利男さんにも話を持ちかけて（遠藤さんは若いころ、吉岡実さんや大岡信さんにラジオのための詩劇を依頼したこともありました）、なんとか実現させたかったですが、制作現場の窓口に人材を得られず、空振りに終わりました。故吉田直哉さんあたりが現役でご健在なら、きっとタッグを組んでくださったのではないでしょうか。

ともあれ、前回に話題にした笠井叡さんとの共演もそうでしたが、吉増さんには紙メディアから跳び出されて、詩人吉増剛造ならではの表現行為を存分に展開いただきたいな、という願望が私のなかにあって、それでなにかとお節介を焼くことになるのでしょう。大学卒業後の七年間はNHKでディレクターをやっていたわけですが、そのディレクター＝プロデューサー気質がずっと抜けないままなのかもしれません。いや、かつて瀧口修造が「詩？（略）あそこの十三間道路のガソリン・スタンドに立って、それから歩きだせばよいのだ。それからお前の詩がはじまるのだ」とつぶやいたように、詩を「現実」の「行為」として生きたものにしたい、それを吉増さんのお力を借りることで具現化したい、という思いがあるようですね。「真意」というのは、まあこのあたりでしょうか。

ただし、竹橋での吉増剛造展が実現するにいたったのは、これまで何回もお話ししましたように、具体的な働きかけを受けてアクションを起こしたためでした。働きかけてくださったのは、美術評論家で世田谷美術館館長の酒井忠康さんです。芦花公園の世田谷文学館は拙宅に近いこともあって、企画展のオープニングに招待いただくとよく顔を出します。すると兄弟施設の館長さんということで酒井さんも毎回お見えです。また世田谷美術館のオープニングにもお邪魔することが続き、そこでもお会いしました。酒井さんは慶應の先輩である吉増さんをたいそう尊敬されていて、「吉増剛造というのは、この国の宝だ、国宝ですよ。一度吉増展をやらないとねえ」と仰るので、「じゃあ世田谷美術館でなさってはどうですか」と申し上げると、「いや、ウチみたいな田舎じゃダメですよ。もっと中心でやらないと」と返されて、「そうだ、林さん、あなた、吉増さんをテレビに出してるんだから企画書を書いてみてよ」、まあこういう流れが生まれたわけでした。

しかし、無論、竹橋で開催の運びとなったのは、学芸員の皆さんが揃っての学芸会議で検討くださり、「こうした新機軸の展覧会にはぜひ取り組むべきであり、吉増さんはそれにふさわしい作家です」と、こちらからのお願いを積極的に受け入れてくださったからでしたね。まったく頼もしい限りでした。肩書が詩人であるかたの展覧会を国立の美術施設が行う、というのは、大英断ですからね。さあ、いまはどういう展示内容を構成中なのでしょうか、これはオープニングがおおいに楽しみです。

ところで今回は、ジョナス・メカスさんから吉増さんに贈られた詩を拙訳で紹介することになった次第ですが、吉増さんが私に「訳すように」と勧めてくださったのにはわけがありました。『裸形の言ノ葉』のなかに収めた一章は、「MEKAS SAN, GOZO SAN —ジョナス・メカス＋吉増剛造　交換書簡」。そこでは、メカスさんが吉増さんに送った手紙を私が訳して載せ、それに注釈を加えています。メカスさんの文体、ブロークンですが独特の味わいがあっていいですね、とは申し上げていたことでした。さて今回は詩篇です。メカスさんらしい波長を感じながら、自由に訳してみました。今年九十三歳を迎えるかたの若々しいスピリットが生きてますね。それでは今回はこれにて。

02 FEB 2016　林　浩平

林浩平様

〝書くことは清潔だ〟(ジル・ドゥルーズ)

ご返事いたゞきました次の日(二〇一六年二月三日)方、竹橋の東京国立近代美術館に保坂健二朗氏をお訪ねいたしました。獨りで、……どうしてもこういう姿をして獨りで生を伸ばすようにしたかったのでしょうね。

タクシーに、大箱六ヶ、紙挟み（大）一かかえ、銅巻一巻等を、……縛って、抱えて、運んで行く人ハ……、さぞ異様な形姿だったことでしょうね（何年か前の「龍馬伝」の香川照之さん。演ずる男の籠々みたいな、……）この紙乃《カミ》嵩《かさ》あるいは量《りょう》ハ、何だったのでしょう。林浩平先生、こう書きつつ、メカスさんとの縁《えにし》、……リトアニアで追われて逃げたときに、捨てなくてはならなかった、殊に書物が、……という道筋《ミチスジ》*or*道乃《ミチ》息《イキ》が心にかゝりながら、……そうでした、メカス詩名訳深謝、……ふるえました、……が、別の心ハ、……（こうして、そうか、〃別の心〃は〃別の手〃であったのかも知れなかった、……それで咄嗟に〃は（波）〃が〃ハ（八）〃に変っていったことが判ります、……）とを考えていました、……。

保坂健二朗さんに手伝っていたゞいて（タクシー代を払って下さって、……）美術館の地下の一室（〃テンランカイ〃のリラックル、ここがあとりえだ、……と刹那に、聲伽、……）で〃この嵩《かさ》を（緒）、……〃ト二人して戸惑っていたとき乃、これもわたしたちの鐘の音〃ゴーン、ゴーン〃でした。

〃一休宗純どうしましょう〃〃わたくしが臨書しましょうか〃こんな危険な会話もありました。保坂さんがこれも咄嗟にスヰッチを入れられて驚いた、*gozo*のおそらく二十年位前乃聲ハ、メカスさんの〃become young／若くなろう（先生訳）〃でも〃get old／年とらそう（同）〃でもないものなのであって、ココ伽ホサカさん、もしかしたら、このテンランカイのゲンシロ（原子乃炉芯……）かも知れませんね、……等々。

〃書くことは清潔だ、……〃これはいま、慶應義塾大学出版会からの『*gozo*ノート（全三巻）』のために、ご担当の村上文さんとご一緒して学んでいます、『アベセデール（*L'Abécédaire*）』（KADOKAWA）のドゥルーズ乃コトバ*or*言《コト》乃葉《ハ》なのですが、あるいはこの言葉が戸惑いつつ綴って来ました、林浩平先生へのコノ手紙の光の〃ゴーン、ゴーン〃なのかも知れなかった。

じつは小文のはじめのところでは若年（二十才位、……）のころ心に刻印*or*心に刺青をしました、……不定形《*informel*》（アンフォルメル）、フォートリエやヴォルス、さらにはポロック、一休宗純に、フデの道乃《ミチ》息緒、……

も考えていました、……。この紙乃嵩《かさ》ハ、……と。さあ、このあたりで、今月はトメましょう。来月をたのしミに。メカスさんとクロ（黒）の縁かしら、林浩平先生がゴールデン街で呑んでた、武満徹さんのことでもね、……でハ。

2016. 2. 6 剛造

往復書簡3「非常時性ということ」

林浩平先生

〝おたより遅れのお詫びを。それにさぞ読みにくいことでしょうけど、先づ片仮名で綴ってみまして、林浩平先生との「シノテンランカイへ」の道行もこうしてなにか別の大切な小径《みち》と交《まじわ》りつつあるらしいということをわたくしなりにたしかめてみたいと思います。

ビリョクヲツクシマシタダイナナカイノアユカワノブオショウノセンコウカイガ、モタレマシタノガニガツニジュウクニチノコトデシタ。キタガワトオルサント、タシカニ、フタリシテビリョクヲクシタ、ヨジカンハンデシタ。ヒロー〝コンパイ〟ノコンパイガイキモノノヨウニソンザイシハジメテ、カラダハオモイワラタバノヨウニ、コエハカレ、ハツネツシ、イツカムイカトタオレフシテイマシタ。ハヤシコウヘイセンセイ、コノ「コンパイノチカラ」モマタ、「シノテンランカイへ」ノチカラナノカモシレマセンネ。

(微力を尽しました、第七回鮎川信夫賞の選考会が持たれましたのが二月二十九日三時から、六時から記者発表。北川透さんと微力を、二人して微力を尽した四時間半、……疲労困憊の〝困憊〟が生物《いきもの》のように存在しはじめて、身体は重い藁束のように、声は枯れ発熱し、五日、六日と倒れ伏していました。林浩平先生、この「困憊の力」もまた「シノ、……」力なのかも知れませんね。)

お詫びを。どうぞ林浩平先生、武満徹さんの新宿ゴールデン街での生々したその姿をみなさまにもわたくしにもお書き下さり伝えて下さいますように。えッと、階段《はしごだん》のことも?

さらに別の小径《みち》を、……。

ご一緒してほゞ一年「校了」に近づいています『我が詩的自伝』(講談社現代新書)で、ここでいま考えなければと、林浩平先生、山崎比呂志氏に導かれるようにしてさぐりあてました「非常時性」ハ、あるいはこの「困憊」(状態)の肯定ということになるのかも知れません。

イキテユクホドニコンパイハフカクナル。(生きて行くほどに困憊は深くなる)。

これは、林浩平先生、古里和歌山での大きな生涯のお仕事から帰られたばかりの先生の姿を想像をしての一行であったようです。

さて、「困憊」のつづきのエピソードをもうひとつ。前信にジル・ドゥルーズの「*L'Abécédaire*」(KADOKAWA)をみていますことを申し上げたのですが、これが病膏肓に入る、歓こびとともに、……といってもよい状態に入っているのです。長時間のDVDを見倦きることなく、AからZまでを、もう四回程も見てしまっていました。こんな番組にもしも五十年前に接していたなら、わたくしは必ずや仏蘭西語を学びはじめていた筈でした。胸を病んでられるために、少ししわがれ声で咳き込むジル・ドゥルーズの「困憊」が、その「微力」が切々と伝わって来て、五十年前といわず、「いまこのときに」これと出逢えましたことを、終生の宝としたい気がしておりました。これはとすぐに読み返していましたドゥルーズ『スピノザ』(平凡社ライブラリー)から一行を引いておきます。

……内在とは、まさに無意識そのものであり、同時にその無意識を克服することなのだ。生態《エ》の倫理《チカ》における喜びには思弁における肯定と相関している、

(同書五〇頁)

もしかしたら、今月の冒頭に綴りました〝声は枯れ発熱し、倒れ伏し〟は、あるいはジル・ドゥルーズの声と「内在」の感化であったのかも知れません。

林先生よりのご返事を鶴首して。

2016. 3. 6 剛造

吉増剛造様

「生きて行くほどに困憊は深くなる」、今回もまた、吉増さんからのおたよりに、強く脳裏に刻まれる、印象的なこの言葉があり、共鳴するものを覚えています。しかし、いま現に吉増さんが体験された疲労困憊、それは先月下旬のアメリカ旅行から戻られて直後の鮎川信夫賞の選考と、講談社現代新書で四月に刊行される吉増さん自伝の最終校正という、ふたつのハードなお仕事が重なっての、お身体への過度の負担によるのでしょう。どうぞお身体をお労りくださいませ。

北川透さんとお二人での鮎川賞の選考、昨年の対談でうかがうにつけても、これはお二人の渾身の批評営為がぶつかり合う、精神の激しい燃焼の場であるのは間違いありません。たとえ受賞を逸しても、選考過程でお二人の議論の対象となっただけでも、十分に晴れがましいことだと思います。翻って推察しますに、選考後のお二人の疲労困憊の激しさです。北川さんとは、昨年は前橋文学館と中也記念館で二度お目にかかって、宴席では親しくお喋りしました。また個人誌『KYO峡』も定期購読して拝見していますが、その批評精神の若々しさがご健在であるのは嬉しい限りです。そんな北川さんと吉増さんが真っ向勝負で選ばれるのですから、鮎川賞、要注目ですね。今年はどの著作が選ばれたのでしょう。

また、吉増さんの『我が詩的自伝』、そもそもの企画は、拙著『ブリティッシュ・ロック　思想・魂・哲学』を担当くださった講談社の山崎比呂志さんからのものでした。お話の聴き役、ということでしたので、ごく軽い気持ちでお役目を引き受けたのですが、一回目から吉増さんのお話はたいそう深い次元での内省作業となって、「常に非常時を生きる」存在としてご自身を定義されましたね。新書の形態での出版ですから、現代詩の世界にはあまり馴染のない読者を想定して、「ひとりの詩人の物語」を示さなくてはならないのですが、そうした一般読者のみならず、これまでの吉増さんファンにも「発見」となるような、真新しい吉増さん像の提示がなされたものと思います。ロラン・バルトの名高い著作のタイトルをもじれば、まさに「彼自身による吉増剛造」でしょう。本誌の読者もどうぞご期待ください。

さて、前回の第二信から慫慂くださっています、武満徹さんとの遭遇秘話?をここで披露するように、とのこと。ではお言葉に甘えて、報告させてください。ちょうど本誌の先月号の「詩と歌」特集では武満さんのお名前が何度も登場して懐かしかったです。今年が亡くなられて二十年目にあたるとのこと、そう、亡くなったのが二月二十日、その数日前でしたね、NHKのETV特集の正岡子規の番組で、私が構成と進行役を担当して、吉増さんにも子規についてのインタビューをお願いしたのでした。当初の予定では三鷹の東大の天文台あたりで、というのが悪天候で、急遽ロケ場所を吉祥寺の地下にある蕎麦屋に変更して、その座敷で撮影したのですが、収録が終わってのオシャベリで、現在闘病中という武満さんの話題になったはずです。ほんとに懐かしいです。翌月に来日中のジョナス・メカスさんを囲む会が浅草で開かれ、そこでお会いした吉増さんとは「ああ、あれからしばらくして武満さんは亡くなったのですね」と改めてその死を悼んだのでした。

武満さんとは、新宿ゴールデン街のバー「ジュテ」で何度かお目にかかりました。多摩湖町にご自宅のある武満さんは、西武新宿線の終電車の時刻にはきちんと帰られていました。「ジュテ」はママがフランス映画社にいた関係で、ヨーロッパの映画人がふらりと飲みにやってくるのですが、ある夜、私は友人らとボックス席に座り、カウンターの武満さんとちょっと言葉を交わしていました。その日、増上寺のホールで武満さんがプロデュースした音楽イベントがあり、私たちはそれを聴きに行っていたのです。すると木製の階段を昇って姿を見せたのが、ヴィム・ヴェンダース監督です。ふたりは初対面のようで、ママが紹介して挨拶を交わしたのですが、その際の武満さんの自己紹介の言葉を今もよく覚えています。〝I am a musician〟と仰ったのですね。composer ではなくて。ヴェンダースなら、現代音楽の作曲家としては勿論、何作もの映画音楽を手掛けられた武満さんを知らないはずがありませんから、いささか奇異に思えました。そのことを友人たちと話題にしたのも覚えています。おふたりはカウンターで隣り合って座り、話が弾むようでしたね。そうそう、ヴェンダースが現れたその階段、あれは二〇〇九年の一月の末のことでしたが、泥酔していた私は、その階段を踏み外して二階から真下に転落、頭部を打って緊急入院という騒ぎを引き起こしてしまいました。お恥ずかしい話です。階段が木製だったのが、幸いでした。

哲学者ジル・ドゥルーズの名前を吉増さんからうかがうとは、ちょっと意外な感もありますが、そうでしたか、國分功一郎氏が監修のドゥルーズのインタビューDVD『アベセデール』をご覧になっているのですね。今回の『我が詩的自伝』のお話でも、ハイデガーやニーチェ読書のお話があって、こちらも意外だったのは、キルケゴールをずっと読み続けてられる、という点でした。いずれにしても吉増さんが若いころから現在まで、哲学の世界に真剣に向き合い続けられている、という姿勢は、これはきちんと見習わなくてはなりません。私が一生懸命追っかけているのは、ご存じのようにイタリアの思想家ジョルジョ・アガンベンで、『思考の潜勢力』などはわがバイブルであり思考の武器庫です。けれども最新刊の『身体の使用』はまだ手つかずのままで、情けないです。ドゥルーズの『スピノザ』からの引用をお届けくださいましたが、この本も架蔵しながら読んでいませんでした、お恥ずかしい。「困憊」、重篤な肺の病いに苦しんでいたドゥルーズは、先鋭な思考を持続しつつも七十歳を迎えてまさに疲労困憊、生きることを断念して、アパルトマンから階下に身を投げたのでした。「雨が降るようにひとが死ぬ」、ドゥルーズの訃報に接したとき、咄嗟に思い浮かんだのが、彼自身のこの言葉でした。しかし、吉増さん、たとえ困憊を深めて行くとしても、私たちはなお踏ん張って、生きなくてはなりませんね、前回の詩のなかで、年々若くなってゆくと仰るメカスさんをお手本にして。来たる六月六日、詩の展覧会のオープニングを、生きることの昂揚感とともに迎えましょう。

07 MAR 2016　林　浩平

林浩平先生

六月からの展覧会名が決りました、保坂健二朗氏より(3/7)

声ノマ　全身詩人、吉増剛造展

二〇一六年三月七日月曜日、雨上りの夕暮れの音羽の、やや登り坂の舗道が、心なし蕪村さんの「粟嶋(淡島)へはだし参りや春の雨」に似て光ってみえていましたのは、先生と山崎比呂志氏との「我が詩的自伝」大団円の夕辺《とき》だったからでしょうか。

(聞いていたゞけました、……)鮎川賞の疲労困憊が、発熱をうみ、……どうやらそれが生きるために必要な空気、……(これはフランツ・カフカ、……)に変りつつあることを覚えて、林先生もこの夜あまりご体調が、しかしこうして、〝はだし参り〟のような道行になって参りましたようですネ。

（折角、病院に赴くようにとご助言を下さいましたのに果たさずです、ドゥルーズ同様、〝医者嫌い〟なのですね。）

林先生もわたくしも和歌山の産、……蕪村さんの粟嶋（淡島）はたしか加太にありましたでしょうか？　ご存知ですか。幾時の日には、蕪村さんや玉堂の夕ビ、……（「タビハダシ」みたいな、……）のお話しをゆっくりとしてみたいものです。先生ご担当の放送大学「文人精神の系譜」の折にでも。

さて今月の短いタンザク風のおたよりでぜひ書きたいのは、もう恋するか愛するかのようになってしまっていますドゥルーズのこと。慶應の村上さんからは「ドゥルーズ惚け」といわれてしまいました。その前に、大切な新宿の夜の武満徹さんのご様子を伝えて下さってありがとうございました。じつは内緒で、……武満さんが林先生に病名をいわれたときのこと、そのことを伝え聞いて、なんという真率《シンセリティ》さ、これこそがタケミツだよなと秘かに肯いた記憶があったからでした。

「シノテンランカイ」も、それは語呂合わせですけども、「シノシンセリティへ」でありたいものです。

その標記が保坂健二朗氏と学芸員諸氏によって、「声ノ**マ**　全身詩人、……」と決ったとのこと、片仮名の「**マ**」が尋常ではない輝きをみせています。九割方は、……（パーセントでは、どうしてもいえませんね）「魔」でしょうけども勿論「間」でもあるのであって、あるいはもしかすると「真」であるのかも知れません。ここにも次の同行の道行が、……です。ご一緒いたします飴屋法水氏、空間現代、大友良英氏と、もしかすると、尋常ではない「**マ**」（片仮名「マ」は「未」また「万の」最初の二点の転形、……）が〝朕兆未萌《チンチョウミボウ》〟（道元さんの好きな言葉）が、幻視されますね。さあ、林先生、おたがい心を引き締めることにいたしましょう。これからのこの手紙の往来も貴重なフネの龍骨ナルラシ、……。ここにも、〝マノコエ〟がある筈なのです。

最後にドゥルーズ惚けの、本音をひとつ。A（動物）からZ（ジグザグ）まで、誠に滋味掬すべき、うーん、スピノザもパスカルも。なかでもA（動物）の *tique*／たに（普通の呼び方をどうしてもしたくない、……）の領土について語る、じる・どうるーずのなんとも倖せそうなこと。何年でも目指す動物の背中が通りかかるのを待つ。そして、落ちて行く、そのときがあると。林浩平先生、わたくしたちも〝そのとき〟のために心を砕かなくてはならないのかも知れませんね。では、今月はここまでにて。

2016. 3. 8 *Tokio*

往復書簡4「残ろうとするものへの畏怖、そして、……」

林浩平様

林先生のご労作、抜刷り「三好達治架蔵フランス語原書藏書目録とその考察」を二〇一六年三月十一日の高見順賞授賞式の折にいたゞいて、机上に、……直観の網ノ目が紙背に、宇、嚙、ン、出、来ル、（浮かんでくる、……）ときを、しばらく見守っていました。

いまなら書けるのかも知れません。

（スミマセン。「抜刷り」の内容にはすこしも触れずに、ミヨシギライということではないのですが、……）

個人誌（林さんの「ミニヨン」、北川透氏の「KYO（峡）」、栗原洋一氏の「ハンガー」、小樽の杉中昌樹氏の『詩の練習』、かっての山梨の山本さん、直井さんの詩誌、…………）、月報、チラシ、……薄い、紙の精のような存在に対する根の深い、これは愛情、……あッ「校正紙」（*galley proof* ゲラ刷）がこの芯《シン》のようなところにあるな、……。さて、「怪物君」と名付けました、ほゞ五年の紙上の、（「紙上」だけではない、「紙下」「紙背」「裏からのひかり」「筋」、そうか紙の声のスジだったといえそうだ、……）との苦闘、（百種位のインク壜、墨汁（白、金、銀）、岩絵具、各種膠《にかわ》、木炭、中国紙、……拡声機、モノローグ、カメラ等々）これはあるいは、林浩平先生の抜刷りのように「原稿を獨立化させる」運動に類似したものであったのかも知れませんでした、それで抜刷りがor一部抜きがと、………この「怪物君」が、〝紙背のひかりに接することが叶いました、……〟（ズイブン思い切ったことといったな、言葉め、……）とうとう臨界に達したように感じられていたのです、……。みすず書房さんが月刊『みすず』誌上に三カ月に渉って巨きくページをさいて下さったのが決め手、……というより〃紙のむこうからのひかり〃との出逢いとなりました。「デザイン」でも「書」でもない、さらには「絵」あるいは「言葉」でさえもない、……詩が密かに宿そうとしているらしい姿、……（〃すがた〃でいいの？〃たすがた、……〃トしようかしら）いや影《カゲ》（〃光毛〃or〃鹿毛〃、……）が妖精言語はんぐるの力能《ビュイサンス》をかりて紙底にこうして、顕《た》って来ていました。

二〇一六年三月十七日、東大赤門前入ルのみすず書房に、鈴木英果さん、尾方邦雄氏を訪ねて書物化の打合せに入ったのですが、「作者」ははやもう紙ノ下の家に棲んでいて留守も同じ。光悦も宗達さえも、あるいはマラルメや、……さえも、紙下のひかりにかき消されて、勿論ささやかで貧しい一条のひかりに過ぎないものでしょうけど、でもね、四年半、故吉本隆明氏の「詩作時」の〃根源乃手〃の働きを真似《トレース》しつづけて、カミニシワニスジヲキザンデキタ（紙or神に皺or紫波に筋or繊維を刻んで来た）手が、紙背の手となったようです。

怪物君ノシハイノテガワズカニ戦《そよ》イダ。

こうして林浩平先生、読者諸氏、そして東京国立近代美術館の保坂健二朗氏と学芸員の方々に、ささやかなご報告が出来ますことを喜コビといたします。「絵」でも「言葉」でさえもない、……といいながら考えていまして「沈黙」でさえもこれはない、……という小声が聞こえて来ていました。うん、やはり、**ミエナイシハイノテ**ガウゴイテイルソノ**コエ**ガ、（見えない**紙背の手**がうごいているその**声**が、……）といまはいっておきます。裸の手、そしてきっと声ノ**マ**ですね。とはいいながら、こうして書いていますわたくしにも、こんな説明では判りにくい、……。たとえば〃い〃（小さな〃点〃に大きな〃点〃を並ばせてみて、……）その行いをみていると き、わたくしのもうひとつのがあたらしい裂け目（*tear* or *split*）をミテいる、（モットワカリニククナッチャッタ、……ゴメンナサイ）。

では、今月の手紙の掉尾に、久々に逢って交感し、この荒木経惟《アラーキー》こそと、畏敬というより畏怖を覚えた、彼の近年の仕事をレポートして、わたくしも辿り着こうとしている地点のご説明の一助ニと思います。

二〇一六年一月二十七日新宿アラーキー行き付けの地下のバー。震災からのわたしの仕事といってみせてくれたアラーキーの写真集にわたくしハ驚愕をしていました。ほとんど片眼（いっぽうの眼）を失明した、……（ほんの少しミエルのだが、……と）アラーキーは「ネガエロポリス右眼墓地」とタイトルして、……なんとカメラのレンズをハンマーで叩き割って、世界を、……世界が叩き割ったレンズの傍に、ワッテ、這イッテ来テイル、……のを撮っているのです。これはアラーキーの「い」といってもいい筈です。わが生涯の親友《とも》のキリのナイ闘いに畏怖したそのときでした。

このお手紙ももうあと二往復、少しく本気になって綴りました。判りにくかったら書き直します。ではご返事鶴首して。

2016. 3. 18 *Tokio* 剛造

吉増剛造様

拙論文の抜刷りに触れてくださっての「原稿を独立化させる」運動のご考察、そしてあの瞠目すべき「怪物君」をめぐるお話は、まことに興味深いものです。仰るところの「個人誌（略）、月報、チラシ、……薄い、紙の精のような存在」、はい、それらに対する「根の深い愛情」は、まさに吉増さんがつねに、詩的言語の生成をその発生の現場から捉え返そうとされてきたことの証しでもあるでしょう。こうして吉増さんの手書きの原稿を頂戴して、現代のアートとしか形容のしようがない吉増さんの、この筆跡を目の当たりにしながら、そのことをつくづく実感しています。

しかし、とうとう一冊の書物として、『怪物君』が誕生するのですね、それもみすず書房から。一回目の往復書簡でも申し述べましたが、「怪物君」、まず原稿用紙に手作りの罫線を引いて、そこへ吉本隆明の言葉を細かく書き写し、小さな文字でびっしりとなった紙面が現れます。するとさらにそのうえに、水彩絵の具をふくんだ絵筆が下ろされ、自由な線の造形が描かれます。しかし始まった絵筆の運動はそこに留まりません。たっぷりと絵の具の水分を含んだ筆が、まるで原稿用紙に襲いかかるかのように、激しく紙に突き当たり、水の力で紙を破壊してゆくのです。まさに「3・11」における大洪水の襲来が、ひとの営みを破壊し尽した、あれと同じ出来事が原稿執筆の場で発生した、と言えましょう。

元来は、『朝日新聞』電子版の、「3・11」以後の詩の姿を問う、という企画に応えられてスタートした試みでしたが、吉増さんはそれに大変ラディカルな、真の意味で根源的な答えを用意されましたね。そもそもの試み、まず原稿用紙に言葉を書いて、そこからゲラができ、それに朱筆を入れて校了、そして印刷、製本へ、という通常の出版のプロセスに対する異議申し立てに他なりません。吉増さんが目論まれたのは、絶対に書物化できない草稿、というものの創造ではなかったでしょうか。

この五月号が出るころには書店の店頭に並んでいるでしょう、吉増さんの講談社現代新書の『我が詩的自伝』、そこで使われた語彙でいえば、「非常時性」ですね。常に非常時を生きるという勁い意志による、いわば根源志向が導いたものが「怪物君」だったと思います。あるいは、吉増さんのなかの永遠の（穏当な言葉ではありませんが）反逆児精神とでもいうもの、これが、ノモス（社会制度）が崩壊しピュシス（自然）が剝き出しになった「3・11」の大厄災を経て、こうしたかたちで実践に移されたのかもしれません。でも、そうですか、『怪物君』、本来は書物化の不可能なものを書物化しようという企図なのですね。と、ここで唐突に、「思考の早産児」という言葉が思い浮かびました。昔青土社から出た『バタイユの世界』という論集のなかにあったルドルフ・ガシェの論稿のタイトルです。この「早産児」というコンセプトを借用するなら、みすず書房からの『怪物君』、それこそ「早産」された書物として、誕生するのでしょう。これは、画期的な出来事だと思います。かつてマラルメが夢見た「不可能な書物」以来の、書物史における大事件なのではないでしょうか。おたよりにあった、「「作者」ははやもう紙ノ下の家に棲んでいて留守も同じ」というくだりも強く印象に残ります。けれども、ごく一般的な書物との関わりも、当然のことながら密接に保っておられるわけですから、今年の吉増さん、おそらくは十冊ほどの！自著を刊行されるでしょうね。これまでに挙げた以外に、藤原書店と札幌の響文社からそれぞれ散文集、慶應義塾大学出版会から全三冊のアンソロジー『GOZOノート』。それにここ思潮社から全詩集、それが満を持しての刊行スタートですよね。他にポラロイド写真集のことも仄聞しています。そしてアメリカの詩書出版の老舗であるニューダイレクションズから、「Alice, Iris, Red Horse」というタイトルの英訳アンソロジー詩集も出番を待つとか。いや、一年に十冊近い自著を刊行すること自体、出版不況が喧伝されるこのご時勢、ほとんど奇蹟のようなことです。展覧会のタイトルがようやく決まりましたね、その「**声ノマ　全身詩人、吉増剛造**」展の開催と相俟って、今年は吉増さんイヤーとなりそうです。

ところで、せっかく長たらしい拙論文のタイトルを引いてくださったのですから、その抜刷り論文の中身にも触れさせてください（笑）。三好達治が一九六四年に六十三歳で亡くなったとき、書斎には二百十九冊の洋書が残されました。数冊の英書を除いて他はみんなフランス語の原書ですが、今回その蔵書目録を作成した次第です。恵泉女学園大学紀要に載せました。ここから最晩年の三好の読書傾向が判明するはずです。意外だったのは、アナーキズムや急進社会主義の文献が多数確認されたことです。プルードン、クロポトキン、サン・シモン、カウツキーなどに加えて、革命的サンディカリズムを提唱したジョルジュ・ソレルの著作まであったのは全くの驚きでした。だってソレルは、あの『暴力論』の著者ですから。また正統のマルクス主義系統のものは明らかに排除している点も注意すべきでしょう。アナーキストとしての三好達治像、というのが仄見えて来るのでは。これは続稿を準備しなくてはなりません。現在まるで不人気の三好達治を復権させたく思います。

さて、最後はアラーキーさんのことを。吉増さんとアラーキーは、もう半世紀近くになるのでしょうね、そんなにも長い期間親しい友人でいらっしゃるわけですが、私も、あれはちょうど二〇年前でした、一九九六年のGWに高知県立美術館であった吉増さんマリリアさんとアラーキーたちの公演に観客として参加し、そのウチアゲでご一緒して以来、彼のあの純情で剽軽なキャラクターのファンです。お弟子の野村佐紀子さんにポルトレを撮って貰ったご縁もあり（ヌードではありません（笑））、展覧会の案内はいつも頂戴していて、表参道のラット・ホール・ギャラリーの個展も観にいきました。アラーキー、いつも「剛造さん、元気？」と尋ねられますよ。そう、「右眼墓地」、右目が失明に近い状態になったのを逆手にとって、といいますか、その逆境に反逆するかのように、カメラのレンズを叩き割って撮影した映像のシリーズなのですね。これは確かに衝撃的です。吉増さんが、「わが生涯の親友《とも》のキリのない闘いに畏怖」されたのも頷けます。「キリのない闘い」こそ、吉増さんが現にこうして実践されているものではあるのですが。では、今回はこれにて。

24 MAR 2016　林　浩平

林浩平先生

……間然とするところのない、……この「往復書簡」中心の穂《ほ》or火《ほ》のようなところに触《フ》れはじめたな、と小声を聞くことのできる、そのようなご返信を、林先生ありがとうございました、……。もう、ハヤ、咄嗟の病《やま》ひ《い》というべきか、（ルビは、……）別の手の忍び足、…………が漣波となって寄せてくる〝ほ、ほ、……フ、、、〟

と、仄かにしか聞こえようのない無言の言乃葉《コトノハ》ノ手の足ノ音（忍ビ足、……）の方へと、手が離《ソ》レテ行ッテ仕舞いますのも、わたくしたちの「詩」が、ごく一部分のことでしょうが、……「詩」は巨大な氷山のようなもの、……海面上はあらわれています1／7よりもさらに、さらに未知の1／1000あるいは無限の一角をしか感知しえない、……（プラトンなら「イデア」というのでしょうね、……）未見の白い巨大な氷山にも（毛、藻、……）近接しつつあることの兆《シルシ》（or灯＝あかし、……）であるのかも知れません、……。

ごめんなさい。まだまだ「困憊」と微熱がつづいていまして、こんなイデアかイメージの欠片《かけら》を綴っていました。ドゥルーズ惚けも依然として止まず、……。

無言の言乃葉《コトノハ》ノ足ノ音（忍ビ足、……）などと書きましたのは、「**声ノマ 全身詩人**」と保坂健二朗氏と学芸員諸氏によって展覧会名が命名をされて、先号では、「**マ**」が尋常ではない輝きをみせていて、この「**マ**」、九割方ハ、「魔《マ》」、……と誰がこういったのか、九分九厘、言乃葉《コトノハ》ノ呼気—吸気の言語なのだと思いますが、おそらくこの「**マ**」は、「間《アントル》」（白川静さん〝肉〟説と仏蘭西語ノ……）としばらく考へ手いるうちに、この「**マ**」はさらに遠いところにある畏怖《いふ》（英語はと辞書をみると*awe*、……発音の〝a:〟に原始ノ音が感じられます、……）でもあるのであって、そうか、だからなのだな、言乃葉奴《コトノハメ》ハ、咄嗟に〝九割方ハ、「魔《マ》」、……〟と発語したらしかった、……。

糸満カ済州島《チェジュドウ》ノ赤銅ノ漁師ノヨウニ、……。

今月は、林浩平先生、この「**マ**」を（途方もなく遠い、……）を畏怖《いふ》、……と仮縫ヰのようにしてトメテおこうと思います。

イフ。

（恐らく、〝糸満〟ハ、たったいまこのイフから聞いた海ノ扉でしたのでしょう、……）

藤原書店さんからの十年ごしの書物にも『心に刺青をするように』という永い間あたためて居りました、……（島尾敏雄ミホ論と沖縄、八重山、宮古のために）名《ナ》を冠することが叶いました。

『怪物君』（みすず書房、……）が手に負えなくなっています。『根源乃手』も、……。林先生が仰ってられる、〝本来は書物化不可能なものを書物化しようとする、……〟のとは別の手が、（ベツノ**マ**ノテガ、……）どうやら働いていて、……羽、多、裸、ヰ、手、……いるらしくて、いわゆる「作品化」＝「書物化」とは別の宇宙、……なのでしょう、残ろうとするものの宇宙ともいえます、そこを目指して、ハタ、ラ、イ、テ、イル、ラシイ、……そう、涯知れてぬところにあるらしい光源（コーゲン？光原？）ノひとつ、これが畏怖だ！　そこに関わっている生成運動がキキトシテ、……（〝生々しく〟と綴ろうとして〝キキトシテ〟に変っていた）、この生成運動が、わたくしの手ニハ負ヱません。

殊に『根源乃手』は、（牧野十寸穂さん、高橋哲雄氏、吉原洋一氏、井原靖章氏と、ベストの編集スタッフを響文社さんが組まれて）筆記者のもの狂いの筆蹟が、どうしても「書物化」を肯と云《ウン》ってくれないのです。残りもの（I.Wの〝残〟ではなくって、……）から〝残ろうとするもの〟へ、そうして、〝残ろうとするものにたいする愛〟へと理念化をすることもあるいは叶うことなのか、……そうか、この生成の運働が「**マ**」なのかも知れません。

〝残ろうとするもの〟

もう、これ以上は今月は書かズにおいて、来月の林浩平先生のご高見を楽しみにいたしましょう。どうやらわたくしたちも疲れてきましたね。くれぐれも、息災で。では。

2016. 4. 2. Tokio　剛造

往復書簡5「永遠ノ裂《サケ》ノ方へ」

林浩平先生

キリントエンタシスノオモカゲガヱノヨウニウカンデキテイマシタ、……（麒麟と円柱《entasis》の面影が繪のように浮かんで来ていました、……）。デンセツテキナシシ「キリン」サンモ、……フシギナコトニキリンモコウシテイメージヲカヘテユク、……（伝説的な詩誌『麒麟』さんも、……こうしていめーじを替へ手（て）ゆく、……）

林浩平先生、二〇一六年四月二十六日、音羽の炭火焼鳥そかろさんでのわたくしたち三人の、『自伝』打ち上げの小宴タヌシ、……その折、山崎比呂志氏ハI.W（若林奮氏）の「雛菊《daisy》」にフト、フレラレタ（不図、触れられた、……）。「二〇〇一年宇宙の旅」（*Stanley Kubrick*作／一九六八年）の、……コンピュータ*HAL*ノ歌う「雛菊《daisy》」……*HAL*は*IBM*ノ、……林先生の卓抜なイデアを拝借していいますと、「早産」の子、HはIに先立ち、……AはBに先立ち、LはMに先立つ、そうなのか*HAL*ハ、〝*IBM*に先立って逝くコンピュータ、……〟だったのですね、そのときの山崎比呂志氏の直覚が、ソノトキノキョウガクノフクラミガ、……（其の時の驚愕の脹らみが、……）わたくしめの内部でフシギな転移の旅をしたのでしょうか、次ノ朝の佃の歩行の住吉さん傍のツクダテンダイ（コソダテ）ヂゾウソン（佃天台（子育て）地蔵尊）の大銀杏の根元の何者かが囁いていたのでしょう、……フト、わたくしの想起ノ草叢ニ、御嶽山下若スタ（若林奮スタジオ）の隅ニ立て掛けられてありました、法隆寺金堂ノ古柱、……ノフクラミorツキカゲノイロカガ、（脹みor月蔭ノ色香が、……）立って来て、まわりの世界が一変していました……。

林浩平先生、どうかご診断下さいませ、――どうやらとうとこのシノテンランカイのタテマエ、……上棟《タテマヽ》へ、……ノ歌声が聞こえてくるところニまで、保坂健二朗氏、学芸員諸氏、ご参加 orご一緒の飴屋法水氏、空間現代、大友良英氏、あるいは多くの関係の各氏とともニ、このミヤバシラフトシシキマシテ、……（宮柱太し＝敷きまして、……）or「古事記」or、……ノ歌声が立って来る、空気ト光ノ溜るところニまでわたくしたちハ歩をすすめて来たのではないのでしょうか。


こんな夕べもございました、……。

二〇一六年四月二十三日土曜日、気鋭の哲学者、作家の佐々木中氏との対話のために、竹橋ノ保坂健二朗氏ノあとりゑ（*atelier* あてりゑ）ノような一室ニ、（ここが展覧会を創る、たしかニ、ここが心臓心肺のようなところであって、……そこでこの日『芸術新潮』の伊熊泰子さんと新潮写真部の筒口直弘さんとともに、先づハ、保坂さんの展覧会の成立についてのお話しからはじまっていましたが、上気コーフンをしていました*gozo*めハ、直《タヾチ》ニ、中《アタル》氏ニ、ハイデッガーの色鉛筆や付箋、注記について、息急っ切って語り掛けはじめていました、その幻影ノ先ニ、ほとんど虹カ月ノ暈《カサ》ノようニ、なんとも不、久、裸、身、……（ふくらみ、脹らみ、……）ある時空ノ極《キハ》ノようなものが顕ってきていたのです、……。林先生、これハ対話相手の哲学者、佐々木中氏の著作『仝《どう》――*selected lectures* 2009―2014』（河出文庫）のなかの言葉、……というよりも、もうヴィジョンかイデアといってもよいような言葉の佇い、……姿なのですが、「自己の死をいかに死ぬか」五十七頁ニあります〝永遠のスローモーション〟がそこニ出現するト、そう、肯《ウン》、……虹ノor月ノ蔭（ノ裏ニ、……）根方の大柱《エンタシス》のように、この姿orヴィジョンを、もういちど立ててみたくなっていました。林先生、もう五回目となりまし往復書簡のタイトルを、こうして手《タ》、能《ノ》、死《シ》、ン、で、……（たのしんで、……）、はじめハ〝（永遠ノ）すろーもーしょん乃脹らみの方へ〟としていましたのですが、……。

この虹ヵ月蔭ノ根方ノ大柱、……ヲ、喩が喩をよぶというよりも、喩が傍らの喩に話しかけるようにして考へていましたとき、林先生、大柱＝円柱（*entasis* わずかな〝ふくらみ〟を与えたギリシャ、法隆寺金堂の太柱、……）から、しばらくいたしますと、〝遅レた日々ノ千々《チヂ》ノ、……、〟ト蕪村さんだったら詠フことでしょうね、……小鳥の啼く声がして、これが月下ノ巨樹のイメージニ変幻して行きましたのも、おそらく、きっと、林先生がひらかれたこの展覧会の扉がもうひとつ次の巨きな扉をひらいたことの、標《しる》しだったのかも知れません。先づハ、いめーじ乃急信です。

2 MAY 2016　剛造

吉増剛造様

いよいよ書店に、『我が詩的自伝―素手で焔をつかみとれ！』が姿を見せました。新書の体裁で、ちょっとだけ贅沢なランチの値段で購入できる一冊ですから、これは全く新しい層の読者を生んでゆくのではないでしょうか。それに無論、吉増さんの世界が気になる読者には、まさに「驚きの一冊」です。おしまいのほうに出てくる、三・一一以後の「世界の瓦礫状態のなかで」の問題、そこを引き受けながら、詩の言葉の瓦礫状態のまんなかにうずくまって、瓦礫をひとつひとつ手に取っている吉増さんご自身の自画像がリアルに描かれたもの、と思います。あるいは、三・一一を経験し、その後の「怪物君」の制作を実践されたからこそ、かくまで「裸形の」自己の対象化がなされたのでしょうか。

本書は確かに、吉増さんを囲んで、担当編集の山崎比呂志さんと私があれこれとお話をうかがい、ライヴ演奏のような感覚で生まれてくる言葉にふたりがわくわく戦きながら、聴き取ったものがベースでした。はい、音羽のモダン焼き鳥屋の打ち上げの宴での、山崎さんの「発見」報告には、私も驚きました。この往復書簡にもう何度もお名前の出るI.W.、若林奮さんの作品名「デイジー（雛菊）」が、S・キューブリック監督のあの名作映画でコンピュータ・ハルが歌う「デイジー・ベル」から来ているのでは、という指摘は、おそらく的を得たものでしょう。山崎さん、府中市美の若林展を訪ね、美術館の玄関前に設置された「地下のデイジー」を見て直感されたとか。これには、恐れ入りました。

そもそもこの『自伝』企画がこういう形に落ち着いたのは、なかばは「瓢箪から駒」でしたが、最初の提案は山崎さんからでした。いや、山崎さん、私の編著の『ロック天狗連』を読んで、私に選書メチエの『ブリティッシュ・ロック　思想・魂・哲学』を書き下ろさないかと声をかけてくださったのですから、直感、というのは失礼ですね（笑）、編集者としての企画力に類稀なものがおありなのでしょう、きっと。おっと、そう申すと、私のロック論がリッパなものだと自賛することとなり具合よくありませんが（笑）、まさか私にロック評論家の真似事ができるなんて思ってもいなかっただけに、彼には感謝あるのみです。はい、昨年以来、これは講談社からじゃなく他社からです、キング・クリムゾン、イエス、ジェネシスと立て続けにプログレロック論の依頼を頂戴し、いまはまたキース・エマーソンの急逝によるＥＬＰ特集号に執筆するところです。

今回は、このままロックの話を続けさせてください（笑）。『自伝』の語りおろし原稿はまず私が拝見して、大まかな構成を立てたわけですが、なにしろ五回のお話はかなりの分量でしたから、いくつかのエピソードや話題は使えなかったものもありました。ジミヘンの話題がそのひとつです。やはり山崎さんの直感？で、彼が吉増さんにお貸ししたジミ・ヘンドリックスのライヴＤＶＤに、吉増さんおおいに感激されました。そこからジミヘンの話題がしばしば登場したのですが、『詩的自伝』にロックはさすがに脱線だろうと、私が賢しらを働かせてカットしてしまいました。あれは、あって良かったかもしれません。そうそう、小説『ジミ・ヘンドリクス・エクスペリエンス』で芥川賞候補になった滝口悠生氏が吉増さんの早稲田での教え子でもある、という話題も出ましたね。（彼はその後に見事芥川賞を受賞しましたが。）

そして打ち上げの折にまたジミヘンの話となって、私がなかば強引に、「今回は、われわれこそがジミ・ヘンドリックス・エクスペリエンスですよ」と吹聴した次第でした。つまりエクスペリエンスは、ギター&ヴォーカルのジミヘンを中心に、英国白人のベースのノエル・レディングとドラムスのミッチ・ミッチェルのトリオで編成されたロックトリオ。もちろんロック史上の大天才ジミヘンがいてこそのロックトリオですが、まあベースもドラムスも自己の持ち場で忠実に仕事をしたからこそあのサウンドは生まれたわけです。私は一生懸命練習をすれば、ノエル・レディングのベースくらいならなんとか弾けそう、というただのアマチュアロックバンドのベーシストですが（笑）、アイバニーズという国産メーカーのSD・GRという愛用のベースを弾きながら、今回はジミヘン＝吉増さんの火の出るようなステージのバックをなんとか務めおおせたかなと、誕生した『自伝』を手に取りほっとしています。

さて吉増さんに取り憑いた円柱《エンタシス》?、膨らみのイメージ、それは気にかかるところです。若林スタジオの隅にあったという法隆寺の古柱、というのもおおいに気になりますね。この若スタの電話番号を、吉増さんはちゃんと記憶されていて（携帯電話がまだ一般化されてないころでした）、「まるで恋人の家の電話みたいだな」と感銘を受けたこともありました。それはともあれ、今回の「膨らみのイメージ」、由来するところはなにでしょう。おたよりを読み返しながら考えてみましたが、若林さんの「デイジー」シリーズ、あれは角柱の形状ですから、重なりませんんね。いや、角柱が膨らんでくるのでしょうか。あるいは、原稿用紙アート?である「怪物君」が、平面から立体へと離陸を始めようとしての身じろぎ? 謎の「膨らみのイメージ」です。(せっかく言及くださった詩誌『麒麟』のことは、また次回にでも。)

そして、「永遠のスローモーション」ですね、はい、すぐ書店に走り、佐々木中《あたる》氏の『仝《どう》』を河出文庫で購入してきました。彼のことは、やはり河出文庫で出ている『夜戦と永遠』の上下二巻で知っております。私たちの世代では浅田彰氏、その後の世代では東浩紀氏が、ポスト構造主義以降の、とても大事だけど難解な現代思想を明快に語ってくれて、「後生畏《こうせい》るべし」を実感しましたが、佐々木氏は、この書簡でも話題になりましたジル・ドゥルーズの弟子を自認しているようですから、ドゥルーズ流のポップな哲学の実践を目指すのでしょうね。知人によれば、そのトークはラップ音楽のようだ、とか。

しかし、「永遠のスローモーション」、この言葉が出てくる「自己の死をいかに死ぬか」の章、最終的に召喚されるのがモーリス・ブランショですね。ブランショと死の問題となりますと、「外」の概念も絡みます。私などは、宮川淳さんからの強い感化でブランショのマラルメ論を熟読して、「外在性が「法」の妄執である」なんてフレーズにイカレた世代ですので、「外デアルコト」=外在性にはこだわりを持ちます。ですから、ここでの彼の議論には、ちょっと待てよ、ラップでブランショを語れるのかな、と言いたくなりました。あるいはそこが、ハードロック世代とヒップホップ世代とのギャップかもしれませんが(笑)。

ともあれ、『芸術新潮』誌上での吉増さんと佐々木氏の対談、それに彼が吉増さん展の図録に寄稿したという論稿を楽しみにしています。そうでした、展覧会の最終日前日にあたる八月六日に予定される彼との公開対談も楽しみですね。竹橋での会期中のイベント、他にも大友良英氏や、こちらは若いノイズ系のロックバンドのようですが、空間現代という三人組との吉増さんのコラボもあって、全部体験させていただきたいです。では、今回はこれにて。

3 May 2016　林　浩平

林浩平先生

オソラク、コンヲツメスギテコノトコロミヘナイワクランノサカイニハイッテイタラシイノカモシレマセンデシタ、ゴメンナサイ、（恐らく根を詰めすぎて此の所見へない惑乱の境に這入って居たらしいのかも知れませんでした）。

御免なさい、I.W氏の「雛菊《daisy》」のこと、お詫びとともにすぐに加筆を……。このいまの手《ティ》の傍点ノ言語〝コ、コ、ヘ、〟が、僅かニ何処からかの声のようニ宇《う》、加《か》、微《び》、はじめていまして、林先生に、そして諸氏ご報告を。二〇一六年五月二日、みすず書房の鈴木英果さんニ八重洲B.Cの中二階*café* で〝ハイ！。とお手渡しをして、『怪物君』校了となりました、……。

〝コ、コ、ヘ、へ、……〟

仄《ホノ》……少シ、……獣《チ》語でも狂《キ》語でも鄙《ヒ》語でもないような、そう〟、もう一響き、……ヂキヒ、……〟、傍語《ソハゴ》が『怪物君』肺《ハ》腑ノ急所、難所《ナンジョ》ノ小径《コミチ》ニ、……林先生の〝早産、……〟のヴィジョンをかりて績《うま》レテ、（〝麻苧《からむし》などを押し裂きしつないでより合わせる〟（広辞苑））ト綴っていますと、機屋《ハタヤ》ノ幼き子ノ手《ティ》もまた、まだまだ働いていることを思ひ知らされ、〝ナニヲ！　オリアゲタ（モウコーリョウニシタ）タンモノ＝『カイブックン』ヲモウイチドエイカラトリモドシテモウイチド、……（何を！織り上げた（もう校了にした）反物＝『怪物君』を英果から取り戻してもう(〝もう〟(東北・中部地方などで)おばけ。子供をおどかすときに言う)もう一度、……)ト鄙語《ヒゴ》か傍語《ソバゴ》の沼気が朦朧《モーモー》ト立ちこめて、もう手に負えません。

林浩平先生は前信でじつに正確に洞察されていて、〝あらゆる出版、印刷の制度からノ逸脱orそれへノ反発、……〟がおそらく見えないあらゆる隅《スミ》ニ萌えたちはじめてイル裸子《ラシ》、……。それにツラれるようにしてその傍《ソハ》に顕って参りました、廻《クワイ》心(or回心)とも貧しい、恥かしい告白ともいえるノでしょうか誰がしましたか判然としないような決心を、――。一九六四年に上梓、(タイプオフのぼろぼろとページが脱ける本、……)『出発』以来、ホンニナッタトキニハアノヒトニ、……(書物《ほん》になった時にはあの人《ひと》ニ、という小節《コブシ》が、……(〝ひ、、ひ、……〟ノ美空ひばりみたいな節が、……)突如として途絶えてしまったのです。

慶應の村上文さんが火のようになってラッシャル『*gozo* ノート』三巻も、いまからL・Aで吉本隆明氏『日時計篇』ニ捧げる詩篇をこころみます、こちらも(高橋氏、牧野さん、吉原氏、井原さんが、……)火ノ玉ノ『根源乃手』大冊も、そうして、ほゞ十五年をかけました思潮社からの、……杉浦康平氏の名作『全詩集』五巻も、〝**著者献呈ハセズトモヨシ**……、〟と何処か奥深いところからの声が顕ッて来テイタノです。(林先生ニハお詫びを、……〝ほ、ひ、……ほ、ひ、……)〟

これも林先生の洞察ニ、……ですが、そうでした、……〝作品ハ作家ヲ関知セズ、……作品ハ作者ヲ知ラズ、……〟ハ、モーリス・ブランショでした、……。

さて、I.W氏「雛菊《daisy》」についての加筆を。さぞ戸惑ハれたことでしょう、林先生、じつハ、うらわ美術館での二〇一六年四月二十八日の*Talk*の(司会/山田志麻子さん、進行/森田一氏、ながい親友《とも》ノ鍵岡正謹氏との、……)ときニ、I.W展先行の神奈川県立美術館・葉山での繊細で隅々まで澄んだ見事な展示(朝木由香さん……)にも、府中市美術館のこれ以上は、……（故I.W師以外には成され得ないであろうような、……）I.W氏への愛をさえ感じさせた展示にても出逢うことのなかった「雛菊《daisy》」のはじめてみせる表情、……（〃表情〃で正確だと思います、……）ニ一驚をしつつ、会場のみなさまニそのみえてきかたについて、**ヒビカラキコエテクルウタゴエニツイテ**、……（**罅からきこえて来る歌声について**、……）前夜に顕って来ました夢をからめながら詳しいご説明をしたという経緯がございました。ポイントは形状や背丈等ではなくて、陶工さん方でしたら〃入《にゅう》〃といわれるノでしょう。すぐにも木場《きば》に走って古樹木《コボク》ノ〃裂《サケ》〃ハどういうのかと、（うーん、若林さんこノ〃裂《サケ》〃or〃笑《えみ》〃は、どう?）作品の心ニ、「雛菊《daisy》」各々ニ大切に深々と彫《え》られて、……いや、縫い込まれている、継ぎ目《われめ》のニ、鎌倉での展示作業の折に、……（もう、三十年近くも前のこと、……〃若林さん「二〇〇一年」ミタネ、……肯《ウン》、三回ミタ、……七十五年巴里で、七十四年新宿で……肯《ウン》、……〃という会話の脇《わき》にいた、「雛菊《daisy》」心がor魂がゆっくりト脹らむようニして、とうとう、このときうらわニ顕って来ていたということをいいたかったのです。御免なさい、飛々《トビ》の、……（トビイオ言語で、……）言葉で。

さあ、林浩平先生、この手紙がみなさんノお目ニのころ、あと十日で、〃テンランカイ〃ですね。深い、御礼とともニ。

5 MAY 2016 強羅 剛造

往復書簡6「声ノマ、コノ夏ノ、……、扉が開きます」

林浩平先生

コノような**急信**、……そうですね**速達**ということの**心躍り**、……*mail* 難民ハ、まだこんなことをいっテ、……林浩平先生との俳諧連歌の付合いにも少し似てル、コノ**遣り取り**がこれで終って、お仕舞いニなってしまうのが心残りです。コノ**心残り**乃**乾隅**《いぬいずみ》、……（西北隅。蕪村句、柚《ゆ》の花やゆかしき母屋《もや》の乾隅《いぬいずみ》）ハと、さがしていますと、サッチモ、ジミ・ヘン、……この惑星の**隅**《スミ》乃声が、（飛躍をしますが、……）そうか、……（コノ飛躍が、……）これが**声ノマ**であったのかも知れなかった。林先生とのお手紙の往来ハ、これでもうお仕舞いなのに、*écriture* 乃手ハ、お構いなしニ、この一文は脇で、傍点ではなくって、*écriture* 乃手ハ、赤字のボールペンを**メス**（*mes*、オランダ語、小刀、……）に咄嗟に持替へて、〝**g**（ゴチ *or* ゴシ。*gotique*）〟等《ト》、……指示 *or* 指呼ヲしています、……。

林先生、折角です、「麒麟サン」の貴重な思い出も名残りの一隅ニ、……。そしていただきました一文、「ジェネシス——眩惑のシンフォニック・ロック」における、馥郁たる、青春時代のこと、この名文章乃〝ブリティッシュユロックにおける**土の匂い**〟も、これもまた大切な大切な〝隅《スミ》乃声〟であったのではないでしょうか。

折も折、……（コレハ佳イ言葉ダ、……）『ユリイカ』六月号が「日本語ラップ」の特集で、わたくしめハこの方の大ファンなのですが、〝いとうせいこうインタビュー〟ニ、〝レイモン・ルーセル、……読んだだけでは気付かないようなところまでアナグラムを、——吉増注記／**踏んでたり**する〟と。うん、せいこうさん、この〝**踏んでたり**〟がめちゃ、いいなぁ、……。

ジミ・ヘン、サッチモに触れよう、……（〝踏んでたり〟の方がいいのかなあ、……）として、すっかり迷路（e-mail面白イ）の方へ入ってしまいましたが、じつは言葉乃、……というのよりも心乃瘤が心乃梶乃様奈ものめらハ、……別添乃宇宙乃手伽、……そうか〝別珍、……〟といフ忘れ難い、足袋、鼻緒があったのだが、……なんとこれ〝veleveteen〟の職人語or職人口《グチ》であったのだ、……斯くして斯《コ》うして、ココ〝**g**〟等《ト》、指呼サレつづける、**コノ夏ノ**、……宇宙べッチン、……ハ、テ、シ、ナ、シ、……。

〝**コノ夏ノ**……〟と記シマシタ、……空間現代さん（野口順哉さんが、……）が、**声ノマ**乃一場に向けて、〝「ブラウス（『オシリス、石ノ神』乃一語〝ぶらうす〟、……）」という曲を作ろうと思っています。季節は夏で。〟と、なんという、瑞瑞しくも、初めての挨拶を、保坂さん経由で送って来て下さったからでした、……。

声ノマ乃一場デハ、稀代乃演劇乃人飴屋法水氏によって「怪物君」の魂ガ燃え立つ予感がいたします。わが親友《とも》大友《ト》良英さん等ノ深い**コノ**夏ノ、……。

斯うして〝ジミ・ヘン〟の手伽、わたくしのなかに、棲みつくことになりましたといいたかったようです、……。

声ノマ……、**コノ夏ノ**、こうして、扉がひらきます。

2016. 5. 28 hakone gozo

吉増剛造様

この往復書簡も、いよいよ今回でおしまいですね。そして「声ノマ　全身詩人、吉増剛造」展がオープンです。お便りで触れられた歌仙の譬えで行きますと、今回は一巻の留《とめ》である挙句《あげく》にあたりますが、挙句は祝言でなくてはなりません。おめでたい景気のいいお話を申し上げて（笑）ピリオド、としましょう。

最初は、お言葉に甘えて同人誌『麒麟』のことを話題にさせてください。小樽の杉中昌樹さんが、二年半前でした、個人誌『詩の練習』第九号で『麒麟』特集を組んでくれて、同人五人の書下ろしに加えて、吉増さんや四方田犬彦氏、野村喜和夫氏などが懇切に活動を振り返ってくださったので、一九八二年から八六年までの『麒麟』の日々が懐かしく蘇ったようでした。でももう三〇年も昔ですね、往時茫々です。同人のうち、吉田文憲さんと朝吹亮二さんは、ずっと本誌でも活躍されているのは皆さんご存知の通りです。松浦寿輝さんは、小説に評論に詩にと、野村喜和夫氏の言葉を借りれば「あのゲーテを思わせる全方位型の大才」であるわけですが、五年前に出した短篇小説集『不可能』は、あまり評判にならなかった印象があり、それがちょっと勿体ないなと思われてなりません。もしも三島由紀夫が生き延びて、八十歳を越した平岡老人として現に存在するとしたら。その平岡老人を主人公とした短篇の連作なのですが、これは小説の体裁を借りたブリリアントな三島論でしょう。このところ大学で担当します文芸創作の教材として三島の短篇「月澹《げったん》荘綺譚」を受講生に読ませていますので、改めて三島のことを考える機会があるのですが、松浦さんのこれも学生たちに読ませたいですね、文庫化してくれないでしょうか（笑）。もうひとり松本邦吉さんとは、ここしばらく俳人高濱虚子の研究会でご一緒したりと日常的な付き合いが続きますが、松本さんが二〇〇五年に出した詩集『灰と緑』のことは、ここで改めて「名作でしたよ」と声を大にして申し上げたいと思います。『麒麟』時代とはスタイルがガラリと変わって、話者の暮らしぶりまでがリアルに浮かぶ語りくちです。人生の年輪を重ねての哀感を漂わせる、などと評しますと、むさくるしい詩風なのかなと誤解を招きかねません。いえいえ、ちゃんとボードレール仕込みのダンディズムも生きていますよ。このなかの詩篇も教材に使わせてもらっていますが、女子学生たちのなかには、「なんだか父の心を覗いたみたいです」なんて感想を寄こすものもいました。というように、松浦さんに松本さん、それにもちろん、よく電話でしゃべります文憲さんも、つい先日『三田文学』で著書の『アンドレ・ブルトンの詩的世界』を高く評価しましたよ、（笑）朝吹さんも、かつての僚友たちは現在もなお確かな足取りで歩む姿を知るのは心強い限りですね。

前回は、吉増さん、意外なことにジミヘンにご執心だった、という裏話を持ち出した次第でしたが、おや今回は、ラップですか。『ユリイカ』六月号の「日本語ラップ」特集、はい、私も読んでみました。いとうせいこうさん、この国での元祖ラッパーのひとり。彼のインタビューでの、あのレイモン・ルーセルのアナグラムとラップとの関係？、いや確かに気になりますね。（ミシェル・フーコーの『レイモン・ルーセル』は要注意の一冊で、書架の座右の書コーナーにずっと置いていています。）ただ、これは率直に申し上げねばなりませんが、私はこのラップとかヒップホップとかは、昔からニガテなのです。大ファンである映画監督のジム・ジャームッシュが撮った「ゴースト・ドッグ」は、全篇でヒップホップグループのウータン・クランのリーダーであるRZAの楽曲が流れる、いわばヒップホップフィルムで、これだけはまあOKでしたが（笑）、あとはどうもイケませんね。あのリズム、根っからのブリティッシュ・ロック人間である私には合わないようです。ですから、ヒップホップがイギリスに渡り、港町のブリストルで発展して生れたトリップホップ、これなら大丈夫です。といいますか、トリップホップを代表するマッシヴ・アタックとかポーティスヘッドのサウンドは大のお気に入りで、彼らのCDはみんな持っています。細かいジャンルにこだわるようで恐縮ですが、ロック系の音楽の話となると俄然頑固になります（笑）。

さて、いよいよ挙句です。今回の展覧会、図録の中身もおおいに楽しみですが、私は吉増さんの年譜を担当させてもらいました。拙著『裸形の言ノ葉―吉増剛造を読む』巻末の年譜作成の折にはインタビューを二回させていただき、そこから詳細なデータを得ることができました。今回も近年の足跡については詳しいメモを頂戴しました。ですから、当方の作成した年譜草案は膨大な分量に膨れ上がってしまい、結果的にはスペース等の制約もあってずいぶんスッキリしたものに縮約です。まあやむを得ないでしょう。ただ改めて吉増さんの活動史を振り返ると、面白い事実に気づきます。今年はリオ・オリンピックが開催されます（ブラジル、大丈夫でしょうね（笑））。ちょうど吉増さん展閉会の二日前の八月五日が開幕日です。八年前の北京オリンピック開催期間には、札幌の北海道立文学館で「詩の黄金の庭　吉増剛造」展が開かれてました。私も八月七日から十日まで札幌を訪ねています。そういえばホテルのテレビはずっとオリンピック中継をやってました。そして四年前のロンドン五輪の開幕日には、笠井叡さんとのコラボ・イベントの打合せで吉増さんと詩歌文学館にご一緒したというお話、この一回目の書簡で回想しましたね。さらにさかのぼれば、二十世紀最後の五輪と言われたシドニー五輪が二〇〇〇年九月十五日から開幕しましたが、この時は二重露光写真をテーマにしたNHKの大番組のロケで私がディレクター、北海道・沖縄・西表と長い旅をご一緒して東京に戻ったところでした。そんな具合に、オリンピックイヤーと吉増さんが関わられるイベント（みんな嬉しいものばかりです）、それが奇妙に平仄を合せたように連動しています。さあ、となりますと、四年後の東京オリンピックです。まあこっちのほうはスタジアムやらエンブレムやら都知事やらと問題山積で、先行きが案じられますが、大丈夫でしょう（笑）。さてそうなると、四年後、吉増さんにもなにかさらにおめでたいイベントが……とつい期待してしまいます。それは何？　それはもう、ノーベル文学賞の受賞でしょう。アメリカのニューダイレクションズからの英訳アンソロジーや全五巻の全詩集の出版、それに今回の展覧会も世界の文学シーンに向けての大きなアピールとなるはずです。私は、この半世紀において文学言語に真に革命を起こしているのは、Samuel Beckett と Paul Celan と Gozo Yoshimasu の三人だ、という持論を密かに抱きますが、きっと賛同するひとは多いに違いありません。決して身びいきではなく。というわけで、たいへん景気のいいお話で私のほうの挙句といいたします。「声ノマ　全身詩人、吉増剛造」展、明日六日の十五時がオープニング、勇んでうかがいます。さあ、新しい世界へのスタートですね。お供させてください。

5 Jun 2016　林　浩平

林浩平先生

ハジマリガオシマイ、（始まりがお仕舞い、……）*or*オシマイガハジマリ、……（お仕舞いが始まり、……）の夜の戸臍（とほぞ*or*トンムン＝雨戸）ガヒラキマシタ、……（披、裸、器、末《マ》*or*萬《マ》、肢、多、……）。はじまってみるまでは、わからなかったこと、はじまってみて、はじめて視へ手きましたことのご報告を。

冥《クラ》い、優しい、夜の杣《トマ》道に似た、巨木の根方のようなところに、椅子たちが運び込まれて、二〇一六年六月六日、午後二時過ぎ、〝都機《とき》〟の感じを少しく喪失してしまうような優しい夜の小径の一角で乃、……記者発表、加茂川幸夫館長、保坂健二朗氏によるご挨拶、展覧会の主旨と解説、説明につづいて、わたくしめも、……と立ち上ったところもとほぞ（戸臍）＝開き戸の框《かまち》乃穴のようなトコでした、……。

あの、ようこそ、おいで下さいました。あの、……へんな格好をしていてすみません、……。

こうして、恥《ハジ》、芽《メ》、多《タ》、……わたくしの挨拶も、思いも掛けない、……しかし、もう、十行前に、喩として〝優しい夜乃杣道……〟が、……その姿を、啞《ア》、裸《ラ》、羽《ワ》、子《シ》、……てもいて、驚きとともに先づそれを、……。

（いま、心読を開始しているヘーゲルのいう〝最も真なるもの〟としての〝感覚的確信〟に、このことハ近いものである筈なのだ、……）

展覧会の会場に、先づ一歩をのときに覚えた、……蔵《クラ》……半端な言葉だけれども、〝眩《クラ》〟、……（あるひは、これは、もう機械の瞳の境位に、這入って来てル半言であったのかも知れなかった、……）が誘い出すようにしたらしい記憶 *or* 印象だったのだろう、……かって、ロンドンのテート・ギャラリーでウィリアム・ブレークの作品をみたときの昏《こん》……（〝黄昏《コウコン》〟にも何かが突き当ったらしい、音、……）を想い、〝眼は変りつつ、すべてを変える〟とブレークの一言《コー》を咄嗟に引きつつ、並み居る記者諸氏に、（ときには、アサヒノアカダさんね、…と「劇中劇」の如くに……）乃語り掛けをしていたときに、愛《メ》ずらしい、……記憶の光の道が、さあ、どう表現をしようかしら、……三十三間堂の光の仏たちが居並んでいるように、……そうか、これで、肯《ウン》、昏い廊下 *or* 回廊さらには堂宇、……（「宇」はノキ、乃樹《キ》木だな…）観は、おおよそ説け（〝解け〟……）たか、……林浩平先生、ここからなんと瀧口修造先生の俤への小径《ミチ》ニ、這入って行きます。なにが、……幻ガ、…だ、フ、…。その思い掛け無いときでした。

記者発表のときニハ、ブレークの〝眼は変りつつ〟に繋げるように、……（そうか、ここに、夢の綱手が、…が、言葉の道にも働いている、……）〝言葉に言葉の透視力があるようなのです、……〟と発話をしていましたのですが、展覧会の、……耻《ハジ》、芽《め》、乃《ノ》、……夜の堂宇の隅《ミ》で不図、想い出す、……というよりも、向うから記憶 *or* 印象が立って来て、わたくし（たち）の心の扉を叩く、……の方が当っている……たしか一九七八年駒場の木造ボロ家の小生の書斎で、瀧口修造先生と長電話（ほゞ一時間位も、……）をしていましたときの、……あえかな御声、……（瀧口さんの声のこト、……）と〝いまミロの展覧会の準備をしておりまして、……〟と仰しゃられていたその会話の小道ト、そうしてホアン・ミロの灯が……夢の堂宇のごとくニ、想起、……というのよりも、みるみる夢の建立がはじまっていた、……。

みると、…… *or* みていると、……展示会場に『怪物君』たちが、イ並びつつ行列をしているのだ。横ならびニ居住まいを正しゅうしているではありませんか。ミロやクレーに倣って…というのよりも、ミロやクレーの心に添うようにしてられた瀧口さんの心の火が、わたくしの心にも居並んでいたことが、これで判ったということだった、……フッ。耻《ハジ》、芽《メ》、手《テ》、乃、……於《オ》、怒《ド》、呂《ロ》、樹《キ》木、……は、あるひは夢の文身で（刺青のこと、……）、……この夢の道の開通にあったのかも知れなかった……。ヒラクトトモニトジハジメル（開くとともに閉じはじめる）。恋のハジマリにも似ていた。そうだった、瀧口修造先生も、恋と焔の詩人だった世《ぜ》…。悼尾ニハ飴屋法水氏の劇の詩の火と水が、……ここに瀧口さんの面影が、……。こうして、建つとともに閉じはじめる夢の樹木の建立に出逢っていたのだった。林浩平さーん。

2016. 6. 10 *gozo Tsukuda*

Ⅲ　対談・座談会

一 「秘密の手紙」吉増剛造との対談

林 この八月七日までですが、東京・竹橋の近美（国立近代美術館）で「声ノマ 全身詩人、吉増剛造」展が開催されています。それに合わせて、ということもあり、今年（二〇一六年）の四月以来吉増さんの本の出版ラッシュが続いています。そしてそれらはどれも、書物というもののあり方を根源的に問う批評性を持ったものだ、という手応えがあります。

まず『我が詩的自伝 素手で焔をつかみとれ！』（講談社現代新書）ですが、今回読み返してふと思ったのがミシェル・フーコーのことです。晩年彼は「生存の美学」を問題にしました。要するに「芸術作品としての自己の生の創造」を最晩年の課題にした。これはジョルジョ・アガンベンなども言っていますが、フーコーの場合は哲学作品よりも最終的には芸術的作品としての自己の生にこだわりだした。そのことを『我が詩的自伝』を読み返して思い出し、吉増さんはご自身の生を振り返られて、作品との関連ということも全部ひっくるめたうえで生存の美学をどう捉えられているのかなと気になりました。

吉増 珍しい機会をいただいて、これまで創作の難しい、柔らかいところにご一緒して触れてきた林浩平さんとこうやってお話ができるのは嬉しいですね（笑）。ミシェル・フーコーの最終的な哲学の課題として、「生存の全体を賭けた生きることのスタイル」とおっしゃっておられた時に、ふっと考えていて、自分だったら伏せてしまうような日記の一ページの一番恥ずかしいようなところを開けられているのに、それを自分もまた曝されている傷を見つめに行くような眼というのは、まあミシェル・フーコーのそうした根源的な西欧に対する危機感と通底するんでしょうけども、林さんと大災厄の時にたまたま飯田橋のこの近くでご一緒したあの時以来、陸前高田や釜石に行って呆然として、畳が宙に舞っている途方もない、普通瓦礫って言いますけど瓦礫って言っちゃいけなくて、名付けられないような生の揃わない状態にされた生活が生じていて、そこへ行くと年賀状なんかが濡れて汚れて落ちているんですね。それをふっと拾って読んでいる。そういう傷口を曝さざるをえなかった生を迎えた人たちと同じように、日記の一ページの最も恥ずかしいようなところを開かれていても、それでもそのまんまこれを見ていただくしかない。そういう覚悟というよりも、共生状態が生じてきているような気がしますね。

それはこの『我が詩的自伝』の一番大事なところに触れるんですけれども、林さんと編集の山崎比呂志さんが作り上げた珍しい類例のないような書物に、荒木経惟さんが一九七五年に撮った私の写真を使わせてくれと言ったら、もうその瞬間にアラーキーがこれを自分の生と重ね合わせるようにして、まあ共生よりも狂生と言ったほうが近いかな、そういう反応を示して来て、「これは俺の本だ」と言う。そのくらいの意気込みでしたね。それは後で話題に出るでしょう慶應義塾大学出版会からの『GOZOノート』の荒木さんの解説の締め括りが、ほとんどアラーキーの今のところの遺言に近いような、最も彼の生の最深部に届くような発言で終わっていますよね。それぞれの本は編集者もデザイナーも全部違いますけれども、おそらくみなさんとご一緒したあの大災厄で、被害を被っただけじゃなくて、あれに対する、特にフクイチ原発事故を起こしてしまったことに対する責任が私たちにある。それを最初から作り直さないといけない。そういう心の座り方がどうやら芽を出してきてこういう本になったような気がします。

補足的に二つほど言っておきますと、吉本隆明さんの若きころの『日時計篇』を三年半ぐらいかけて書き写して、異例の吉本論を私なりに貧しいながら芽生えさせた『根源乃手』（二〇一六年）という本が出たばかりで、とんでもない姿の本ですけどね（笑）。これを終えて全精力を使いました。さっきのフーコーと繋がるんだけど、気がつくと目の前になんだか知らないけど僕にとっては珍しいことにヘーゲルの本が一五冊ぐらい目の前にあるのよ。ことに『精神現象学』。結局吉本さんの『言語にとって美とはなにか』『マチウ書試論』『親鸞』『西行論』『母型論』を読み続けて筆写し続けてきて、理解というのではなくて僕の心の底流に入り込んできていた考え方の芯にヘーゲルがある。だから敵わないながら吉本さんに誘われるようにして、これからヘーゲル、マルクスを読んでいかなきゃいけない。それが無意識のうちに起ち上がってきてるのね。林さんが今フーコーから入られたけれども、フーコーが来日して『海』で対談した時に、吉本さんがフーコーにとにかく問題にすべき哲学者はヘーゲルですよねって語りかけたの。その吉本さんの言葉が僕の中でも生きている。

もうひとつ林さんの問いの作り方でふっと紹介をしてみたいと思ったのは、ニーチェの「力への意志」。「権力への意志」というより「力への意志」なんだよね。これがミシェル・フーコーの自己の生の創造に繫がるなと思う。ニーチェがこういうことを言うんです。「生成に存在の性格を刻印すること、これが力への意志の極地である」。

翻訳の問題もあってすっとわかりにくいですよね。だけどニーチェの人間というか生成に何か、僕の言葉で言うと色をつけるとか、刺青をしていくとか、重ねていくとか、生をそこに置いていくとかそうしたことこそが、これが権力とか力というよりもそれが生なのだというふうに聞こえるの。フーコーが到達したことと、もしかするとニーチェが狂気に近いところで触ったこと。権力への意志と言っちゃうとおかしくなる。生成の生の匂いとかトーンをくっつけてやっていく。それこそが人だ、それこそが力だと。それに近いような気がしてきたの。

林 フーコーの晩年は明らかにニーチェに接近してましたよね。さて次に『心に刺青をするように』が藤原書店から出ました。そのＰＲ誌『機』に二〇〇一年から二〇〇八年までの間に八〇回連載されたものです。これはポラロイドや二重露光の写真と文章の二つがペアになりながら進行している感じがありましたが、こうして一冊になったのをあらためて拝見して、やはりいろんな意味で当時のアクチュアルな時代状況などを吉増さんはかなり感じながらこの文章を書かれているなと思ったんです。藤原書店自体、社会意識の強い出版社ですし、今は亡き編集者の津田新吾さんが、「吉増剛造は社会派詩人だ」という名言を残してますが、この連載を続けられていた時は、そういう社会性というのを意識されていたでしょうか。

吉増　藤原書店さんのPR誌の一ページに、目立たぬように七年間ひと月も休まずに書いたもんなあ。これの発端はフランスなんですよ。藤原さんはフランスの思想ととても深い関係を結ばれていて、ブルデューあるいはラクー＝ラバルト、ジャン＝リュック・ナンシーに関わっていて、まずフランスのブックフェアで出会って、その時に構想されていたのが、もう終刊しましたけれども季刊思想誌の『環』なの。それで『環』の創刊号にちょっと書いてくださいと言われた。そのころ東大の駒場に、あれは湯浅さんが呼ばれたのかな、ラクー＝ラバルトがやって来て、当時図書新聞にいた山本光久さんがフランス語できるから、彼に連れて行かれて駒場の教室のラクー＝ラバルトを囲む会に出てるの。全部フランス語だったので何もわからないながら空気を何かつかんで、フランスの哲学者の本当に繊細かつ真剣な途方もない人だなという印象があって、それでその文章を書きました。『環』のパンフレットみたいな創刊準備号ね。その辺から『機』に写真と文章で連載を始めませんかと言われたの。それで八〇回の連載の最後のころラクー＝ラバルトが亡くなりまして、その特集を『環』でやりましたが、そうした非常に思いの根が深く突き刺さっているような機縁がありました。それがひとつの原動力になって、ここでやることは大事にしなきゃいけないなと思って。しかももののすごく大事なことは、ほとんど誰の眼にも触れないような内緒のもので、それは出版不可能なものとして眠っていた。眠っているのを展覧会を機会に、よし出してしまおうということになった。だから実に嬉しいことで、それで本当は島尾敏雄ミホ論のタイトルだった「心に刺青をするように」が移植されているの。トランスプラントされてタイトルがここへ漂着した。珍しい本ですよね。だからキーパーソンが何人かいらっしゃって、まずはラクー＝ラバルト、アラン・コルバン、鶴見和子、高銀《コ・ウン》。そういう他者の思考と痕跡がここへ入って来ている。写真も二重写し三重写しだけれども、そうした呼吸の重なりがこの本の特徴ですね。

林　そこには、やはりそうした「他者の思考」を受け入れようとされる吉増さんの中での一種の社会性が入っているなと思うんです。

そして次の三番目の『怪物君』。これは六月六日が刊行日で、ちょうど展覧会のオープニングの日付です。この本は例の3・11を受けて朝日新聞の赤田康和さんの依頼で始まった連載ですね。これは本当に最初から果たして活字化できるかという問題性を持っていて、書物化不可能な永遠の草稿状態の詩、と言いましょうか、それを目指した試みだったと思うんです。それがみすず書房というアカデミズムを代表する出版社から本として、いわゆる読めるかたちで一冊になったわけですが、書物化させたことについての今の思いはいかがでしょうか。

吉増　これはいろんな言い方をみなさんにしていただきたい題材で、必ずしも私が最適任者ではない気もしますけれども、私なりにご説明できることをいくつか申し上げておきますと、まさにおっしゃったように書物化を拒むかたちでの、まあ草稿というよりも手控えというか、雑草状態というか、雑記状態というか、そういうものが赤田さんの要請によって朝日新聞の電子版のインタビューを受けて石狩河口で書き始められた。書き始めると、下手な詩人ですけれども本能的に何かコアを作ろうとする。そこでポール・ヴァレリーやソシュールの考えを引っ張って、言葉と音の間の雲のようなところを捕まえてまずはスタートさせました。「詩の傍(côtés)で」というね。そうしているうちに止まらなくなってしまって続いていくうちに、一年後に吉本隆明さんが三月十六日にお亡くなりになった。とても御恩があったので、吉本さんの『日時計篇』を書き写すという段階に入った。それが『根源乃手』になっていくわけですけれども、そこから三年半、本にならない本、詩ではない、絵画でもない、書でもない、しかも裏側になってくるもの。それは若林奮における彫刻に接してきたこともあって、幻の彫刻家に私自身もなっていっている。そうしてある所まで来て展覧会を目指すということもあって六四六枚で止まったんです。その一連のそれは「怪物君」という大蛇のような草稿というか雑稿状態で、本にしたいという気持ちはそれほどないんだけれども、その一部分を編集者と協力して雑誌の誌面にまず載せてみたいという気持ちは非常にあった。しかもそれが詩の雑誌ではなくて学術書、レヴィ゠ストロース、デリダ、そういう大事な本を出し続けているみすず書房の、しかも縁がある津田新吾の連れ合いである鈴木英果さんに『みすず』のページをくれないかって頼んだ。

林　吉増さんの方から依頼されたのですか。

吉増　僕が頼んだ。『みすず』の誌面に載せたいって。あの雑誌らしい雑誌に、できるかできないかは別にして、一回三〇頁で三回か四回やらせてみてくれないかと。私自身も雑誌編集者でしたからね。だから本に対する何かはなくても、まず雑誌上に姿を映してみたい。そこで全力を尽くしてみたいって。そうしたら守田省吾編集長がオーケーを出した。途方もない努力をして、尾形邦雄氏まで手伝って。だから雑誌上で「怪物君」の姿ができるまでが大変だった。まずは起こしが大変じゃないですか。読み取りが。『みすず』誌上に載せる校正状態にまで持っていくのが激闘でした。僕も安原顯と一緒に『海』で一千行三部作をやった時には、やっぱり大日本印刷で激闘しているんですよね。あそこが戦場になる。したがって書物になる以前に、編集者とその現場でどういう決死の非常時を作るか。それがこの「怪物君」の第二ステージで、「怪物君」のおそらく最初の百枚ぐらいまでが本になっている。それから次の二百枚目ぐらいが『根源乃手』になって、そして展覧会のための最終部分がクレーかゴッホかミロみたいになっていって美術館に出しました。

その間に三百枚ぐらいまだ余っていたんです。どうしようもないものが。それを束にして保坂健二朗氏に、これ余っちゃっているから展覧会で五〇メートルの廊下をインスタレーションする飴屋法水さんに渡してって。飴屋さんはどうやってもいいからって。飴屋さんは会期一週間前まで悩みに悩んだらしい。それで渡す時に「飴屋さん燃やしてもいいよ」って言ったの。最終的に彼はそれを石狩河口まで運んで、悩みに悩んで普通にやったのでは駄目だって。それは僕が最初に言ったように生が途中で曝される、もう非常時性なんて言ってられないな。そこでもう身を開く以外にないの。そういうふうにして、よし、吉増が燃やしていいって言っているんだったら石狩河口で向こうに渡してやろうって。僕がひとつだけ言ったのは、何か記録に残してくださいねって。だからそれが映像に残っているわけ。保坂さんの言い方を借りると、「吉増が作ったはずの『怪物君』が燃やされている。すべては幻のようでいて、その現場を支配しているのは冷静さだけだ。あるいは理性を目指す狂気だ」と。僕の言葉で言うと、その時初めて竹橋の東京国立近代美術館の出口ができた。すなわち向こう側からの入り口ができた。そういう出口であり入り口である私たちが見つけなければならない、生まの生の見つめられ方があそこで出たのね。そういう膨大なものをこの『怪物君』は背負っています。それは本を作った編集者たちも意識している。もうひとつだけ簡単に言って、大変な編集者である守田省吾、尾形邦雄氏とともに、まあみすず書房に対する敬意もあるけどね。あそこで出した瀧口修造さんの『余白に書く』。あの姿が初版は縦型なんだよね。あの縦型を何とかしたいと。瀧口さんはおそらく無意識のうちに与謝野晶子の『みだれ髪』を意識しているんだろうな。しかもそれを少し柔らかくしている。そういう本造りをいたしました。

だいたいこれで言えているかな。

林 「怪物君」というコンセプト自体がついに原稿から離れちゃって、文字が書かれた上に水彩絵の具を含

んだ筆が走って、それこそアート作品になり、さらに燃やされましたか。(笑)

吉増　筆で描くなんていうことは一切していないのね。主にはなるべく上からインクを巨大な雨のようにして降らすんです。ジャクソン・ポロックのドリッピングと言っているけれども、もう少し天地の機構みたいなものと関係があるな。音も聞いているからね。

林　その結果、書かれた文字がグジャグジャになって、さらにその上から筆の柄で引っ掻いて原稿を壊しちゃう。そのうえに飴屋氏が燃やしてしまう、となると、これは書物をめぐる大格闘で、最後は結局、草稿とかアート作品とかいう制度を炎が燃やし尽くしてしまう。ノモスをピュシスが打ち破ってしまうという例の大厄災にも似た状況を生んだわけなのですね。それがこの「怪物君」の正体でしたか(笑)。

ところで、この「怪物君」の文字の問題です。草稿状態のままなら、とても文字をちゃんと読もうとしなかったでしょう。それがみすずさんのお陰で活字化されて、初めて読めた。すると凄いフレーズがいくつもあるんですね(笑)。ここです、一一三頁。たとえば、「一足一足が神の呼吸の痕跡」とか、「こうして「詩作」とは、詩囊(しのう)の袋をたずさえて行くことをつくること」とか、みんな名フレーズですよ。

吉増　いま林先生が見事に指摘してくださったのですけど、僕がこだわっているデリダの「コーラ」みたいな姿、幻の子宮みたいな感じですよね。あるいは、「ひ」という字。この姿を文字で綴ったのが、いま読みとってくださったものですよ。

林　ここは意味の強度がすごくあって、迫ってきますよ。

吉増　この絵文字というもの、こんな小さい字で書いてゆく時に出てくるヴィジョンなんですよ。眠っている言葉の姿かたちと表情が出てきたんだね。

林　いやあ、びっくりしました。本になったから、ついに読めました(笑)。

また話題を変えますが、『怪物君』にいたるまでのプロセスとして、吉増さんが始められた「裸のメモ」あるいは「佃通信」とかいろんな名前がありましたけど、ようするに講演とかレクチャーの時にカラー印刷で配られる細かな文字のテキストですよね。あれが持っている力というのは大きいと思うんです。それをこの前の『図書新聞』での早稲田大学で吉増さんの授業を聴いていたみなさんとの座談会のなかで、「配られたプリントは私個人に吉増さんから送られた一枚じゃないかと思い、その嬉しさにわくわくして読みながら授業を聴いていた」という発言がありました。ああ、なるほどと。これがいままでは「怪物君」になって、さっきうかがったようなプロセスで最後は燃えてしまった。この一連のエピソードは、それこそブランショ流の『来たるべき書物』をめぐる大変な問題を吉増さんは出されているんじゃないかと思うんです。

吉増　今お話を聞いていて、「裸のメモ」を受け取られた方が自分に向けられた手紙だと思われるというのにちょっとハッとした。僕は昔から日記よりも手紙を書くのが非常に好きな人なの。初めて出したエッセイ集も『朝の手紙』だし。いわゆる私小説と言ってしまったり書簡体と言ってしまったら消えてしまうような手紙性というのが、このちょっと異様な書き手に初めから居座っているような気がする。

僕自身は、フロイトの「マジック・メモ」をデリダ経由で捉えて、あるいはジョン・ケージの原稿用紙のこだわりと、それから彼の曲想みたいなものへの共感とかいろんなことを考えて、あるいは対ジャーナリズムに決してそぐわないような、そういうまったく文字産業、文化産業から遥かに逸脱するために書くなんていう理由づけをしているけれども、もしかすると今おっしゃってくださった手紙性。たとえば『根源乃手』の「手」はハンドであるよりも手紙の可能性のほうが強いかもしれないな。それにちょっと気がつきますね。あんまりそれを深追いしないようにしていきますけどね。若いころ、二十歳ちょっとの時に、岡田隆彦、井上輝夫と手紙のやり取りをしていて、岡田が「お前は詩の才能はないけれど、手紙は珍しい才能があるな」なんて言っていた（笑）。だから何かそこに一貫するものがあるのかもしれませんね。自分でも分析できない。面白い問題が出てきた。あるいは、『瞬間のエクリチュール』という奇妙な本が出ましたけれど、これはいろんな理由をつけて、もう今はなきポラロイドという不思議な真四角の写真が出てきて、一五秒ぐらい経って映像が現れて、そして黒い鏡面というか暗黒宇宙みたいな鏡に向かって四百字一枚ぐらいの原稿を修正不可能な感じで書いていく。これもまあ絵葉書というよりも誰かに向けての手紙に近いな。その手紙の複製不可能性。手紙の持っている複数ではないけど絶対的複数であるようなそういうものの、林さんが「裸のメモ」を手紙性と考えられたことによって、この『瞬間のエクリチュール』のある面は捉えられるかもしれない。

林　次に『GOZOノート』ですが、これが六月十五日の刊行で、これだけはいわゆる書下しではなく、かつてこれまで吉増さんがずっと書かれてきたかなりの分量のエッセイ、散文を三つのテーマに編集し直したかたちです。これをこうやって手にして感じたのは、結局、吉増さんは常にずっと何かを書いている状態を続けられていて、編集部からリクエストされた時にすっとそのテーマでいろんな文章が生まれていく。「書くことが生きることである」と言いましょうか、そういうことを実感したんです。以前私がディレクターでご一緒した山頭火のドキュメンタリーの時に、吉増さんは「山頭火さんというのは「書く人」なんですよね」とおっしゃったんだけど、吉増さんもまったくそうだな、と思いました。

吉増　それもまたさっきの手紙性と繋がるとても大事なご指摘ですけどね。ちょうど一昨日第二巻の「旅」のみごとな解説を書いてくださった長野まゆみさんとジュンク堂で対話しましてね。とても面白かった。新しい解説者が書いていらっしゃるものを光源にして読みますと、私が書いたものだけれども竹橋の会場で日記を読むのと同じで、全然違う光に晒されてくるような感じがしてとても新鮮なのね。これは大変な才能の持ち主だなと思いますけれども、この本を計画したのが『詩学講義　無限のエコー』を編集した慶應義塾大学出版会の村上文さんなんです。その人と相談しながら並び替える時に、ちょうどドゥルーズのＤＶＤ『アベセデール』を見ていて、ドゥルーズが質問に答える時にＡＢＣＤ順に答えていくの。最初は「アニマ」なんですよね。面白かった。それを見ていて、ああこのかたちは素晴らしいなと思ってさ、よし、並び替えるんだったらこれで行こうって。それで「、、、、」や「（　）」で始まるやつはＡより先に出しちゃえって。そうしたらトランプの札のようにすうっと並び変わった。それがとても新鮮だったのと同時に、これも村上さんのアイデアだけど、詩を投げ込んでいるのよ。未発表の詩を。印刷した詩を栞のように投げ込んでいる。しかもこれはフランスのガリマールで出るはずの、死んだばかりのアラン・ジュフロワの追悼で送ったような詩の原稿を入れている。だからね、試みとしてはまったく『怪物君』とも『根源乃手』とも違う、ちょっとわくわくするような本なんですよ。

この『ＧＯＺＯノート』は「ノート」って付けているじゃない。これは『怪物君』の「君」とも繋がるんだけど、永山則夫さんが死刑宣告を受けて牢屋に入ってから文字を覚え出して、ものを書くようになって大変な読書家にもなって小説家にもなっていく。その永山則夫さんが自分の雑記帳を「ノート君」と名づけた。秋山駿さんもそのノートに非常に感心していたし、僕自身も、さっきの手紙と繋がってくるな、この「ノート」というのがいい。さっきの雑記というのとも繋がる。草稿とも言えない。ノートなんだよ。このノートに「君」を付ける。永山の野郎やりやがったな（笑）。だからこの「君」というのは蕪村からも来ているし、永山則夫からも来ている。こういう違う宇宙からふっと浮かび上がってきた。おそらくここへ来て、編集の現場のとても深い知恵が、インスピレーションが戻って来たと言えると思います。それはこの展覧会のカタログにも言えてね。こんなみごとなカタログを作るなんて。これはどちらも服部一成さんが装幀者です。そうしたことが起きていますね。面白い。

林　そして七月十五日が発行日の『根源乃手』ですね。これまた大変な力作で、巻末に詩稿がカラー版でそのまま収まっている。響文社さん、よくぞ作ってくれました（笑）。手書きの罫線をベースにしたデザインも秀逸です。吉増さんがおっしゃっている「言語外ゲンゴ」あるいは「言語外記号」ですか、それは結局、言葉以外のすべてのいろいろな要素がここに入るのかなと思うんですが、これを導入することによって、言語という制度自体の内部解体をずっと推し進めているんじゃないのか、と思いました。言葉に対する異議申し立て、ということですね。実はこのことは、私が昔書いた『裸形の言ノ葉』の中の「臨界点のエクリチュール──『ごろごろ』考」で結論として言っているんですけどもね。結局、詩とか文学言語というよりも、もう言語自体の在り方に対する異議申し立てを吉増さんは始めてしまったのではないのか。これは大変大事な問題ではないかなと思ったんです。

吉増　それこそ手探りで、毎日毎日罫を引っ張って習慣を作り出して文字を写すということをやっていて気がつくけど、罫を引っ張ってるというのはそれは言語外記号ですからね。これは吉本さんに引いた罫だけれども、吉本さんがどうして罫を引っ張ったかは誰も答えられないかもしれないな。吉本さんの詩や文章を読んでいって推薦文を書いた時に、その手技に気がついて、「根源乃手」というヴィジョンに出会ってこれがスタートしたんですけど、それを反芻しているうちにふっと気がついた。言語外符号というのは北村透谷が明治の初めに狂っちゃったようにしてあの爆発的な生命と天才でもって書いていた時に、当時点や丸はなかったんですね。どこか上海や香港から字母を運んで来たんだよな。透谷における白ゴマ点とか点の二度、三度打ちというようなことに僕は昔から関心がある。林さんは折口信夫の専門家でいらっしゃるけど、僕の折口は彼の傍線から入っている。それからヘルダーリンやツェランなんかにもある。ヘルダーリンだって三つエクスクラメーションを付けたりするし。それからさらに言うとエミリー・ディキンスンの中に眠っているのは、あれは人に見せなかったけれども非常に乱暴な線なんですよ。だからそこまでもう言語と言ってよければ、言語外符号と言わなくてもいいんだけれども、そうしたことを追っかけて行くと、どうやら吉本隆明さんが毎日毎日書いているあの少女の丸文字みたいな字と罫の間に潜んでいるなというところまで嗅ぎ付けて、そして最終的に『固有時との対話』の中の一篇に照準を絞って解析を続けていったら、あっというところに点をぱっと打っているのね。吉本さんは吉本さんで何かおっしゃるかもしれないけれど、僕はここそが吃音とも驚嘆ともつかない鋭い深いところからの打響《だこ》。この打響こそが詩人の原点だというところまで行きました。だからあるところでは僕の中では確信犯に近い。ある種の発展の途上で言語外符号に行ったんじゃなくて、最初から潜在しているものとしてありました。

林　そしてこの本の序詩では「根源乃手」を「根源乃咽喉《のんど》」と言い換えてもよかったかもしれなかったと。

吉増　それは吉本さんが『母型論』のなかでおっしゃることですけれども、かなり鋭く石川九楊さんと対立しているところがあって、やすらかに話していらっしゃるふりをしているけど、いやあ文字なんて言っているけど問題は咽喉なんだよ、なあなんて言うのね。内臓から出てくる手みたいなもの。そんな文字の問題なんかだけに絞るわけにいかないと。だから一種の内臓言語論でもあって、手が咽喉から出てくる。その手が問題だと。

林　そこで内臓言語にも通じてきて、今回の声の問題にも通じて来てということですね。

吉増　そう。非常に太いところで、計り知れないような時間から届いてくるような手とか咽喉とか音を聞いている詩人だな。そういう当りが僕にはある。

林　九月にアメリカのニューダイレクションズから吉増さんの訳詩集が出ますが、この出版社はエズラ・パウンドが関わっているんですね。『Alice, Iris, Red Horse（アリス、アイリス、レッドホース）』。吉増さんの英訳詩集なんですけれども、その中心となったフォレスト・ガンダーさんが先日お見えになってイベントがあった。吉増さんが日本語で朗読されて、それを翻訳されたみなさんが英語で同時に読むという、大変スリリングなパフォーマンスなども行われました。あの現場に私もいて、今はポエジーというものが、次元が変わってこんなところまで来たのかと実感しました。これまでは詩をめぐる通念として「ポエジーはエクリチュールだ」とわれわれは確信していました。特に八〇年代、先輩である稲川方人さんや平出隆さん、僚友である松浦寿輝さんたちが、圧倒的な詩篇を次々と書いていくのを目のあたりにして、詩とは「書かれたもの」だと信じていましたが、ここしばらくエクリチュールとしての詩がどうも瓦礫状態になってきたというか、吉増さんの今回のこの試みでポエジーというものがまったく新しいかたちをとりだしたように感じました。もちろん「書かれたもの」であるんだけども、内臓言語でもあり、声でもあり、身振りでもあり、それからベンヤミンが「翻訳者の使命」でいうような「翻訳行為」を通過したものでもあって、いろんな要素がわあっと混在したものになっているんじゃないか。そういう実感を持ちました。

吉増　やっぱりそうした積み重ねというか折り重ねがあるなと思ったのは、たとえば吉岡実さんと土方巽さんは一種の刎頸の友だったじゃないですか。土方も発語しながらやっていた。それを約三〇年前から、喧嘩状態ながら私も土方さんの言葉をそれこそ筆耕するようにして、文字の踊りに換えて、そういうことを積み重ねて、それを読んだ方なんかが劇作家なんかになっているような時代になってきている。それと林さんと同伴しながら大野一雄さんと一緒に何か体を付け合うようなことも通過してきて、そうした境界を超えることも遥かに超えてしまって、翻訳も次の段階に入っている。

もうひとつキーになる言葉を出すと、吉本さんの内臓言語、あるいはノートに近いけれども、あの時僕は、お能の発声というのはこういう呼吸なんだよって言ったでしょう。そうした呼吸音や肉体の胎動をそばにいて聞きながら、その場で黙読するというよりも、そのそばに、お能の発声というのは始まりの時の呼吸音、それさえも出そうとする試みになってきている。だからそれは今お話ししながら名付けると、もちろんパフォーマンスでも朗読でも、いやいや、芸人的なところも無きにしもあらずだな。その芸の根源に近づこうとするような、あるいは世阿弥たちが考えたところに近づこうとするような、そうした特に呼吸、それから別の身体。これはアルトーの言う器官なき身体の方に血を流そうという、そういうところへ世代が新しくなってきた。ものすごく翻訳は大変ですよ。だけど翻訳が大変だけれども英語の使い手も立ち向かうようになって来て、これはもしかすると最初に申し上げた五年前の大災厄の、本当にもう逃れようのない傷をそのまんま見つめるというところに近いかもしれない。そういう呼吸が出て来た。だから呼吸のついでに、もしかするとこういうふうにしながら詩を書くことがありうるかもしれないねと言ったじゃない。

林　竹橋の吉増さんのパフォーマンスの時、「朗読しながら詩を書けるな」とおっしゃったのでびっくりしました（笑）。

吉増　あの時は『怪物君』の最終章を読んでいて、浪江で廃屋になった海辺のところに行って、もう針金なんかがむき出しになって音を立てているのを見ている時に、ふっとこの線の罫に「君」を付けて「罫君」と付けた。これに「罫君」と付けるなんてと朗読しながら考えていたわけ。それで「罫君」と言いながら「畳君」なんて言っちゃった。だからそうした、永山則夫さんあるいは蕪村の北壽老仙を悼む「君あしたに去ぬ」というあの「君」だよね。あるいはもっとも大事な女の人に呼び掛ける「君」。その「君」が「罫君」というふうにして読みながら出てきちゃった。

『怪物君』の校正状態というのは激烈なものですからね。担当の鈴木英果は二度、三度倒れたというけれども、こっちもギリギリの一晩か二晩で完成稿に持っていくわけじゃないですか。その詩作の状態と、伊藤憲監督の『怪物君』というドキュメンタリーフィルムを作る、その現場の手控え、雑メモ性がこの体内に残っていて、それが「罫君」と言わせせちゃうんですすよ。

林　今回の展覧会とそれをめぐるイベント、それからこれらの刊行物、そして今日のこの場も含めて吉増さんはますます先に行かれているなと実感します。私が九年前に出した『裸形の言ノ葉』の段階では、いわゆる近代ヨーロッパ的な詩的価値というものに対する疑問符を吉増さんは投げているという結論だったんですが、いまはその先に摑もうとするものを手繰り寄せ始めているのではないでしょうか。

吉増　その辺が少し微妙に変化してきていて、必ずしも学問的な精密さを伴ってはいないだろうと思うけれども、「声ノマ」のカタログに書かれた哲学者の佐々木中さんと対話した時に、彼はドゥルーズ、ハイデガー読みですからハイデガーのことを聞いたの。死の覚悟性ということをハイデガーが言うんですけど、それをもとにして考えていくように人間というのはできていると。どうもあのハイデガーの死の覚悟性というのは眉唾、あんまり面白くねえなあと言ったら彼もそう言ってた。僕もハイデガーの細かいところはとっても好きだけれども、死の覚悟性というのへ持って行くのはおかしいなと考えていて、キルケゴールもそういうところに行くんだけれども、どうもそれはどっかでおかしいなと思っている。僕もキルケゴール、ハイデガー読みなのにそういうふうに思って来ている。それでなぜ詩に惹かれるかというと、詩はそういうところを突破するところがある。たとえばエミリー・ディキンスンに、あの人も教会になんか行かないような人だったんだけれどもね。〝to die without dying〟（臨終なしに死ぬこと）それが生に対して差し出されたもっとも大事なことであると。僕はそれはわかる気がする。その臨終というのはいわゆる社会の制度や教会みたいなものだよね。他者が介入してくる。そうではなくて〝without dying〟、臨終なしに死ぬこと。僕はそっちの方にそれを差し出しながら、私たちがもっと普遍的に持たなければいけない死ぬことというのは〝without dying〟、臨終なしに死ぬこと。そういうところへハイデガーやキルケゴールを読みながら批判的に辿り着き始めているということもありますね。もちろんキルケゴールも読むし、ニーチェも読むし、ハイデガーも読む。僕自身洗礼を受けているからキリストの影は射している。でもしかしもっともっと豊かな、林さんとの往復書簡でも引用しました。永遠のスローモーションみたいなね、そうした美とも言わない、そこでもう一回戻ってくるとミシェル・フーコーになり、そうした生のもっと深い膨らみみたいなもの。そこと詩というよりも美と言ったらいいのかな、生と言ったらいいのかな、それが繋がっているというところに、おずおずと少しずつ近づいて来ていますね。

林　なるほど。生の膨らみ、ですね、大切なのは。まったく同感です。

二　舞踏の身体と〈声〉――笠井叡、吉増剛造、林浩平

「舞踏言語　吉増剛造との三日間」イベントトーク

笠井叡による「熱風」朗読をめぐって

林　笠井叡さんの熱演が終わって、会場全体がステージの余韻に浸っている、って感じなのですが、進行表に従わないといけません（笑）、吉増さんとお話を始めていきましょう。笠井さんには着替えが終わってからこちらに加わっていただきます。さていまの舞台、笠井さんが吉増さんの詩集『熱風　a thousand steps』から標題詩篇をご自分で朗読して、その録音を再生しながら、また笠井さんご自身が撮影された動画映像を流しながら、ソロを踊られたわけですが、意外だったのは、標題作を読まれたことですね。ここに収められた詩のなかでは、「絵馬、a thousand steps and more」、こちらのほうが核になる作で、吉増さんもこれまで、この「絵馬」を朗読されてきましたよね。

吉増　そう、『熱風』を読まれる、と聞いたんだけど、このなかのどれを読まれるのか気になったのね。それで昨日の夕方、六時半ころだったけど、ご自宅に電話を差し上げて、笠井さんにうかがってみたのね。すると、一九七九年に出て、吉増さんが贈ってくださった詩集『熱風』から「熱風」を読みます、と仰った。僕は、「絵馬」か、「揺籃」かと思ってたからビックリしたのね（笑）。やっぱり書いた本人というのは、不出来のものは知ってるのよね。これはあんまりうまくできてないな、って。でも、いまこれをご自身が朗読されるのを

聴いていて、そこからダンスを見ていて、これまで経験したことのないような情動を感じていて、整理ができないような状態ですけど、なぜあの作品がうまくいってないのか、ということと、どうしても書きたいと思ってた、心のかけらみたいなのが突き刺さってるのがわかって、一種異様な感じで、そこに座ってました。

林　ほう、そんな大きな体験でしたか。

吉増　もちろん私は静かに座っているつもりで、パーカッションみたいなことをやるつもりはなかったのに、身体の奥底で不足している棘みたいなものが動き出しちゃって、いくつかそんな瞬間がありました。しかし、こういう経験はまったく初めてです、まったく初めて。

林　そうでしたか、「熱風」体験ですね（笑）。

吉増　林先生は、精密な詩の読み手であり、さらに身体表現の世界にも精通されていますから、どうですか、この舞台の成立の具合をどうとらえたか、まずうかがいたいと思います。

林　私は、『裸形の言ノ葉』という吉増剛造論を一冊書いていまして、吉増さんの専門家を自称していますので（笑）、作品についてはは細かくフォローしてきたつもりなんですが、いまの舞台で、「熱風」という詩について、いくつかの発見がありましたね。始まりのところ、「入口の薬蘭が囁く、――／どこ行く、」というのは、当時吉増さんがいらした駒場の住まいから、夜の散歩に出るときの様子ですよね。そこでなんだかすうっと、当時の吉増さんの身体のイメージが浮かんだように思ったんですね。このころの吉増さんは存じ上げてはいないのですが（笑）。それから、そう、ＮＨＫのラジオ第二放送の気象通報ですね、「石垣島デハ、北北西ノ風、風力三、クモリ」なんてフレーズが出てきますが、こういう外部の声とか音をテクストのなかに取り込もうという試みだったなと気付きました。そしてここですね、「おそれさんのカラスよカラスしもきたのカラスよカラス／いたこちゃんの」というくだり、当時吉増さんは、下北半島の恐山によく通っていて、いたこのなんとかさんに会っていたんですよね。

吉増　そう、間山たかさん、だね。

林　そうでしたね。それから聴いていて耳に残ったのは、「霊魂をからだから出し」というところ、「霊魂」という言葉が繰り返し出て来るのですよね、キーワードのように。

吉増　うん、これは『熱風』の三つの作品に共通していて、「霊魂を肉体から出し、肉体を空《カラ》にしたら」というところね。

林　ええ、「絵馬」にもありますよね。だから笠井さんがこれを朗読されたというのは、詩のどこか霊的な主題に感応されて、これを選んだのかな、なんてことも思いました。

吉増　僕は途中から目をつぶって、舞台を観ないようにして音だけを聴いていましたけどね。それがとても面白かった（笑）。すると笠井さんが非常に鋭く反応している箇所が三箇所くらいあった。そこは恐山のカラスが出てくるところ、死のイメージが出るところだね。それと、これは当時あった事件ですが、皆さん憶えていますかね、ある大会社の社長さんが誘拐されて、見つかったのが、緑のアウディーのトランクからだった。それから七十九歳のおばあちゃん、僕も七十九歳だけど（笑）、そのおばあちゃんが亡くなったという新聞記事に僕は非常に反応していた。それに笠井さんも反応してらっしゃる。そこに僕は胸を突かれた。それにはこっちは作者だからさあ（笑）、詩のボディ全体がズレてるってのもわかるのね。それと詩を作ろうと思った動機と、それがうまくいかなかった亀裂が同時に立ち上がってきた。しかし笠井さんはそれに非常に反応をしている。驚いたのは、後半部分で笠井さん、吉岡実さんのことを出したのね。（笠井が舞台へ。座談に加わる。）どうぞ、どうぞ。吉岡さん、戦争中は中国戦線に兵隊さんで行ったのですよね。そこらへんのところが、あの詩の持っている、まだ戦後を引きずっているような、説明のし難いものが、笠井さんを通じて出てきた。

林　吉岡実さん、熱心な舞踏ファンでしたが、そのお名前がいきなり登場しましたね（笑）。

吉増　もし僕があれを朗読したら、とてもあんな情動を作り出すことはできないよ。笠井叡さんという稀代の舞踏家の身体を通じて、初めて出てきたね。なんとも奇妙な経験をしましたよ。笠井さん、凄かったですよ、凄かった（笑）。

笠井　どうも、お待たせをしました。

林　吉岡さんのことは、朗読した声じゃなく、この舞台で即興的に出されたわけですね。

笠井　吉岡さんとシベリアのことを思い出しましてね、吉岡さん、兵隊では馬の飼育係だったのですね。凍った道を馬が歩くので、馬の足に鋼鉄のアイゼンを取り付けることをやったわけですよ。それで氷の上を馬とともに歩くのがとても恐怖だったって、詩に書いてあったのを思い出しました。吉岡実さんと吉増さんとは、同じ「吉」で始まりますからね（笑）。

吉増　吉岡さんが世話をした馬の名前まで、僕は憶えてますよ、「クサマン」って言った。「だけどさ、君、馬はバカだからね」なんてことも言ってたな（笑）。しかし、軍馬の世話をした吉岡実ってのは、やっぱり凄いんだよ。その吉岡さんが、三島さんよりもほんとうにもっと笠井叡を大事にした、そういう愛情みたいなものが、あそこに出ていたね。だから僕はそれを聴きながら、どうしてオレはそういう情動を自分の詩のなかにぶち込まなかった、と思った。「熱風」のなかに、「死に場所」とか「からす」とか「恐山」とか出したけど、笠井さんのように、自分を愛してくれた詩人のほうに自分も行くべきだった、そんな複雑なことを考えてたな（笑）。

林　それは、いやとても複雑ですね（笑）。あの、笠井さんが、「熱風」を朗読に選ばれたのはどうしてでしょう？　一般的には、「絵馬」があの詩集の代表作とされますが。

笠井　ひとつは、この夏が異常に暑くて、「熱風」が吹いたみたいだったからですね（笑）。

吉増　なるほどね（笑）、それはそれで非常に正確な選び方だと思いますよ。

吉増剛造と笠井叡の接点と共演史

林　「熱風」の夏だったから、ですね（笑）。ところで、おふたりの接点といいますと、ちょうど五十年前ですね、一九六八年の八月に、笠井さんの最初のソロ公演の『稚児之草子』が厚生年金会館の小ホールで開かれたのを、吉増さんがご覧になっている、それからですね。客席には、三島由紀夫と瀧口修造がいた、というのが文化史として大きな意味があるでしょうが、そこにはまた吉増さんもいらしたわけです。当時おふたりの交友はおありだったのですか？

笠井　ほとんど接触はなかったのですね。ただ吉増さんが、詩集を出版されるたびに送ってくださるので、そういうつながりはあったのですね。

林　吉増さんも、笠井さんの舞台はご覧になっていたのでしょうが、おふたりが初めて舞台で共演なさるのは、二〇一〇年まで待たないといけませんでした（笑）。その年の六月一日に大野一雄さんが亡くなって、そのしばらく後でしたね、慶應の日吉キャンパスでコラボレーションされた。これが実に感動的なパフォーマンスでした。大感激しました。でもあれ、前もって打ち合わせして構成を決めた、とかじゃなかったそうで。

吉増　構成なんて全然考えないよ（笑）。

笠井　波長が合うなって感じがあると、その波長のままでやっちゃうんですよ。下準備というのはなかったですね。

林　そうでしたか、いや実に素晴らしかったです。それで私、もう一度おふたりの共演を観たいと思い、勝手連ふうに（笑）、共演の舞台の企画書を作って、NHKから各美術館や文学館に売り込んだのですね。すると岩手県の北上市にある日本現代詩歌文学館が手を挙げてくれて、二〇一三年に実現できました。ちょうど東日本大震災から二年目で、震災復興をテーマにした企画展の関連イベントとしてでしたが、開催したのが二月、雪がまだかなり積もっていて、東京からも遠いということもあり、おふたりの顔ぶれなのに、お客さんが多くなかった、というのが残念でした。

吉増 今日お見えになってる伊藤憲ディレクターが、これをCSテレビの番組にしてくださった。そして笠井さんは翌日に伊藤さんと一緒に、震災の被災地の陸前高田に行かれて、あの海岸で舞われましたよね、そういうことがあったたな。

林 伊藤さんの作られた番組は私もヴィデオで拝見しましたが、あの笠井さんの荒れる海岸での舞踏というのは、大震災の死者への鎮魂の舞であるとともに、洞爺丸事故で亡くなった笠井さんのお父さまの供養の舞とも感じましたね。津軽海峡も遠くないでしょう。そうだ、今日九月二十六日が洞爺丸事故の日ですよ。

笠井 そういえば今日は親父の命日ですね。

林 そういうこともあった北上でのイベントでしたが、あれはもう五年半前ですね。あの共演は、講堂の舞台ではなくホワイエを使ってやったのですね。このときはもう、笠井さんはどんどん言葉を発声されるし、吉増さんは半分大野一雄さんになってましたね（笑）。

笠井 そうそう、あのときはもう踊ってらっしゃいましたね。だからダンス・デュエットみたいな感じでした。

「別の声」の問題

林　ところで、吉増さんと笠井さんおふたりには、共通する問題意識として「声」のことが挙げられるのですね。吉増さんの一昨年の近美（国立近代美術館）での展覧会は、「声ノマ　全身詩人、吉増剛造」というタイトルでしたし、ついこないだ終わった松濤美術館でのものは、「涯テノ詩聲　詩人吉増剛造」というタイトルでした。両方に「声（聲）」が付いています。吉増さんの世界を集約する際のキーワードがこの言葉だからでしょうね。いっぽうの笠井さんも、声の問題には大きな関心をお持ちです。『カラダという書物』などで、身体と言語の関わりを哲学的に考察される場合でも、声の概念がとても重要です。そして去年の暮れに、笠井さん、現代思潮社から、大変な大著を出版されました。書名が難しいのですが（笑）。

笠井　『金鱗の鰓を取り置く術』といいます。

林　これは、大石凝真素美《おおいしごりますみ》という、江戸末期に生まれた国学者で神道家だったひとが書いた『真訓古事記』という書物に笠井さんが綿密な注釈を施した一冊で、八三〇頁もあります。吉増さんの『火ノ刺繡』の一二〇〇頁とまでは行きませんが（笑）、大著です。大石凝は『古事記』は音読で読むべきだ、というのですね。稗田阿礼が太安万侶に語り下ろしたように、声に出して読むべきと。それに笠井さんが霊学や神智学の厖大な知識を繰り出して註を加えていかれたわけですが、核になるのは声なんです。そんなわけで、おふたりにとっての大事なものが「声」だ、ということで話を進めたいと思います。

吉増　うん、そうだね。

林　吉増さんは昔、「今度新しく詩を書いたんだけど、これを一度声にかけてみる」と仰ったのですね。つまり書いた詩を朗読することで推敲する、というか、自己点検されるのですね、それをうかがった当時はもう三十年くらい前ですが、一九八〇年代のころですね。当時の現代詩の世界は、エクリチュール、つまり書き言葉全盛でした。私は『麒麟』という同人誌をやってましたが、同人たちも自作詩の朗読については否定的といいますか、尻込みするところが大きかった。それが吉増さん、「声にかけてみる」と仰るので、ちょっと虚を突かれた思いがありましたね。吉増さんはもう早くから朗読への志向がおありでしたか?

吉増 林先生ご存じのように、私は昔「精神分裂症」、いまの言葉でいえば「受動的統合失調症」と診断されまして（笑）、生まれたときから変な声を発する子どもだったの。でもまあそれはいいとしまして（笑）、今日笠井さんが私の「熱風」をああやって声に出していただいて、それを耳にして私の頭のなかをよぎったのは、「自分で声にしなくってもこうやって聴くことができるんだ」ということでした。笠井さんが澁澤龍彦さんのことを言われたとき、「翻訳体」というのかな、自分をすり抜けていくようなことを仰ったじゃない、それと同じような感じで受け取りました。自分で朗読するときも、自分のじゃない声を出そうとしている。別の声、だね。ハイデガーだったら「良心の声」っていうだろうけどさ（笑）、それを引っ張りだそうとしている。笠井さんのあの声でいいんだよ、僕はそう思った。ただそういう機会がないからさ、自分の声を「別の声」にして、とんでもない声に持ってこうとしてるけども、これは笠井さんもいうように自分を透明にしてね、他人の声をどんどん聴いていくのでいいんだ。そんなヒントを今日はもらいました。

林 「別の声」というコンセプト、これは面白いですねえ。

笠井 そうですね。ただ私も、あらかじめ朗読した自分の声でからだを動かすというのは、初めてでした。

吉増 だから実際に肉声で発せられる笠井さんの声と録音した声とでは違うじゃない。その違いの間をわれわれは生きたわけだ。これが面白かった。

朗読もダンスである

林　声ということでは、吉増さんの映像作品の gozoCiné ですが、ロケ現場で撮影もコメントも効果音も全部同時にやっちゃう。これは集団制作という映画史の常識に逆らった、いわばアンチ・エイゼンシュタインのスタイルによる個人映画と思いますが、これだって現場で発する語りの声が先導役じゃありませんか。

吉増　そうだね。あれはカメラもマイクも機材がよくなってきたからできるんだけど、声で自分の結界が作れるんだ。でも今日は、その結界が異次元に拡がって、録音された笠井さんの声と、それと肉声のパートとが不思議なかたちでバランスとれていました。面白かった。

林　笠井さんが、声や発声ということに注意を向けられたというのは、やはりオイリュトミーからですか？

笠井　それもありますけど、普通は動きと声というのはバラバラのものと考えがちですが、声の出る場所と動きの出る場所というのは、まったく同根なんですね。

林　ほほう、声と動きが同根。

笠井　そういう意味では、朗読だってひとつのダンスですよ。

吉増　そういうこと。これは吉本隆明さんも言ってるけど、問題は咽喉。咽喉から「声」と称する手が出て来る（笑）。だから冒頭で言った『詩経』の「跼天蹐地《きょくてんせきち》」だ。これは種村季弘さんが土方巽を論じた文章に出てくるのだけど、「頭が天に触れるのを恐れて背をかがめて歩き、地が落ちくぼむのを恐れて抜き足で歩く」という意味ですって。そういう声を作りたいなあ。

林　私は武蔵野美大で言語と身体を主題にした授業を持ってるんですけど、そこで教材として見せた笠井さんのドキュメンタリー番組で、「われわれはきちんと言葉を発しようとすると体のなかでモヤモヤうごめくものがある。それが声になると言葉だけど、声にならないままだとダンスになる」と仰ってるのですね。そのくだりに大勢の受講生が納得しました。

笠井　まったくその通り。

声とプネウマ

林　ところで吉増さんは、最近では原稿も口述で作られるようになった、とうかがいましたが、「声で書く」わけですよね、口述筆記のスタイル。

吉増　書くというのは、非常に制限があって、あんまり書くことに夢中になると、小林秀雄みたいに変にガチガチの文章になっちゃう。あれを解体するためにＩＣレコーダーでもって口述する。でも大変な集中が必要ですよ。それで自分の声を深く聴きながらやっていく。折口信夫からの影響もあるでしょう。折口さんといえば林先生は折口学の大家だけどさ。

林　折口と声の問題は大事ですね。拙著の折口論では「プネウマとともに――息と声の詩学」という章を設けました。プネウマというのはギリシャ語で、風であり息であり、精霊であり、また捉えようによっては声もそうです。ラテン語ではスピリトゥス、英語ではスピリットですね、お馴染みの。折口は基本的に「プネウマのひと」なんですね、だから原稿は「書く」のではなく「語る」のです。晩年のお弟子だった岡野弘彦先生がその筆記を一手に引き受けておられました。

吉増　それから声という面では、林先生はアガンベンを深く読んでいらっしゃるじゃない。ハイデガーは「良心の声」といい、またこれは「死者の声」でもあるというけど、アガンベンはハイデガーの講義に出てるんだよね。

林　そうなんですよ、若いころのアガンベンは最晩年のハイデガーのゼミに参加したそうです。ジョルジヨ・アガンベンですね、現代のイタリアの思想家で、哲学と美学が専門です。年齢は七十六歳ですが、先行世代のミシェル・フーコーやジャック・デリダなどポスト構造主義をよく学んで当然影響を受けてます。受けてますが、批判的に乗り越えを試みましたね。特に『エクリチュールと差異』という主著のあるデリダとの対決が興味深い。デリダは『声と現象』のなかでパロール、話し言葉批判を行ないます。声で運ばれるのはひとつの意味だけ、一語一義で完結する。それは制度的なプラトニズム思考だからダメ、と言うのです。それに対抗して多義性を持つエクリチュールを顕揚するわけです。デリダは声を抑圧したのですね。いっぽうのアガンベンは、声もプネウマだと捉えて、その可能性を探っています。「音声の経験」なんて題の論文も書いてますし、「ヒヒーンというのがロバの声であり、ミンミンというのがセミの声であるのと同じような意味で、言語活動はわたしたちの声なのかどうか」なんてことも言っているのです。アガンベンがデリダたちと違うのは、キリスト教神学や中世の神秘主義をよく学んで、そこからも影響を受けている点ですね。ですから、霊性とか霊魂とかも思考の対象にしている。霊的なもの、というのでプネウマ、そしてやっぱり声の問題の重要性につながりますね。おふたりともつながってる、と思います（笑）。

吉増　なるほど、よくわかりました。ところでどうでしたか、今日の舞台は？　このシアターχは、客席よりも舞台のほうが広いんだ。だから不思議な自由感があって、笠井さん、この自由感を活かされたんだね。

林　ええ、ほんとうに今日は特権的な舞台体験をご一緒できたと思います。おふたり、改めてありがとうございました。

三　「堕ちる星」、廃星というイメージ――建畠晢、郷原佳以、林浩平

林　吉増剛造さんの快進撃が続き、『舞踏言語』（論創社）、『火ノ刺繡』（響文社）が立て続けに出ました。今日は、まずは『舞踏言語』のほうから話をしていきたいと思います。『舞踏言語』の冒頭は「序章一九六八年と「肉体の叛乱」」です。今年は一九六八年から五〇年ですが、六八年は「舞踏元年」といいますか、土方巽が『肉体の叛乱』という革命的な舞台を十月に日本青年館で上演しました。吉増さんはそれをご覧になってい て、そのショックを「隕石が燃えたまま落っこってきた」というようにおっしゃっています。また、同年八月には笠井叡さんが「稚児之草子《ちごのそうし》」という舞台を厚生年金小ホールで行っています。これも吉増さんはご覧になっていて、近くの座席には瀧口修造や三島由紀夫がいたということです。いずれにせよ、舞踏という表現ジャンルは、身体と言語の問題が極めて緊密に結びつき合っています。本書は、土方や大野一雄、笠井叡といった舞踏家との関わりをベースにして編まれていて、彼らに捧げた詩や実際の対話などで構成されています。建畠さんはどうご覧になりましたか？

建畠　読んでいるうちに頭の自律神経の調子が狂ってきました（笑）。言葉それ自体には自律性も他律性もないから、ある意味では健全な状態に引き戻されたのかもしれませんけど。この感覚は、後で話をする『火ノ刺繡』からも受け取ったことです。

『舞踏言語』で言及されている舞踏で、当時ぼくが実際の舞台に間に合ったのは土方さんと大野一雄さんだけです。学生時代と『芸術新潮』の編集部にいたころですが、ぼくが観ていたのはもっぱら紅テント、黒テント、早稲田小劇場と天井桟敷でした。土方さんの舞台は唯一、中西夏之が舞台装置をつくった『静かな家』（一九

七三年）を観ました。ただ、『肉体の叛乱』について吉増さんが本書でお書きになっていることはよくわかります。本当に自律神経が侵されてしまうかのようです。吉増さんはこう書いています。「我々の身体が自律的な躍動を失って、まるで死者の骨のように、また腐臭はなつ肉となってこの世界に沈んでしまっている」（八〇頁）。

二〇世紀の思想では、「身体」「他者」「記憶」の三つのキーワードがよく使われますよね。なぜ二〇世紀に身体がキーワードになったか。たとえば臓器移植の問題などもあって、私たちのアイデンティティを保証してくれる私たちの身体が危機に晒されたからだといえなくもない。舞踏の身体ももちろん健全なものではありえず、「自律的な躍動を失って」しまった身体を舞踏として捉えるとすれば、ぼくが、自律神経が侵されたような感覚を受けたというのは、吉増さん的には正しい感覚だったのかもしれません。また、吉増さんは『舞踏言語』で、『稚児之草子』を観にいくのに新宿の裏道を歩いているときなどで、「隕石」とか「廃星」という表現を盛んに用います。そしてそれが吉増さんの詩篇「古代天文台」とつながっているという。これは面白いと思いました。古代天文台とは本来なら空の星を観測するところですからね。隕石が燃えながら落ちた新宿の裏道のイメージと、崩壊しつつある身体というか、先に引用したイメージが、吉増さんの独特の回路で重なっているんだなと思いました。

林　郷原さんは、世代が全然違いますが、どうでしょうか？

郷原　私は、同時代的な直接の体験として思い出すことはできません。『火ノ刺繡』のほうは、「2008—2017」となっていて、そちらの吉増さんは私にも多少の馴染みがあります。その吉増さんのルーツが『舞踏言語』にあることをまざまざと見せられ、さまざまな「つながり」が見えてきました。九〇年代以降の吉増さん、あるいは『怪物君』の吉増さんは、「顕《た》って来る」とよくおっしゃっています。『舞踏言語』の「はじめに」でも、「立つこと」とあり、その直後に「顕つ、建つ、起つ、絶つ、……」と少なくとも四つ当てられています。「樹つ」と書かれることもあります。『怪物君』でも、自分に「顕って来る」とか「顯れて来ている」――この進行形が吉増さんらしいのですが――とおっしゃっていました。この「顕つ」ということが、とりわけ土方の肉体、隕石として落ちてきた垂直的なあり方、凍っているような、死体としての身体といった舞踏の身体として最初にあったんだなと思いました。物体的な「顕《あらわ》れ」が、ずっとつながっている。

『舞踏言語』は、表紙にまず「廃星」という言葉があり、読み始めると「隕石」という言葉が出てきます。このイメージにまず強く打たれました。というのは、私が研究しているモーリス・ブランショに *L'écriture du désastre*、『災厄のエクリチュール』という著作があります。「désastre」は災厄や災禍と訳されますが、その語に含まれる「astre」は「星」で、星から切り離されるのか、星が切り離されるのかは微妙ですが、これはまさに「廃星」です。一九七八年の『現代詩手帖』で、豊崎光一さんの訳で「災禍＝堕星」という言葉がつかわれています。既に七八年の段階で「堕ちる星」というイメージが出ているわけです。『災厄のエクリチュール』は七〇年代にブランショが書き、八〇年に出版されますが、すべてが断章、断片です。七〇年代に入るとブランショはいくつかの例外を除いて断片でしか文章を書かなくなった。災厄を経て、星が堕ちる。しかし一方で星は「コスモス」、宇宙的な秩序を意味しており、désastreとはそこからの分離でもあります。そしてまた、ブランショのこの語の元になったと思われるのはマラルメの「エドガー・ポーの墓」という弔いの詩なのですが、そこには、ポーの墓が隕石のイメージとして出てきます。後年、吉増さんは明らかに書物に収まらない活動をしているわけですが、同時に『火ノ刺繡』のように、物体としての書物が私たちのところに落ちてきた。これはまさにdésastreとしての廃星＝隕石ではないでしょうか。

林　なるほど「désastre」は「堕ちる星」でもありますか。それに吉増さんの場合、書物が隕石になってしまった（笑）。しかし舞踏を論じるときに、星や隕石のイメージで語ることって、まずないですよね。吉増さんは、そのイメージに本当にこだわっていますが。

建畠　詩の言葉は「虚の星」のイメージに重なってもいます。吉増さんはしばしば北村透谷に言及しますよね。透谷に「人生に相渉るとは何の謂ぞ」という文章があります。透谷はもともと「内部生命論」を主張している。外部生命とは肉体的生のことです。内部生命は精神世界の生命の実在を主張する。透谷は「想世界」とも言います。想世界、精神世界における自由と幸福を論じている。「人生に相渉るとは何の謂ぞ」は山路愛山との論争です。愛山は、文学は世に益する、事業としての文学が「人生に相渉る」というが、透谷は精神生命の実在を信じるが故に文学は「人生に相渉る」とする。それを論じるにあたって、「大、大、大くうの虚界を見よ」「空の空の空を撃って、星にまで達することを期すべし」と主張するのです。この「星」は、「空の空の空」だし「虚界」だから、「虚の星」です。この発想は、廃星など、星に非在のイメージを重ねる吉増さんにも通じるかもしれません。吉増さんは、佐々木中さんの次の文章を引用します。「ありもしない純粋なイメージに剃刀を当てるようなもの」と。星は、純粋なイメージですよね。詩人たちが考える星は、ポジティブな星ではなく、虚の星、死んだ星、廃れた星、あるいは非在の星であって、そこに非常に純粋なイメージを見る。そこに、ダンサーとも共通するものを認めているのではないか。

林　『舞踏言語』冒頭で吉増さんは「瀧口修造の炎」（二〇頁）と言っています。瀧口修造がフランスに日本のシュルレアリストを紹介するのに、赤瀬川原平、唐十郎、土方巽の三人の名前を挙げています。舞踏家においてのシュルレアリスム精神が大事なのではないかと思います。とにかく当時、詩人たちはみんな、舞踏を観ていました（笑）。詩人と舞踏家の共存状態ですね。あるいは現在のわれわれの批評意識、問題意識のパラダイムは六八年あたりに形成されたのではないか。吉増さんの場合、それがいまにつながって『怪物君』に流れ込んでいるのではないかという気がします。

建畠　そう思います。吉増さんは、土方巽の舞台がかかると、都のその方向が明るんで見えるとかつて書いていました。核に舞踏家がいて、その周辺に美術家や詩人たちが集まる雰囲気があったんでしょうね。

林　いまわれわれが持っている基本的な問題意識、モラル、価値観は、いまから半世紀前の六八年前後に立ち上がったのだと思います。吉増さんはそのあたりの精神をずっと体現してこられ、先頭を切って走っておられるのではないでしょうか。

建畠　その問題意識を、思想的な変節をしないまま今日まで引きずっているのは吉増さんくらいだと思いますね。

林　そうですね。しかも加速化している。やっとつかまえた、と思っても、もう先に行ってしまっている(笑)。

郷原　星のイメージで面白いのは、また、それが燃える火のイメージと一緒に出てきているところです。吉増さんは記憶の人だとつねづね思っているのですが、『舞踏言語』も一九六八年当時のテクストのみを収めたものにはなっていません。六八年当時の文章の後に二〇〇〇年代のテクストが収められていたりもします。私は本書も記憶の書物として読みました。「あれが「新宿」だった」(三〇頁)と、わざわざカッコをつけて書いているように、舞踏の経験はそれを観た土地の記憶と密接につながっています。そして「燃える」というイメージはそれこそ『火ノ刺繡』までずっとつながっています。あるいは焼け跡としての土地のイメージ。たとえば「総じて、一九六八年、六九年、七〇年、七一年、七二年。隕石の落下の痕跡のままがいかにすごかったか。(中略)そういうものが残っていて、頭の中の記憶が燃えた隕石のまんま、四十年後にぶつかるわけじゃない。そうすると、それはどんなふうにといったらいいのか。記憶は焼け焦げていくくし」(三四頁)。この序章の対談は二〇一七年に行われていますが、ここに浮上しているのは吉増さんの記憶の問題で、それは必ずしも現実とは限らない。吉増さん固有のイメージとともに記憶が焼きついているんですね。

建畠　吉増さんの詩「古代天文台」について、本書にはこう書かれています。「蜷川（幸雄）さん、石橋蓮司さん、清水邦夫さん、緑魔子さん、そして桑原茂夫。こういう人たちの隕石のそばの火照りとともに出てきた詩だったのですね」（一六頁）。「古代天文台」が星や暗黒舞踏とつながっているなんて、本書を読むまでは到底思えませんでした。

郷原　石橋蓮司、清水邦夫、緑魔子とぶつかって渡した詩が「古代天文台」だと、吉増さん自身は言っているわけですね。

建畠　でも、ぴったりだよね。「古代天文台」と「廃星」や「隕石」。

郷原　吉増さんもここで思い出しながら語っているので、事実として読むべきなのか、わからない部分もありますが。

建畠　ところで、本書で「不思議なことを言うなあ」と思った箇所があります。「私は、私の体の中に一人の姉を住まわせている」という土方の一節を引用した後で、吉増さんはそれを敷衍して、「この女性は我々の間に住むもう一人の姉につながる」（八一頁）と書いています。ベンヤミンも「歴史哲学テーゼ」の中で「私の愛する女たちには、彼女すらまだ会ったことのない姉たちがいる」と書いていますが、不思議な謎をはらんだ一節ですよね。

林　土方巽は十一人兄弟の末っ子で、お母さん代わりのお姉さんが何人かいたので、土方にとっての姉は母的存在でもあります。

郷原　吉増さんの『我が詩的自伝』を読むと、お母さん的存在がやはり強いですよね。圧倒されました。

林　吉増さんはお母さんが十八歳のときの長男です。そのお母さん悦さんは去年の暮れ、十二月二十日でしたが九十六歳で亡くなりました。吉増さんには、深い喪失感がおありのようでしたね。

建畠　『舞踏言語』には「身体」という言葉や体感的なことがたくさん出てきますが、それは直接的な、原初的な身体に立ち返るとか、そういう感じではありませんね。ダンサーが感じるような身体の確かさではなくて、ただイメージとしてあるようなものとして捉え直す。非在のイメージのようなものに置き換えようとしている。身体は、自分の内面の存在を保証するものではなくて、ある種の普遍性を持った開かれたものになっています。ランボーの「我は他者なり」はJE est un autreで、大文字の一人称の主語で、三人称単数の動詞で受けている。だからこれは「私というもの」を客観視したうえで、それが「他者である」と言っていることになります。

さっきの「姉」の話に戻せば、姉には官能的なところもある。直接には性的なタブーの対象ですが、微妙な距離感もあり、またある種の官能性をも保っている言葉を宿らせて、実存的な身体を切り捨てる、客体視するということが、土方にも吉増さんにもあったのではないかという気がします。

林　現在の吉増さんからは、姉という言葉はまったく出てきませんね。

建畠　そんなに深い意味はないのかな（笑）。深読みしすぎたかな。

郷原　その「姉」の話が出てくるあたりで吉増さんは「旅をおそれよ」（八二頁）と書いています。「西行とても白色風景のなかで盲いていた」と。土地には精霊が宿っているけれど、私たちが軽く行うような表面的な旅では、土方の身体が辿りついたような土地の精霊に、西行でさえ辿りつけないんだと。

建畠　吉増さんは、土地の精霊との交感に降りていこうとする旅をしますよね。

林　その旅に吉増さんは必ず銅板を持っていって、それに詩の言葉を打ち込むわけです。土地の精霊への一種の挨拶ですね。

郷原　その「打ち込む」ことが、後に吉増さんによる吉本隆明の文の筆写につながります。その「筆耕」は、土方のテクストから始まったということが今回わかりました。

林　土方が亡くなったとき、吉増さんは土方が喋っているのが録音されたレコードをもらい、それを書き移し、『慈悲心鳥がバサバサと骨の羽を拡げてくる』（書肆山田）として一冊にまとめました。聴きとった声を書き移すというこの体験は、吉増さんと「声」の問題を考えるうえで大事かもしれません。

「記憶の出来方」の上演――『火ノ刺繡』

林　さて、では大冊の『火ノ刺繡』のほうに移りましょう。本書は、二〇一六年に出た『根源乃手』の「余滴」（「あとがき」）として発想された書物であったはずなのです。それが一二〇〇頁を超え、重さも軽く一キロを超える、物質としても「臨界」的な存在感を示す書物になりました。当初は、二〇〇八年から二〇一七年までの十年間の、吉増さんの書物化されていないテクストをとにかく集めようということで、言ってしまえば「本にならないテクスト」、流産させられるようなテクストが集まったら、こうなった。ここは、大事なところですね、「書物とは何か」を問題にするうえでも。それから本書の目次には「声書き」と「手書き」と出ています。「手書き」はいわゆる普通の原稿のことで、「声書き」は講演、対談、座談で、それらがまとめて収められています。

建畠　読むのが大変でしたね（笑）。本書に頻出する言葉は「粒焼」（つぶやく）です。人目に触れないことを意図して書かれたテクスト類のことで、「つぶやく」って、そういうことですよね。ツイッターは、人に読ませるためのものかもしれないけど、「粒焼」は聴衆の存在を意識しない言葉で、その必要性を吉増さんは繰り返し言っていて、それが主調低音のようになっています。これは、吉本隆明にも、本書冒頭に収録されている大手拓次にも共通していることだと思います。ツイッターやフェイスブックの時代の逆を行くかのような、純粋な言葉のありよう、というかな。「粒焼」という方法、発語の仕方が持っている言葉のありようを、吉増さんは信用している。

林 拓次は生前に一冊も詩集を出さなかった詩人です。また、吉増さんの『怪物君』だって、当初は絶対に書物化しない、本という制度に絶対に回収されないようにしよう、という狙いがあったのですね。

郷原 吉増さんが大手拓次を本書で論じるとき、拓次の詩を引用しながら言葉を紡いでいるのですが、動物の詩を挙げています。そこで、「こんなものを、……環境問題だとかのキャッチフレーズに使われそうだけれども、とんでもない、……。そんなことをさせないようにしなきゃいけない、……。」（五五頁）とあって、強く頷きました。「回収」されないようにしないといけないということうした危機感が本書の随所に感じられました。それから、吉増さんが誰かの文章をそのまま耳を傾けるように引用し、その直後にカッコのなかで控えめに「小声を、そっと、添える」（一〇〇頁）という語り方が私は好きです（笑）。

建畠 本書を読んでいて、心地がよかった。さっきも言ったように、とりとめがなくて読み続けるのが大変でもあったけど（笑）。

林 そうですか（笑）。本書は、繰り返しになりますが、「声書き」と「手書き」にわかれていますが、ぼくはその差をあまり感じませんでした。トーンが共通しているように思いましたね。

郷原 誰かと会ってトークをする準備として、吉増さんは詩を書いてしまいます。そのため、詩が発生するそのプロセスを見せられているようでした。吉増さんもそのプロセスを思い出して語っている。「記憶の出来方」が上演されているようでした。吉増さんはよく日記体で書かれますが、そのなかに違う時制が入り込んでくることがあります。「ここまで書いていたのだった、その後、数時間たってここまで書いている」とか、常に何重にも書き継いでいる。

林　吉増さんの講演会のときなどに配られる「裸のメモ」にも、きちんと日付けが入っていますね。しかもここからここまでが何月何日、ここからここまでは次の日、とか。

郷原　またそこにカッコが入って、「ここまで書いて、～と気づいたのだった」とか。

建畠　「八割くらい言えたかな」ってのもあるよね（笑）。「これはほとんど言えてる」とか、自分で感想を書いている（笑）。これはおかしい、かわいらしいと思う。

郷原　やはりいま進行しつつあるプロセスをつねに少しずれながら見ているわけですね。

林　ところで、吉増さんは萩原朔太郎賞と鮎川信夫賞の選考委員をされているので、その候補作をかなり精読されています。あるいはたとえば飯島耕一さんが亡くなったとき、『現代詩手帖』で組まれた追悼のインタビューに対して、吉増さんは飯島さんの四〇冊の著作を一カ月で読んだと。また、『群像』では創作合評をやっているし、さらには本書での佐々木中さんとの対論でもわかるように、現代思想にも大変お詳しい。吉増さんの場合には、とりわけハイデガーと道元です。この特に手ごわい二人をずっと並行して「心読」を続けられています。他にはベケット、イェイツ、エミリー・ディキンソン、折口、柳田などを読み続けています。そういうことをずっとやっているので、この一〇年間のアクチュアルな思想にもコンタクトできている。吉増さんの読書傾向のアクチュアリティが本書にはよく出ていると思います。『怪物君』が生まれる背景には膨大な読書の時間と体験があるわけです。

郷原　吉増さんにとっては読むことと書くことがイコールくらいでつながっていて、読みながら書いているんだなということがすごくよく伝わってきます。読みながらそれに吉増さんの声をそっと添えるとか、自分の言葉の「1／4？ 1／5？位、道元さんの小声も、雑（まざ）って来ていて」（一一〇頁）と吉増さんが書いているところがあります。重ねた声で喋っている、あるいはもう死んでいる誰かの代わりに喋っている。吉増さん自身が媒体、スポンジのようなものになっている感じがあります。

林　さて、郷原さんは『三田文学』（二〇一八年冬季号）に「指呼詞を折り襲ねる――『怪物君』の歩行」というとても啓発的な論文を書かれました。ここで問題にされているのは、吉増さんはなぜ『怪物君』を書物にしたのかということです。それで、一冊の本になった『怪物君』は、これから燃やされるものの複製としてあるのではないか、と。どういうことかというと、吉増さんが飴屋法水氏に、『怪物君』の草稿を、「どう扱ってもいいよ、燃やしてもいいよ」と言って委託したわけです。飴屋氏はその草稿に相当惚れ込んで、よっぽど躊躇したようですが、最終的には燃やし、それを映像に収めました。

建畠　それは偶然のハプニングなの？

林　いや、一種のパフォーマンスとして、確信犯として。それを踏まえて郷原さんは、一冊の本になった『怪物君』は、これから燃やされるものの複製としてあるのではないかとおっしゃったんだと思います。『火ノ刺繡』にせよ『怪物君』にせよ、吉増さんのなかで、「一冊の書物」というものに対するこだわりが強くあります。書物化するか、あるいは草稿のままにしておくか、または燃やしてしまうかということも含めて、吉増剛造における「書物」の問題は、私は極めて重要だと思っています。

吉増剛造における「書物」の問題

林　この問題を考えるにあたって、郷原さんの専門であるブランショの「書物の不在」という論文に言及させてください。ブランショ『終わりなき対話Ⅲ』（筑摩書房）で郷原さんが訳されていますね。そこにこうあります。「書くという狂気（略）とは、（略）書物の産出によって、書く行為《エクリール》と作品の不在のあいだに結ばれる関係である」（二五二頁）。あるいは、「言語を超えた書くこと《エクリチュール》、根源的に、言語のいっさいの対象（略）を不可能にする言語であるようなエクリチュール。そのとき、エクリチュールは断じて人間のエクリチュールではなく、ということは、断じて、神のエクリチュールでもなく、せいぜいのところ、他なるもののエクリチュール、死ぬことそのもののエクリチュールである」（二五七頁）。ブランショには「外」という概念ならざる概念がありますが、書物の「外」ということも含めて、吉増剛造における「書物」と「書物の不在」という問題を、この『火ノ刺繍』の現物を前にしてひしひしと感じます。

郷原　「書物の不在」が収められている『終わりなき対話』は、原著で六〇〇頁を超える書物です。その巻末に収められているのが「書物の不在」なのですが、立派な書物の巻末に収録されているという逆説があります。一冊の完結した書物からできる限り逃れようとする終わりなき対話の試みが、最終的に、形態としては一冊の書物になっている。書物から逃れると言いながら、書物化するための構成が、よく読んでみると緻密に行われていることがわかります。吉増さんの場合もおそらくそうで、『火ノ刺繍』の写真の配し方を見ると……。

林　この吉原洋一さんが毎月二十二日の吉増さんを撮った「写真帖」がいいんですよね（笑）。確かに構成も熟慮されています。

郷原　「書物の不在」は、物体としての書物の単純な否定ではありません。「書物の不在」に向かいつつ、『火ノ刺繍』ほどのボリュームが隕石のように落ちてくる。吉増さんにおいては、「書物の不在」に向かうことがいかに違う書物——膨大なエネルギーを費やしての隕石のような物体——を生み出すことになるのか、身をもって実践しているのだと思います。

林　まったく同感です。書物にこだわる吉増さんだからこそ（なのか、あるいは、にもかかわらず、なのか）、また身体、舞踏にも向かうのではないでしょうか。書物を突き抜けた、あるいは書物の「外」にある隕石的現象としての舞踏に、やはり吉増さんは向かっていく。

郷原　先日、吉増さんがコラボレーションしたパフォーマンスを観たのですが、すごく面白くて、難解なものを観ているという感じはまったくしませんでした。吉増さんは、見えないものを見えるようにしているのでは全然ない。そうではなくて、それは不可能なことなんだけれども、見えないもののほうに寄せていく、あるいは入り込む。それを私たちにも可能にするのではないんだけれども、「不可能の濁りのまま」（『舞踏言語』二二三頁）入り込ませてくれるようなことを、吉増さんはしていると思います。先ほどブランショの言葉を引用してくださいましたが、吉増さんは「言語を超えた言語」、「書物を超えた書物」を身をもって実践していて、かつそれは難解ではない。銅板を叩くことにせよ、gozoCinéにせよ、吉増さんはある意味で同じことをやっていると思います。それはつまり、自分が「共鳴体」になるということです。また、「言葉」が「書物」で、「パフォーマンス」が「書物の外」かというと、そうでもないのではないかと思います。たとえば佐々木中さんや安川奈緒さんは、吉増さんの言葉は書き文字以上に書き文字だと言います。つまり「書き文字」と、「わかりやすい言葉」や「パフォーマンス」とが対立しているのではないと。石川啄木の『ローマ字日記』に吉増さんが見出していることは、日本語はひらがなとかカタカナとか、さまざまなものを携えていて「多様だ」と日本語を讃える傾向に対して、そうではないんだと。そういう支配言語への抵抗を啄木は『ローマ字日記』でしている。かつての『声ノマ』展のカタログで佐々木中さんはこう書いています。「「近代日本語」が、現在の時点から一見しただけでは啄木のローマ字表記よりも不均質で「豊饒」に見える」。「そのような「豊饒さ」は、実は「明治二十年」前後をめぐる言語の均質化の効果にすぎない」（一八六頁）。そしてそのような豊饒さへの拒絶が『ローマ字日記』であり、「吉増剛造はそのような「豊饒」を拒絶する」（同）と。吉増さんはいろんなことをやって、非常に多才で多様に見えるけれども、実は「ゆたかな日本語」という豊饒さを拒絶している面では、同じことをしている。

林　郷原さんの論文では、均質的言語への「抵抗」だと書かれていましたよね。吉増さん自身、「言葉を枯らす」、それが大事なんだと強調されています。

郷原　安川奈緒さんが水村美苗批判をしています。それを吉増さんが引用して、「水村ならば称揚してやまないような日本〔語〕の視覚的多様性（略）、すなわち読む者の眼に訴えるような、妙なる＝幼稚な音楽をこの日記（＝『ローマ字日記』）は切って捨てている」（吉増剛造『詩学講義　無限のエコー』九一頁）と。吉増さんの詩は美的な詩ではないんだと。安川さんは続けて、「（啄木は）歌が、音楽がことごとく死んだ日記、すなわち、書き文字以上の書き文字による日記をしたためていた」（同）と。そして吉増さんは「ここがなかなか見事だなあ」とコメントされています。私は、吉増さんの「書物」と「書物の外」は両方とも、「豊饒な音楽」というものの拒絶だと思います。その意味では、豊饒な、音楽的な、美的なものへの拒絶という意味で、その二つは同じ方向を向いているのではないか。

林　とはいえ、朗読などのパフォーマンスはやはり身体的なものですよね。「身体」と「書物」の空間とは、一般には離れているものかもしれないけれど、吉増さんのなかではリンクしあっている。

建畠　『火ノ刺繡』のこのボリュームはその意味では「身体」的な書物の極地でしょうが、秩序とか構造とか主張とかに回収されないような、それらが浮かび上がってこないような、焦点のない言葉のありようを吉増さんは求めている。自律的でも他律的でもない言葉、〝粒焼く〟言葉のありようは、言語主体としての詩人に対する、ある意味では暴力的な破壊でもありますが、そのことがとても心地よく健全なものに感じられるのです。

林　秩序と構造と主張がある書物の一つの模範がヘーゲルの『精神現象学』だとすれば、それと徹底的に反対の書物ですよね。

郷原　秩序や構造や主張が浮かび上がらないようにするためのエネルギーをすごく注いでいる。

建畠　そうそう。そのための意図、作戦がある。これだけのボリュームがありながら、健全な言語のありようがここにある。インターネットの時代に不意に堕ちてきたバケモノみたいな本ですね。

Ⅳ　エッセイ

一　「石狩シーツ」の舞台を旅する

詩篇「石狩シーツ」は、詩集『花火の家の入口で』（一九九五年）において、標題詩篇とともに詩集世界の中核を構成する長篇詩である。それだけではない、吉増剛造五十代に書かれた詩を代表する一篇で、詩人の中期の活動を考える際にきわめて重要な作といえる。

吉増さんは、一九九二年の三月から一九九四年の一月までの約二年をサンパウロ大学の客員教授としてブラジルに暮らした。帰国した年の夏、札幌のギャラリー・テンポラリースペースでの個展「石狩河口／坐ル」開催にあわせて北海道に滞在したが、その際、ギャラリーの主宰者である中森敏夫氏や、アイヌ文化の研究者である中川潤氏とともに、石狩川の河口から夕張までを遡行することがあった。すでに夕張炭鉱は閉鎖されていた。しかし廃坑口で撮った写真が偶然にも二重露光映像となったことに感動、それ以降、吉増さん独自のスタイルの二重露光写真が撮影されることになる。「石狩シーツ」はこのときの石狩と夕張での体験をモチーフに書き下ろされ、雑誌『ユリイカ』十二月号に発表されたものである。

それから六年が経過した二〇〇〇年の夏である。わたしは、吉増さんと一緒に、この詩の舞台となった夕張、そして石狩河口を巡る、という好機に遭遇した。これは得難い体験だった。そのときの備忘録メモと記憶をもとに、詩の舞台を旅した印象などを報告しておきたい。

旅というのは、ＮＨＫのテレビ番組のロケだった。同年の十月十七日に放送されたＮＨＫのＢＳハイビジヨンの「アーティストたちの挑戦」の「詩人吉増剛造・二重露光　驚きの映像が生む詩」は、タイトルの通り、吉増さんを主人公としてその二重露光写真の世界をテーマとしたものだ。わたしはその番組を企画して、さらに構成演出、つまりディレクターまで引き受けたので、吉増さんや制作スタッフとともどもロケに同行することになった。当時の備忘録を見ると、九月三日の朝八時半に羽田を立つＡＮＡで吉増さんと一緒に札幌の新千歳空港に飛んでいる。空港では二台のレンタカーを借りたが、一台は吉増さん用のもの、もう一台はわれわれスタッフと機材を載せるためのワゴン車だった。一行はさっそく夕張を目指して出発した。

夕張では六年前の旅の際に、吉増さんを案内した中川潤さんもロケに付き合ってくれた。街にはいくつもの廃坑が残されていて、そのひとつの前で吉増さんは、二重露光写真が生まれたときの驚きをテレビカメラに向かい語ってくださったのである。現在ではいわば近代遺産ともなった廃坑の説明看板のなかに、「女坑夫」の文字を見つけたときの感銘が、フィルムを巻き戻すのを忘れてシャッターを押したことに繫がったそうである。詩のなかでは最後のパートに、ここ夕張での経験が投影されていよう。

第一坑道に立って〝女坑《おんな》夫もここに命をおとし、……〟という記述を読んだとき、
わたしは、とうとう、こゝに辿り着いたと思いました
女《おんな》坑夫という言葉の響きが非常に美しい非常口の形象を表わしていた、
そして
（カフカにもつたえてやりたい、……「女坑夫さん」といういゝ方を……）

女坑夫さんの姿が出現していた

わたしは路傍のダイアモンド、一塊の黒石をひろって、その石に語りかけた

他でも、夕張炭田のボタ山のイメージが「濡れた山」として顔を出している。また右の詩行の「路傍のダイアモンド」とは、その需要が全盛だったころの石炭石を指すものだ。夕張の廃坑での「女坑夫さん」との出会い、それは「石狩シーツ」のなかのクライマックスとなって、展開されているのは間違いない。また、「女坑夫さん」へ呼びかけるこんな一行もあるのに注意したい。

貴女の裸体が非常に美しい「濡れた山」の「奥の地の子《コ》」を生んでいる

「貴女の裸体」のイメージが現れて、次の「わたしのはこんできたシーツ／の／女坑夫さん」とつながるわけだから、ここで「石狩シーツ」のシーツとは、裸体を包むものである。そもそも「シーツ」が登場するのは、吉増さん偏愛のアメリカの女性詩人エミリー・ディキンソンの詩から引かれたそうだが、手元の岩波文庫『対訳ディキンソン詩集』で検索する限り、対応する詩篇は見出せない。目下のところは出典不明である。（追記・この「シーツ」というキーコンセプトについて吉増さんご本人にうかがったところ、ご丁寧な説明とともに、照応するエミリーの詩行のコピーおよびその訳文と、当該のエミリーの詩を、登場人物たちが朗読するシーンを収めた映画『ソフィーの選択』のＤＶＤまで送ってくださったので、付記しておく。その詩行は、“Be its Mattress straight―/Be its Pillow round―”である。中島完による訳文では、「褥《しとね》を真っ直ぐに／枕をふくらませよ」となっているというので

「シーツ」という単語は出てこないのだが、この情景の象徴?として「シーツ」のイメージが選ばれたわけだろう。さらに吉増さんによれば、荒木経惟さんの写真集『センチメンタルな旅』に登場する、寝乱れた床《とこ》のシーツの映像の印象も関わるか、とのことである。)

ともあれ、この長篇詩には、「一角獣とわたしの歌う唄」のパートが三度現れて、一角獣はどうやら女性の形象を持つようだ。一角獣に向かって歌う「おまえは阿片窟、春を鬻《ひさ》いだ女の化身」というフレーズまで出てくる。エロスの主題が一篇のなかに潜んでいる、と見做すよりあるまい。「一休さんと森女《シン》の物語はありますか」という詩行も読めて、老齢の一休の盲目の愛人だった森女のことまで参照される。こうした流れが、炭鉱の地底の穴の深いところで裸体で働く「女坑夫さん」というイメージに結びつくのを忘れてはなるまい。

さて、廃坑口をロケした翌日である。夕張にあるバンガローのような宿舎に一泊して、次の午前は、冬場にはスキー場になるという小高い丘に登って、街全体のロングショットの撮影を行なった。炭鉱の閉山の後は、国からの補償金が出るため、仕事に就かないままで暮らすひとも多いと聞いたその夕張の街は、しーんと静かに眠るようだった。そこから二台の車で石狩河口を目指すことになる。わたしには初めてだったが、広大な北海道の地をドライブするのは、爽快だ。正午も回ったころだったろう、先導くださる吉増さんの運転席の窓から右腕が出てきた。おや、なんだろう、とワゴン車の助手席から見ると、空《くう》に「お・む・す・び」という文字が描かれたので、わたしは思わず苦笑した。「お昼ご飯にしましょう」というメッセージである。(当時、吉増さんはすでに携帯電話をお持ちだったしロケスタッフも持っていたが、日常的な使用はまだ稀であった。)

そんなふうにして石狩川の河口に到着した。この河口は、吉増さんが川べりに座って、薄い銅版に文字を打ち込むという作業をしばらく続けた場所だ。だからこの界隈はすでにお馴染である。詩のなかに、「バス停に、バスが停って、走って行った」というフレーズがあり、「バス」のイメージが導入されるのだが、この河口、実は廃棄された製品の集積地でもあって、廃バスが何台も土手の脇に停められていたのである。バスの墓場かあ。確かにここは絵になる風景ではある。吉増さんの二重露光写真にも、ここの廃バスがよく登場するのも頷ける。

車から降りて、わたしたちもその土手を歩き回った。なるほどこの河口は川幅が広くて、満潮の時などは潮の流れが逆流するのだろう、それもよくわかるし、向い岸の先は、石狩湾の海である。展望は大きく開けて、ここに座ったら、天との対話もできそうだな、という気になる。吉増さんが、ここに座るために日々通われたのも納得できるように思った。

詩には、河口近くの場所や地名も頻出している。たとえば、「北石狩衛生センター」である。ここは、石狩市が運営する廃棄物の処理施設のようだ。ロケではここは訪ねなかったが、河口からは北西にあたり、地名でいえば、厚田区聚富六一八番である。さらには、「望来の丘に登る（投手もいないのに、……）」という印象的な一行があるが、ここに登場した「望来」は、やはり厚田区の地名で、「もうらい」と読む。アイヌ語起源のものだろう。

このあたりは、無論のことだが、アイヌの暮らしの痕跡がたくさん残る。詩篇の冒頭、「「神窓」に、頬杖、……」とある、その神窓も、アイヌの住居のなかで母屋の東側に開いた神聖な窓を指すらしい。アイヌ語の地名ということなら、「正利冠」がそうである。川の名称だが、「マサリカップ」と読む。

そんななかで、詩行にある「聚富《シップ》／知津狩《チツカリ》／石狩《イシカリ》、……」のくだりの地名が気になった。このなかの「知津《チツ》狩《カリ》」である。というのも、今回調べてみて初めて知ったのだが、「知津狩」は、地元の読みかたでは「シラッカリ」であって、「チツカリ」ではない。北海道の難訓地名としてもこれは挙っている。現に「知津狩川」と

いう川が流れていて、「シラッカリガワ」なのだ。現地を訪ねている吉増さんが、実際の読みかたを知ってい
ながら、あえて「チッ」と片仮名のルビを振った、ということになる。詩篇には他にも二カ所、この言葉が出
てくる。

（枕言葉のように浮かんだ、……）
知津《チッ》、……

古
北石狩衛生センター

そしてもうひとつ、この箇所である。

エミリーの幽霊
が、
（枕に、……
知津《チッ》
古
北石狩衛生センター

いわば確信犯として、「知津」と「チツ」と読んでいるわけである。この言葉は、初読のときから気になった。「チツ」とは「膣」なのではないのか。詩には他にもこんなフレーズがある。

穴ヤ穴タチ穴ヤ穴タチガ海壁ヲ剝グ穴ヤ穴タチ穴タチ穴ヤ穴タチ

さらに次のフレーズも読める。

詩
坑口
凹
窪
壺に引き込まれて行った
正確
だった

こんな具合に、「穴」や「窪」、「壺」という凹んだ形象を表わす言葉が繰り返される。「膣」状のものへの偏執が明らかだろう。ここは前章で言及した「女坑夫さん」のエロスと結びついているはずだ。いやそもそも、吉増さんには、「水の湧く地下宇宙」に惹かれるものがあって、その問題をわたしはすでに考察したことがある。ここは、拙著『裸形の言ノ葉——吉増剛造を読む』の九一頁からの引用をお許し願いたい。

吉増の「水の湧く地下宇宙」こそを「新たな誕生」の場と見做すならば、それは、子宮、というよりも、場的構造からして、「膣」と呼ぶべき装置であろう。この、いわば「穴」状の性的装置、新しい生命の誕生を準備する、「水の湧く地下宇宙」に対する吉増の執着は、実は初期のころから見られたはずである。

詩の舞台を訪ねたときのことに戻ろう。吉増さんが石狩河口に座った際に、宿泊していたのは山本旅館だった。詩にも「山本旅館の「休館／大洗濯室」」という一行があったから、わたしにもお馴染の名前である。河口周辺をロケハンする格好になったが、その後、わたしたちはこの山本旅館に向かった。というのは、四時からこの旅館の広めの座敷にロケスタッフが集まって、吉増さんご推奨の、本場の石狩鍋を囲む、という段取りだったからだ。帰りのフライトの関係で、この時間しかなかった。だからこの日のランチは、簡単におむすびで済ませておいたわけである。

確かに、この旅館には、「大洗濯室」という看板が出ていたと思う。コインランドリーの備えなどがあったらしい。だからここは、工事関係のひとたちが利用する、簡素な宿舎だったのだが、まだ十分に明るいうちからみんなで囲んで箸をつけた石狩鍋は、美味しかった。大きく刳られた窓の向こうは茫々と広がる空き地だったな、と、いまその座敷の映像を思い出している。吉増さんおひとりはここに一泊されたはずで、ビールで乾杯となった。わたしなど、夏の昼酒にすっかりいい気持ちになったものだ。

そして陽が傾きだしたころにもう一度、石狩河口に戻って、西の海上に沈もうとする夕陽を撮影したのだった。とても雰囲気のある夕景が撮れたので、それは編集して放送でも使ったから、余計に記憶に鮮明である。

石狩から新千歳空港まではそう遠くない。一時間あまり車を走らせて、二十一時発の羽田行きに乗り込み、無事北海道ロケは終わった。二重露光撮影の中心となる沖縄や宮古島でのロケは、八月中に終わっていたので、後は九月の六日と八日に八王子と都内での撮影を残すだけ、その後は編集作業に入ったわけである。番組のなかで北海道のシーンは、二重露光写真が誕生したエピソードを検証して、吉増さんによる「石狩シーツ」朗読を紹介する、という構成となったが、三日と四日のロケは、わたしには「石狩シーツ」の旅であった。

二　ベケット、ツェラン、吉増剛造

『詩とは何か』（講談社現代新書）の帯の惹句に注目ください。「現代最高の詩人による究極の詩論、ついに登場！」、こうした惹句は、大概が景気のよい派手な修辞が並ぶもの、この場合も然り、というので、多くのひとはあまり気に留めることもないでしょう。

しかし、「現代最高の」、この言葉をほんとうに冠にして形容できる詩人は、日本国内のみならず、世界を見渡しても、吉増剛造ただひとりではないのか。わたしはそう確信します。吉増さんは一九六四年の二十五歳の時に『出発』でデビューして以来、つい先日の『Ｖｏｉｘ《ヴォワ》』にいたるまで、二〇冊以上の詩集を出してきましたが、六〇年に及ぶ詩歴のなかでそのスタイルは千変万化し続けています。一カ所に滞留することは絶対にありません。

ただし、読者の記憶に刻まれやすい、いわゆる名フレーズを残すこと、これは大詩人であることの条件だと思うのですが、その点で吉増さんは、初期の「バッハ、遊星、０《ゼロ》のこと」に始まり、最近の「イ《i》の樹《き》木ノ君《キミ》が立って来ていた」まで、たくさんの素晴らしい詩の言葉を一貫して生み続けてきました。芭蕉の名言「不易流行」を引くまでもなく、時代の動きに鋭敏に感応して次々と既成のスタイルを踏み破りながらも不易なものをめざす、まさに吉増さんはそれを体現してきたわけです。

また吉増さんの詩人としての活動は、ただ原稿を書く、というように留まりません。多重露光という独自の手法で刺激的な映像を生む写真の世界、動画撮影、即興のナレーション、効果音や小道具まですべてを現場でひとりで行なう、gozoCiné の映像制作、さらには、「怪物君」と名付けて、自筆文字の原稿用紙にインクを垂らせて過激な色彩の氾濫を現出せた造形作品の制作まで、表現の領域を縦横無尽に往来する現代アーティストと称していいでしょう。

それに加えて、舞台で自作詩を朗読する吉増さん、声を大きく張り上げる際の身振りなどは、ご自身が親しかった舞踏家の故大野一雄さんを彷彿とさせます。ほとんど舞踏パフォーマンスです。こうした活動も、吉増さんには、すべて詩の実践、詩人としての表現行為に他ならないのです。二〇一六年に東京国立近代美術館で開催された吉増さんの個展のタイトルに、「全身詩人」という言葉が使われたのもこうした理由からでしょう。

世界の文学者のなかで、吉増さんがずっと愛読してきたのは、フランツ・カフカであり、アメリカの女性詩人エミリー・ディキンソンですが、サミュエル・ベケット、そしてパウル・ツェランの存在も、吉増さんには大切です。本書でも彼らへの言及があります。

そう、これは私見ですが、二十世紀の後半から二十一世紀の前半にかけての世界の文学において、最も重要な仕事を残した詩人としては、ベケット、ツェラン、そしてゴーゾー・ヨシマスを挙げるべきではないか、と思います。

ベケットは劇作家で小説家、厳密には詩人とは呼べませんが、言語実験を極限まで推し進めたという点で最前衛の詩人でした。ユダヤ系で両親をアウシュヴィッツで亡くしたツェラン、本書の吉増さんの言葉を借りれば、「この悲痛な声たちの、透明なまでの美しさ」は、「戦後の「詩」はついにその極北に達したのでした」という詩人です。ベケットとツェラン、彼らがどうして重要な詩人であるか。エドガー・アラン・ポーに始まり、ボードレールが受け継いで象徴詩の形で完成させた「現代性《モデルニテ》」の文学——モデルニテはボードレール学者の阿部良雄氏の用語です——、わたし流に定義すれば、自己批評性を内在させて生まれる言語の近代的な価値を背景とする文学、ですが、それが十九世紀末から二十世紀にかけて現代文学の豊穣な富をもたらしながら、ついにデッドエンドに突き当たり、言語自体が自壊作用を招いていった、その極限にベケットとツェランがいるからなのです。ベケットは、一九六八年にノーベル文学賞を受賞しましたが、ツェランは一九七〇年に自らセーヌ川に入水して死を選びます。五十歳でした。しかし、ツェランがあと十年、いや五年かもしれません、それまで平穏な時を送っていれば、まずノーベル文学賞の受賞は間違いなかったはずです。

そして吉増剛造さん、なのですね、彼らの次に控えるのが。吉増さんは、『詩とは何か』の姉妹編にあたる前の『我が詩的自伝』のなかで「言語を枯らす」と表現しています。ベケットもツェランも、まさに「言語を枯らす」ようにして彼らの極限的な作品を生んだわけです。吉増さんの場合、二〇〇四年の「長篇詩　ごろごろ」が大きな転換点になっているでしょう。生き生きした韻律や豊穣なイメージ喚起力、抒情性の流露といった通念的なポエジーの価値がそこでは批判されて、読み辛い吃音的な文体が選ばれます。割注状の細かい活字が繁殖してハングルやアイヌ語など異語が散乱します。まったく瓦礫状態のエクリチュールです。

さらには吉増さん、二〇一一年三月の東日本大震災を経験して「怪物君」の制作に着手したわけです。原稿用紙アートとも呼べる「怪物君」、自筆の文字で埋まった原稿用意にインクが垂らされそれが固まってしまうと、いわば美的価値を持つオブジェの誕生です。言語的価値を孕むべき詩人の原稿が、美的価値を持つオブジェに転換されたことになります。これは前人未到の詩的実験の領域に踏み込んだ、と言えませんか。吉増さんは、詩というものの概念を独力で変えつつあるのかも知れません。

さて、そんな吉増剛造さんが、「詩とは何か」という大テーマに取り組んだのが『詩とは何か』です。基本的には、わたしと担当編集者を前にして、吉増さんが語っていきます。ですから、この本のスタイルは、全篇が話し言葉です。吉増さんが若いころから出会った、具体的な詩作品や詩人のことに触れながら進められるので、とてもフォローしやすいはずです。詩をめぐる高い問題意識を前提にしながら、普段着の、カジュアルなままの言葉で語る、おそらくはこうした試みはこれまでにはなかったことでしょう。

この一冊で、吉増剛造さんの、いわば「詩の哲学」がよく理解できると思います。どうぞ手にとって、ページを開いてみてください。

三　吉増剛造出演のふたつの映画、『眩暈 VERTIGO』と『背　吉増剛造×空間現代』

「メカスさーん、We all miss you!」映画冒頭で繰り返される吉増のこの言葉こそが、井上春生監督の『眩暈 VERTIGO』の主題といえる。二〇一九年一月二十三日に九十六歳で亡くなったジョナス・メカスの一周忌にあたる翌年の一月末、吉増とロケクルーは、コロナ禍でロックダウン寸前のニューヨークの街を訪ねた。一九八五年に出会って以来、ふたりの詩人の間には、特別仕立ての友情が生きていた。拙著の吉増論『裸形の言ノ葉』に収めた「MEKAS SAN, GOZO SAN」のなかで音声テープのメッセージとして「GOZO, sometimes I wonder how you are doing there」という言葉を紹介した際に、わたしはそれを強く実感した。

主人のいなくなったブルックリンの事務所を吉増が訪ねるシーンがある。出迎えるのはメカスの息子のセバスチャンである。引っ越しを前に家具が整理されてガランとなった部屋で、中国の古代文化を研究する寡黙でシャイな彼は、メカスの最期の表情を問われた時、長い逡巡ののちに「readiness」と答えた。「準備はできている」、まるで呼吸をするように映像日記として自らの周囲の世界を撮り続けたメカスにふさわしい言葉ではないだろうか。吉増を前にして、恥らいを含んだ笑みを浮かべるセバスチャンの表情もまた忘れがたい。「メカスさんの奇蹟的な作品と言っていいような人」と吉増がいうセバスチャン、父親と吉増との深い友情をよく知る彼が、道の向こうから歩いて来て吉増を出迎える場面は、映画のハイライトシーンのひとつだろう。

故郷のリトアニアを離れて、ナチスの労働収容所から脱出し難民となり一九四九年にアメリカに亡命したメカスにとっては、ニューヨークでの暮らしもまた難民生活の延長だったのだろうか、晩年は事務所にベッドを置いてそこで眠ったそうだ。その寝床があったところで佇んでいた吉増は、突然の眩暈に襲われた、という。

そのまま意識をなくしてしまい、病院に運ばれようとしたが、幸いに意識は恢復、ホテルで睡眠をとったあと、一気に書きあげたのが詩篇「眩暈《めまい》！メカス！」である。映画のなかでこの詩は朗読される。ちょうど一年前にメカスが息を引きとったその場所で、親友の霊を弔う吉増の意識を遠くに飛ばしたのはなんだったのか。「それは／黒揚羽蝶の、蜜蜂の、遥か彼方を飛翔しているらしい彗星の、眩暈だった、……」、詩はこう応える。

日本が好きで、メカス日本日記の会などの招きで何度も来日した際のメカスの楽しそうな姿が映し出され、また『リトアニアへの旅の追憶』など自作のシーンもしばしば引用される。さらには『メカスの難民日記』が英語で、また翻訳した日本語で、吉増が以前に書いた詩篇「紐育、午前四時三十分」とともに何人もの声で朗読されて、メカスのいなくなったニューヨークの街を歩く吉増の姿に被ってゆく。とりわけ地下鉄のなかのシーンが印象的だ。その地下鉄に乗って吉増が訪ねたのは、海辺のリゾート地のコニーアイランドである。ここはアメリカに来た当初のメカスにとって大切な場所だった。海の彼方はヨーロッパである。

劇場映画の他にもミュージックヴィデオやテレビCMをたくさん手がけた井上監督の映像は、京都の吉増を撮った前作『幻を見るひと』同様、スタイリッシュで野心的だが、メカスと吉増、ふたりを偉大な表現者として仰ぐ監督の敬愛の思いが、本作を生んだに違いない。

もう一本は、七里圭監督の『背《せ》　吉増剛造×空間現代』である。こちらはタイトルにある通り、吉増とオルタナティブロックバンドの空間現代との舞台での共演を題材とする。吉増は、リボーンアート・フェスティバルに参加して、石巻市のホテルに泊まったが、金華山が目の前に見えるその部屋の窓に、詩を書きつけたのだった。ガラスに文字を書く。その行為はここから始まった。激しいロックサウンドをバックに、舞台の吉増は、まずガラスに絵のような形状を描き始める。アイマスクをして。そしてホテルの窓に書いた詩、後に詩集『Voix《ヴォワ》』に収められる詩を朗読するのである。朗読の声にロックの音響が吠えかかる。しかし、バンドのメンバー三人の姿は画面に登場しない。それにガラスと吉増を撮るカメラのアングルは不安定だ。ドキュメンタリーに初挑戦という七里監督は何を考えているのか。劇映画ではヒューマンなタッチで絵作りをすることもあるのに、この映像表現は、まるでストローブ＝ユイレではないか。あるいは演劇人ブレヒトの唱えた異化効果の理念を映画で実践するなら、まさにこんなタッチになるのかもしれない。だから率直に申して、上映が六〇分以上あるなかで、いささか辛さを感じたこともあった。

だが、空間現代が活動の本拠とする京都の小さなライブスポットで、吉増の詩の朗読との共演を企図した際に、彼らと吉増がタイトルを「背」と名付けたのである。思えば吉増は、制度的なものに対する大胆な反逆者なのだった。何かをしようとするときに否定の精神がまず働く、とは『我が詩的自伝』で語っている。大事なのは正面ではなく「背」なのだ。空間現代の野口順哉もまたそこに共鳴してこう述べる。「彼の動きを見ながら演奏している間、わたしはこのようなことを考えていた。吉増剛造はその場に居合わせた我々の背後、そして言葉や文字の背後にある詩性を感じ取り、また触れようとしている。これが詩人の生き方だと言わんばかりに。」七里監督が呈示したものは、吉増剛造の映画として、十分に納得のゆくものだった。

近年はgozoCinéの作り手ゆえに、映像作家の側面にスポットの当たることの多い吉増だが、二本の映画は、その際立った、アガンベンが『創造とアナーキー』でいう「典礼」としての朗読行為とともに、存在そのものが詩である吉増剛造を、われわれに改めて確認させてくれた。ふたりの監督に感謝したい。

あとがき

プーチンのロシアによる理不尽なウクライナ侵攻は、二〇二二年二月二十四日に始まった。本書のⅠの稿を書き出したのは、ちょうどそのころである。怒りに似た、やりきれない思いが先導するように、言葉は生れていった。吉増さんの世界をいま、なんとか捉えきっておきたい、そんな衝動が湧いて、批評の行為を促したのだろう。

日進月歩。現在は八十四歳の吉増さんにこの言葉はふさわしいとは言えない。しかし、吉増さん、常に変わっていかれるのだ。Ⅰの第三章で採りあげた「舞踏としての自作詩朗読」の問題に関しても、新しい事態が進行している。舞台のうえの吉増さんの、舞踏そのものとしての身体所作は、自作詩篇の言葉を声にする朗読行為によるものだった。それが、ほんとうに去年あたりからだが、変わった。原稿用紙アートである「怪物君」を用いながら(まるで供犠のための犠牲羊のような扱いだろう)、朗読という行為を介することなく、所作は続く。「怪物君」に砂を撒き、アイマスクを着用した盲目の状態となって、白や緑や黒のインクをそこにぶちまけるのである。背後のスクリーンには、その場面が、アップされた映像として映し出される。それは、まさに典礼である。

そこには「声《ヴォワ》」は介在しない。いや、吉増さんはつねにみずからの所作の状況を語り続けるが、それは朗読行為ではない。しかし、舞台を注視するわれわれは、その典礼のなかに、吉増さんの詩が生成するのを目撃するのだ。直接の言語表現からは離れたところに、である。これは第九章で言及したが、吉増さんには、詩は、もはや「白い言《コト》」、つまり「灰」であるほかないのかもしれない。Ⅰでは、そんな吉増さんの現在に、なんとかとりすがろうと、懸命の探求を試みた。

本書のⅡは、吉増さんとの往復書簡を収めた。一九九四年以来、約三〇年の歳月に、ふたりの間にいったいどれだけの手紙や葉書、ＦＡＸが交わされたことか。吉増さんからの便りが届いた日は、いつもこころが晴れやかになる。わたしもつい饒舌にあれこれを綴った。どうかじっくりお読みいただきたい。

Ⅲは、まさに声を介しての吉増さんやゲストのみなさんとの交通の記録である。またⅣでは、吉増剛造の世界へのアプローチをいくらか身近な観点からわかりやすく行なった。改めて吉増さんに感謝しつつ、『全身詩人　吉増剛造』、本書の誕生をわたし自身で祝いたいと思う。

二〇二三年十月

林　浩平

【吉増剛造年譜】

1939（昭和 14）
2 月 22 日、東京・阿佐ヶ谷に生まれる。

1945（昭和 20）6 歳
2 月、空襲を避けて父の故郷の和歌山県海草郡川永村永穂に疎開。空襲で和歌山市の中心部が燃え盛るのを眺めた記憶が残る。

1949（昭和 24）10 歳
教室で疎外され弟とともに拝島の私立啓明学園に転校。生まれて初めて詩を書いた。

1954（昭和 29）15 歳
東京都立立川高校に入学。漢文と世界史が得意科目。地学部に入り多摩川・秋川周辺を歩き回って化石採集に熱中する。

1957（昭和 32）18 歳
慶應義塾大学文学部に入学。下宿生活の開始とともに詩作を始める。渋谷のキャバレーでボーイとして働き、夜の巷に馴染む。

1958（昭和 33）19 歳
大学 2 年の時、岡田隆彦、井上輝夫らと知り合い『三田詩人』に参加。

1961（昭和 36）22 歳
大学を中退し「家出」しようと下宿に書置きを残して出奔。「釜ヶ崎」のドヤ街に二畳間を借りて三カ月ほど暮らす。

1963（昭和 38）24 歳
『三田詩人』から別れた詩誌『ドラムカン』創刊に参加。3 月、慶應義塾大学国文科卒業。

1964（昭和 39）25 歳
三彩社に入社し美術雑誌『三彩』を編集。第一詩集『出発』（新芸術社）

1968（昭和 43）29 歳
新しい時代の代表的詩人のひとりとして注目され、『現代詩手帖』『三田文学』『中央大学新聞』などを中心に多数の詩を発表。年末に三彩社を退社。

1970（昭和 45）31 歳
田村隆一の推薦によりアメリカのアイオワ大学国際創作科に招待され、半年間の滞在。創作科メンバーらとのバス旅行の際にマリリアと出会う。詩集『黄金詩篇』（思潮社）で第 1 回高見順賞受賞。

1971（昭和 46）32 歳
マリリアと 11 月 17 日に挙式。媒酌人は田村隆一夫妻。詩集『頭脳の塔』（青地社）

1972（昭和 47）33 歳
白石かずこや諏訪優らとともに詩の朗読でジャズミュージシャンと共演する機会が増える。

1973 年（昭和 48）34 歳
詩集『王國』（河出書房新社）

1974（昭和 49）35 歳
1 月、マリリアの里帰りに同行、初めてブラジルを訪ねる。帰途パリやフィレンツェに立ち寄る。詩集『わが悪魔祓い』（青土社）。散文集『朝の手紙』（小沢書店）

1976（昭和 51）37 歳
このころよりほぼ毎年、集英社の新福正武の斡旋により四校を回る高校講演会のため全国に赴

く。散文集『わたしは燃えたつ蜃気楼』(小沢書店)

1977(昭和52) 38歳

住まいを代々木から目黒区駒場に移す。詩集『草書で書かれた、川』(思潮社)

1978(昭和53) 39歳

4月、中上健次が主催した和歌山県新宮での「部落青年文化会」で講演。夏に恐山への旅。散文集『太陽の川』(小沢書店)

1979(昭和54) 40歳

9月より翌年4月まで、ミシガン州立オークランド大学客員助教授としてデトロイト郊外に滞在する。詩集『熱風』(中央公論社。歴程賞受賞)。詩集『青空』(河出書房新社)

1981(昭和56) 42歳

駒場の家をベースキャンプとして東京の街を歩行する過程で文芸誌『海』に連載の詩が書かれる。詩集『静かな場所』(書肆山田)。散文集『螺旋形を想像せよ』(小沢書店)

1982(昭和57) 43歳

柴田南雄作曲の合唱曲作品『布瑠部由良由良』公演に出演。「地獄のスケッチブック」を朗読。共演する島尾ミホ、介添役の敏雄夫妻と出会う。

1983(昭和58) 44歳

「北ノ朗唱」に参加、北海道の詩人や美術家たちと各地を巡り朗読。以後5年間続く。詩集『大病院脇に聳えたつ一本の巨樹への手紙』(中央公論社)

1984(昭和59) 45歳

4月、この年から90年まで多摩美術大学の講師を務める。詩集『オシリス、石ノ神』(思潮社。第2回現代詩花椿賞受賞)

1986(昭和61) 47歳

2月、矢口哲男斡旋による奄美でのマリリア公演に同行し、奄美との劇的な出会いを経験する。散文集『緑の都市、かがやく銀』(小沢書店)

1987(昭和62) 48歳

4月より城西大学女子短大部客員教授。『打ち震えていく時間』(思潮社)。『透谷ノート』(小沢書店)

1988(昭和63) 49歳

1月27日、父一馬逝去(82歳)。5月、駒場から八王子市加住町に転居。

1989(平成元) 50歳

夏、雑誌『太陽』の取材で、俳人山頭火の足跡を追って山口、九州、松山への旅。11月、国際交流基金による派遣でベルギー、インド、バングラデシュへの講演旅行。『スコットランド紀行』(書肆山田)

1990(平成2) 51歳

1月、初めての写真展「アフンルパルへ」を広尾のギャラリヴェリタで開催。このころより沖縄、奄美への旅が頻繁になる。詩集『螺旋歌』(河出書房新社。詩歌文学館賞受賞)

1991(平成3) 52歳

3月、ロスアンジェルス、アリゾナ、フェニックスへの旅。ネイティヴアメリカン居留区の砂漠で今福龍太と対話。5月、ニューヨークでジョナス・メカスと出会う。8月、メカスを日本に迎えて帯広、山形、新宿などで様々なイベント「メカス日本日記の会」を結成。

1992（平成四）53歳

3月、サンパウロ大学客員教授として2年間のブラジル滞在。日本文化研究所で柳田國男、折口信夫、島尾敏雄などを講義する。土方巽『慈悲心鳥がバサバサと骨の羽を拡げてくる』を筆録（書肆山田）。詩集『死の舟』（書肆山田）

1993（平成5）54歳

10月、映画祭に招待されたジョナス・メカスとサンパウロで会う。

1994（平成6）55歳

1月、ブラジルより帰国。夏、石狩河口から夕張まで遡行の旅。夕張の廃坑前で偶然二重露光映像を撮影、以後二重露光撮影を試みる。NHK BS2「現代詩実験室」に出演、大野一雄と釧路湿原で共演。

1995（平成7）56歳

NHK教育テレビ「ETV特集・芸術家との対話」で大野一雄と島尾ミホ、荒木経惟とジョナス・メカスをゲストに迎えて対話。詩集『花火の家の入口で』（青土社）。朗読CD『石狩シーツ』（アンジェリカハウス）

1996（平成8）57歳

NHK教育テレビ「未来潮流・メカスOKINAWA　TOKYO思索紀行」に出演、ジョナス・メカスと東京と沖縄で対話。夏、東京日の出町の森のゴミ処分場建設問題に関する若林奮のプロジェクトに「緑の森の一角獣座」と命名。10月、NHKテレビ番組の取材のためマリリアとブラジルに3週間滞在。それによる「わが心の旅」は11月、「ETV特集・知られざる俳句王国ブラジル」は翌年1月に放送。12月、NHKテレビ「未来潮流・盤上の海、詩の宇宙」で羽生善治と対談。

1997（平成9）58歳

2月26日、岡田隆彦逝去。3月、パリに招待されてブック・フェアで朗読。9月、NHKテレビの取材で山頭火と尾崎放哉の足跡を追う。「ETV特集・漂泊を生きた詩人たち」。10月、映画監督アレクサンドル・ソクーロフと宮古、石垣島、那覇を旅する。羽生善治との対談集『盤上の海、詩の宇宙』（河出書房新社）

1998（平成10）59歳

2月、写真展「鯨、疲れた、……」を東京・ギャラリヴェリタで開催。8月26日、田村隆一逝去。葬儀委員長を務める。9月、川口現代美術館で吉増剛造写真・銅板展「水邊の言語オブジェ」を開催。10月、NHKハイビジョン番組「四国八十八ヵ所」に出演し高知の4つの札所を巡る。12月、日中国際芸術祭『今天』20周年イベントで朗読、北島、芒克と共演。
市村弘正との対談集『この時代の縁〔へり〕で』（平凡社）。詩集『「雪の島」あるいは「エミリーの幽霊」』（集英社）

1999（平成11）60歳

『アサヒグラフ』にポラロイド写真と言葉の作品を連載開始。9月、NHKテレビ新日曜美術館「空海と密教美術」にスタジオゲストで出演。同月、島尾ミホ主演の映画『ドルチェ——優しく』撮影のため、アレクサンドル・ソクーロフと奄美に。対談集『はるみずのうみ——たんぽぽとたんぷぷ』（矢立出版）。評論集『生涯は夢の中径——折口信夫と歩行』（思潮社）

2000（平成12）61歳

フランス訪問、各地で朗読と講演。ジャン＝リュック・ナンシーと出会う。8月、NHKハイビジョン番組「アーティストたちの挑戦」で二重露光写真をテーマに出演。9月、写真展「パランプ

セストの庭」を渋谷のロゴスギャラリーで開催。『賢治の音楽室』（小学館）。『ことばの古里、ふるさと福生』（矢立出版）
2001（平成13）62歳
フランスを訪問、パリ日本文化館、リヨン第三大学で講演。日本大使館公邸で写真展。詩誌『PO&SIE』で吉増特集。同月、NHK教育テレビ「ラジオ第二放送開始70周年記念」番組に出演、『熱風』を朗読する。『燃えあがる映画小屋』（青土社）。『ドルチェ――優しく・映像と言語、新たな出会い』（岩波書店）。『剥きだしの野の花――詩から世界へ』（岩波書店）
2002（平成14）63歳
2月、東京・ポラロイドギャラリーでポラロイド写真展「瞬間のエクリチュール」開催。3月、フランス訪問。リヨン第三大学で集中講義。ギャルリ・マルティネスで写真展。4月9日、安東次男逝去、葬儀で弔辞を読む。11月、うらわ美術館の「融点・詩と彫刻による」で若林奮とのコラボレーション。『ブラジル日記』（書肆山田）。詩集『The Other Voice』（思潮社）
2003（平成15）64歳
4月、早稲田大学政経学部で言語表象論を担当。同月、紫綬褒章受章。6月、城西国際大学水田美術館で写真展「一滴の光　1984―2003」。9月、ニューヨークのギャラリーロケーション・ワンでワークショップと展覧会。近くのツインタワー跡に立つ。旧友のジョナス・メカスと再会。10月10日、若林奮逝去。11月、青山ブックセンターで写真展「ヒカリノオチバ」。同月、新宿・フォトグラファーズ・ギャラリーで写真展「詩ノ汐ノ穴」。『詩をポケットに』（日本放送出版協会）
2004（平成16）65歳
3月、奄美から沖縄を旅して『ごろごろ』を書き下ろす試みを行なう。10月、アイオワ大学国際創作科に30数年ぶりに招かれて滞在。長篇詩『ごろごろ』（毎日新聞社）
2005（平成17）66歳
3月、イタリアのローマとフィレンツェで訳詩集『The Other Voice/L'ALTRA VOCE』（LIBRI SCHEIWILLER社）の刊行記念のイベント。10月、フランスで写真集『A Drop of Light』（Fage Editions社）を刊行。高銀（コ・ウン）との対論集『アジアの渚で』（藤原書店）。詩集『天上ノ蛇、紫のハナ』（集英社）。写真集『In-between11　アイルランド』（EUジャパンフェスト日本委員会）
2006（平成18）67歳
3月、NHK教育テレビ「知るを楽しむ」の「柳田國男　詩人の魂」に出演。5月、學燈社『國文學』5月臨時増刊号「吉増剛造――黄金の象」。7月、初めてのgozoCiné作品「まいまいず井戸」を撮影。8月、ポレポレ東中野で吉増主演の映画『島ノ唄』（伊藤憲監督）の公開。12月、「與門〔よもん〕会」を始める。第1回目のゲストは山口昌男。詩集『何処にもない木』（試論社）。今福龍太との対話集『アーキペラゴ――群島としての世界へ』（岩波書店）。関口涼子との共著『機〔はた〕――ともに震える言葉』（書肆山田）
2007（平成19）68歳
3月25日、長年の交友があった島尾ミホが逝去。追悼文を綴る。9月、母悦の初めての著書『ふっさっ子剛造』矢立出版より刊行。10月、gozoCinéの新作「鏡花フィルム」4部作のシナリオメモが『現代思想』10月臨時増刊号に掲載。朗読CD『死人』（ZINYA）
2008（平成20）69歳
6月より北海道立文学館で「詩の黄金の庭　吉増剛造」展を開催。8月、日本近代文学館の「夏の教室」のために「芥川龍之介フィルム――Kappa」を撮り下ろす。10月、ブラジルへの小旅行。

詩集・写真集『表紙 omote-gami』（思潮社。第50回毎日芸術賞受賞）
2009（平成21）70歳
2月、青山ブックセンターで『キセキ』刊行記念のトーク。3月、ストラスブルグ大学主催の「検閲、自己検閲、タブー」をめぐる学会で講演。その後フランス各地を旅してアイルランドに渡り、イェイツの gozoCiné を撮影する。5月、萬鐵五郎記念美術館の企画で gozoCiné を3本制作する。10月、山形国際ドキュメンタリー映画祭に審査員として参加する。DVD書籍『キセキ――gozoCiné』（オシリス）。『静かなアメリカ』（書肆山田）
2010（平成22）71歳
東京都写真美術館の第2回恵比寿国際映像祭で gozoCiné の上映と講演。アメリカの東海岸への旅。エミリー・ディキンスンの家を訪ねて gozoCiné を制作する。6月、銀座 BLD ギャラリーで写真展。慶應義塾大学日吉キャンパスで舞踏家笠井叡とコラボレーション。写真集『盲いた黄金の庭』（岩波書店）。樋口良澄と共著『木浦通信』（矢立出版）
2011（平成23）72歳
3月11日、東日本大震災発生のときは神楽坂のカフェ2階で『アイデア』誌の取材中。その後、高見順賞授賞式の予定会場のホテル・エドモンドに移動。月末にはアメリカ旅行。ワッツ・タワーやフェニックスを巡り gozoCiné を制作する。6月、アメリカの東海岸を旅して、メルヴィルを主題とした gozoCiné などを制作。7月と8月、ポレポレ東中野で「予告する光 gozoCiné」と題して、52作品を一挙上映。10月、世田谷文学館の萩原朔太郎展の特別イベントとして、参加者とともに下北沢をフィールドワーク。詩集『裸のメモ』（書肆山田）
2012（平成24）73歳
1月、朝日新聞電子版で「3･11後の詩」特集で取材を受け、「詩の傍らで」と題して詩作（後の「怪物君」）が始まる。3月、フランスでのブックフェアに大江健三郎ら日本の作家とともに参加。5月までマルセイユに滞在。9月、大友良英、鈴木昭男とともにアメリカ・カナダ巡回公演に参加、各地でセッション。『詩学講義　無限のエコー』（慶應義塾大学出版会）
2013（平成25）74歳
2月、北上市の日本現代詩歌文学館で笠井叡との座談とコラボレーション。5月、旭日小綬章受章。小樽文学館での瀧口修造展のオープニングで講演、小樽時代の瀧口について語る。7月、ロンドンでの「As Though Tattooing On My Mind」展に出席。花巻・萬鐵五郎記念美術館での瀧口修造展で講演。8月、日本近代文学館「夏の教室」で吉本隆明について講演と gozoCiné の上映。11月、文化功労者に選ばれる。倉敷での浦上玉堂シンポジウムに出席、玉堂 Ciné を制作。12月、足利市美術館での瀧口修造展で講演。福生市民栄誉章を受ける。
2014（平成26）75歳
7月、岡山県立美術館で浦上玉堂の「凍雲篩雪図」（国宝）を撮影して、gozoCiné を制作。10月、花巻の街かど美術館アート@つちざわに、「怪物君」70作を出品。12月、青森県美術館「縄目の詩、石ノ柵」展に gozoCiné と「怪物君」10数作を出展。札幌･TEMPORARY SPACE で「水機ヲル日、……」展。
2015（平成27）76歳
3月、芸術院賞と恩賜賞を受賞。三田文学会理事長に就任。6月、足立正生監督『断食芸人』に本人役で出演。9月、北海道立文学館で川端香男里と「川端康成と戦後日本」と題して対談。10月、神奈川県立近代文学館で柳田國男について講演。11月、世田谷文学館で大岡信について講演。神奈川県立近代美術館（葉山）の若林奮展で酒井忠康と対談。12月、日本芸術院会員に選出される。
2016（平成28）77歳
1月、CSテレビ「gozo　京都の四季」の冬篇の撮影で京都各地をロケ。1年間の撮影が終了。6月、東京国立近代美術館で、「声ノマ　全身詩人、吉増剛造展」開催。『我が詩的自伝　素手で焔をつかみとれ！』（講談社現代新書）。『心に刺青をするように』（藤原書店）。詩集『怪物君』（みすず書房）。自選エッセイ集『GOZOノート全三巻』（慶應義塾大学出版会）。『根源乃手／根源乃（亡露ノ）手、……』（響文社）。フォレスト・ガンダー編による英訳詩集アンソロジー『ALICE IRIS RED HORSE』（New Directions）
2017（平成29）78歳
2月、東京都現代美術館の「MOTサテライト2017春　往来往来」展に吉増剛造プロジェクトとして参加。8月、「札幌国際芸術祭2017」の一環として北海道大学綜合博物館で「火ノ刺繍―『石狩シーツ』の先へ」開催。11月、足利市立美術館で「涯テノ詩聲　詩人　吉増剛造展」開催、以後翌年4月、沖縄県立博物館・美術館、8月、渋谷区立松涛美術館に巡回。12月20日、母悦逝去（96歳）。
2018（平成30）79歳
9月、『舞踏言語』刊行を記念し東京両国・シアターχで笠井叡や中嶋夏らとコラボレーション。11月、井上春生監督の映画『幻を見るひと～京都の吉増剛造』公開。文集『火ノ刺繍』（響文社）。舞踏論集『舞踏言語』（論創社）
2019（平成31・令和元）80歳
8月、石巻市の鮎川地区で「Reborn―Art Festival2019」参加、「詩人の家」に滞在し長篇詩篇を書下ろし、ホテルニューさか井の一室の窓に詩を書きつけ《roomキンカザン》と名付けて作品とした。11月、東京都現代美術館の「Echo after Echo 仮の声　新しい影」展に吉増剛造プロジェクトして参加、石巻で撮影した動画を素材とするgozoCinéの上映などを行なった。
2020（令和2）81歳
1月、前年に亡くなった映像作家ジョナス・メカスを追悼する、井上春生監督の映画『眩暈VERTIGO』に出演、その撮影のためにニューヨークに滞在。4月、足利市・artspace & caféで「ウラウエノウミツチ（裏表海土）」展。新作の「怪物君」などを展示。4月30日から「gozo's DOMUS（ゴーゾーのおうち）」と題して、短い動画を「葉書Ciné」と名付け、毎週木曜日にYouTubeにアップ。マリリアも歌唱で参加、札幌の書肆吉成らが運営に協力、現在も続いている。
2021（令和3）82歳
3月27日、NHKのテレビ番組「SWITCHインタビュー達人達」でミュージシャンの佐野元春と対談、佐野は積年の吉増のファンであったことを明かした。5月、足利市・artspace & caféで「Voix〔ヴォワ〕」展。「葉書Cine」などを展示。6～8月、アート・フェスティバル「マンチェスター・インターナショナル・フェスティバル」から招聘され「怪物君」などを出品。7～8月、東麻布・ギャラリー「TAKE　NINAGAWA」で「怪物君」展、「怪物君」シリーズを精選して展示。同ギャラリーは現代アートフェアの「アート・バーゼル」に「怪物君」出展。10月、詩集『Voiw〔ヴォワ〕』（思潮社）。11月、『詩とは何か』（講談社現代新書）
2022（令和4）83歳
1月22日、早稲田大学小野記念講堂でオンラインシンポジウム「吉増剛造の詩業――世界文学の中のGozo Yoshimasu」開催。堀内正規主催、フォレスト・ガンダーの講演、パネリストは郷原佳以、小野正嗣ら。5月、足利市・artspace & caféで「残されるということ。I.W若林奮vs. G.Y吉増剛造」展。5月、田端文士村記念館で「吉増剛造　芥川龍之介への共感——河童忌記念帖2022in田端」開催、生原稿などを出展。7月17日、NHK BS1でテレビ番組「縄文幻視行　詩人・吉増剛造」放送。10月22日、慶應義塾大学で「萩原朔太郎大全2022」イベントの一環としてシンポジウム「萩原朔太郎と詩の未来」に三浦雅士、松浦寿輝、朝吹亮二、マーサ・ナカムラとともにパネリストとして参加。12月、出演した映画『眩暈VERTIGO』が東京都写真美術館を皮切りに日本各地で上映。七里圭監督の映画『背　吉増剛造×空間現代』に出演した。

2023（令和5）84歳

2月、第6回井上靖文化賞（旭川市主催）を受賞。3月15日、弟武昭逝去（82歳）。3月、詩集『Voix〔ヴォワ〕』により第1回西脇順三郎賞（小千谷市主催）受賞。4月15日、西脇賞の受賞記念として、東京恵比寿・NADiffで大友良英とともにパフォーマンス。6月、前橋文学館で「フットノート——吉増剛造による吉増剛造による吉増剛造」展開催。10月、旭川市の井上靖記念館で「普遍言語へ——詩人・吉増剛造の世界」展開催。

【初出一覧】

I「全身詩人　吉増剛造」……書き下ろし

II「吉増剛造×林浩平往復書簡」……吉増剛造との往復書簡「シノテンランカイへ」『現代詩手帖』二〇一六年二月号〜七月号

III　対談・座談会

一「「秘密の手紙」吉増剛造との対談」……吉増剛造との対談「吉増剛造／〝秘密の手紙〟」『週刊読書人』二〇一六年八月五日号

二「「舞踏の身体と〈声〉」「舞踏言語　吉増剛造との三日間」トーク（吉増剛造、笠井叡、林浩平）」……「舞踏言語　吉増剛造との三日間」イベントトーク「舞踏の身体と〈声〉」『図書新聞』二〇一八年十一月三日号

三「「堕ちる星」、廃星というイメージ」『舞踏言語』『火ノ刺繡』書評鼎談（林浩平、建畠晢、郷原佳以）……『舞踏言語』『火ノ刺繡』書評鼎談『図書新聞』二〇一八年九月八日号

IV　エッセイ

一「『石狩シーツ』の舞台を旅する」……「「石狩シーツ」の舞台を旅する」特集「オシリスから石狩シーツへ」『詩の練習』誌二七号、二〇一六年八月

二「ベケット、ツェラン、吉増剛造」……「ベケット、ツェラン、吉増剛造」講談社現代新書『詩とは何か』PR用HP、二〇二一年十二月公開

三「吉増剛造出演のふたつの映画、『眩暈 VERTIGO』と『背　吉増剛造×空間現代』」……「「典礼」としての朗読行為——映画『眩暈 VERTIGO』『背　吉増剛造×空間現代』」『現代詩手帖』二〇二三年三月号

笠井　叡（かさい・あきら）一九四三年生。舞踏家、振付家

建畠　晢（たてはた・あきら）一九四七年生。詩人、美術評論家。埼玉県立近代美術館館長

郷原佳以（ごうはら・かい）一九七五年生。フランス文学者。東京大学大学院総合文化研究科教授

林浩平（はやし・こうへい）

1954年和歌山生まれ。詩人、文芸評論家、日本文学研究。現代詩、文学、美術、ダンス、ロックを論じ、ロックに関する著書もある。東京大学法学部卒業、早稲田大学大学院文学研究科博士課程単位取得。卒業後7年間NHKでディレクターとして勤務。現在も時折、NHKや放送大学などで企画制作を行う。NHK「ナイトジャーナル」キャスター（1993年4月～1994年3月）。恵泉女学園大学にて10年間特任教授をつとめ、現在、早稲田大学法学部、跡見学園女子大学、名古屋芸術大学で非常勤講師。四季派学会会員。

著書など：詩誌『麒麟』『ミニヨン』『ミニヨン・ビス』、詩集『天使』『光の揺れる庭で』『心のどこにもうたが消えたときの哀歌』、評論『Lyrical Cry―批評集1983-2020』『裸形の言ノ葉――吉増剛造を読む』『折口信夫・霊性の思索者』『テクストの思考　日本近現代文学を読む』『ブリティッシュ・ロック　思想・魂・哲学』、共編著『レッスン：poemes collectifs』『やさしい現代詩』『生きのびろ、ことば』『ロック天狗連 東京大学ブリティッシュロック研究会と70年代ロックの展開について知っている二、三の事柄』

全身詩人　吉増剛造

2023年12月10日　初版第1刷印刷
2023年12月20日　初版第1刷発行

著　者　林　浩平
発行人　森下紀夫
発行所　論 創 社

〒101-0051 東京都千代田区神田神保町 2-23　北井ビル2F
TEL：03-3264-5254　FAX：03-3264-5232　振替口座　00160-1-155266

編集／志賀信夫
装幀／宗利淳一
印刷・製本／中央精版印刷
組版／加藤靖司

ISBN978-4-8460-2306-5

落丁・乱丁本はお取り替えいたします。